宁波青年作家创作文库(第 2 辑)编委会

顾　问　翁鲁敏
主　任　邹大鸣
副主任　韩利诚
主　编　邹大鸣
编　委　何　微　施孝峰　赵柏田
　　　　荣　荣　冯国祥

指上的村庄

◎ 干亚群 著

图书在版编目(CIP)数据

指上的村庄 / 干亚群著. —宁波：宁波出版社，2015.12
（宁波青年作家创作文库. 第2辑）
ISBN 978-7-5526-2364-2

Ⅰ.①指… Ⅱ.①干… Ⅲ.①散文－中国－当代
Ⅳ.①I267

中国版本图书馆 CIP 数据核字(2015)第 316817 号

宁波青年作家创作文库（第2辑）·指上的村庄

作　　者	干亚群
出版发行	宁波出版社（宁波市甬江大道1号宁波书城8号楼　315040）
网　　址	http://www.nbcbs.com
责任编辑	卓挺亚
责任校对	钱升升　苗梁婕
责任审读	方　妍
印　　刷	宁波大港印务有限公司
开　　本	710毫米×1000毫米　1/16
印　　张	13.5
字　　数	175千
版　　次	2015年12月第1版
印　　次	2015年12月第1次印刷
标准书号	ISBN 978-7-5526-2364-2
定　　价	30.00元

如发现缺页或倒装，影响阅读，请与承印厂联系调换　电话：0574-87582215

目 录

小摇车是一种乖乖的动物 …………… 1
被织老了的布 …………………………… 6
哑巴叔的泥哨子 ………………………… 10
奶奶的剪纸 ……………………………… 15
吹鼓手 …………………………………… 20
不会恶煞的粉塑 ………………………… 25
只闻声不见影的播音员 ………………… 30
绣　姑 …………………………………… 36
夯　歌 …………………………………… 41
说书先生 ………………………………… 47
裁缝进门 ………………………………… 53
爆　胖 …………………………………… 59
黑白照 …………………………………… 64
不老的老木匠 …………………………… 69
胡家泥师 ………………………………… 74
给石头脱衣 ……………………………… 78
走相公步的铜匠 ………………………… 83
漆　匠 …………………………………… 88

没有满师的曹箍桶 …………………… 93
瓷碗上的镬痕 ………………………… 97
磨刀师傅的歌 ………………………… 102
弹花师傅的兰花指 …………………… 106
不吭声的补鞋师傅 …………………… 110
篾　匠 ………………………………… 116
乡下的老鼠也进城 …………………… 121
补　缸 ………………………………… 125
补锅补的是什么 ……………………… 129
揭鸡佬的眼力 ………………………… 133
劁佬的证书 …………………………… 138
剃头二陈 ……………………………… 142
最后一位赤脚医生 …………………… 148
英姐姐的钩针 ………………………… 156
草　帽 ………………………………… 162
婆媳的针线 …………………………… 167
织毛衣的女人 ………………………… 172
撑船来扎竹椅子 ……………………… 178
烤皮蛋 ………………………………… 183
带着蜜蜂追花 ………………………… 187
酿　酒 ………………………………… 192
穿棕绷 ………………………………… 197
铁　匠 ………………………………… 202

后　记 ………………………………… 207

小摇车是一种乖乖的动物

博物馆的老物件展区，有一辆纺纱车，除了手柄呈现一丝光泽，木轮、踏板上都长满了细密的眼，让人疑心那是岁月留下的历史暗语。小摇车旁边是一架织布机，还有扇谷车，与它们相比，小摇车显得有些单薄。

儿子问我那是什么，我说，那是小摇车。儿子眼珠子骨碌碌一转，说："它那么老，怎么会是'小'摇车呢？"我一听，乐了。也对啊，它那么老，应该是"老"摇车。

可从来没有这样的称呼。

奶奶称它小摇车，母亲叫它小摇车，我也喊它小摇车。它一辈子只有这么一个称呼，从祖奶奶手里到奶奶那儿，再从奶奶的手上传到母亲这辈。

我曾经自作聪明，修改过小摇车的辈分。

我家前面有一座草房子，住着一位知青。奶奶叫他小曾。我跟着奶奶也叫小曾，被奶奶骂了，说是没规矩，要叫曾叔叔，前面还不能带"小"。于是，我叫奶奶的小摇车是"叔叔摇车"。奶奶乐得哈哈大笑，露出一口焦黄的牙齿。奶奶抽烟，也不刷牙。奇怪的是，奶奶到死都没有掉过一颗牙。

晚饭过后，奶奶把椅子端到靠近门槛的地方，又从睡觉的房间里搬出小摇车。奶奶坐到竹椅上,屁股下"吱呀"一声。奶奶把笼罩在竹椅上的暮色给压扁了。

我给奶奶捧来一只搪瓷杯,里面是泡了一天的茶。奶奶喝过一口后,捧起围裙,仔细地擦了擦手。

奶奶很有意思,常常组合两个完全不搭界的动作。比如,喝水与擦手,炒菜与洗脸。出门干活,奶奶也会把头发梳得整整齐齐,然后朝手里吐一口唾沫,小心翼翼地抹在头发上。我以为那是奶奶爱美的表现。

奶奶掸了掸围裙,她的小摇车开始嘤嘤嗡嗡。像是领唱,一会儿,隔壁张奶奶的纺车也哼起了歌。隔壁的隔壁,也有一架小摇车在转呀转。这时,屋外的光景是暮色与夜色的交叠,薄薄的灰色漫溻着村庄。我觉得,小摇车像是村庄里的狗,有一只叫了,先是附近的跟着叫,然后,像击鼓传花一样,全村的狗都响应了。

有时,我又觉得每家每户泼出来的嘤嘤嗡嗡,像一条小鱼在村庄里游来游去。张奶奶她们系着一条玄色的围裙,像捕鱼的网,把鱼拉上来,银亮亮地闪一下,又慢慢放入水里。她们纺纱时一俯一扬,像极了拉网的动作。

我坐在门槛上,学着奶奶的动作,一只手捏着,一只手摇着,嘴里配合着嘤嘤嗡嗡。我打小喜欢模仿大人的动作——母亲锄地,我扛着锄头跟过去;父亲挑担,我也挑一副空箩在院子里走来走去。在那个没有玩具的童年里,模仿成了我最好玩的趣事。有时,父亲咳嗽一声,我也会认认真真地模仿。我在模仿中得到快乐与满足。比如,我模仿奶奶纺纱,她怎么做,我也一本正经地怎么做。只是,我手里没有棉花锭,上面满是浓起来的夜色,感觉手指凉凉的。

奶奶左手向外慢慢拉长,中指、无名指紧紧靠拢,小手指微微翘起,雪白的棉花锭在食指与大拇指间,像一条躺着的蚕宝宝。奶奶的左手高过头顶后,一直顺着摇着的右手,猛然一个斩钉截铁的逆转。奶奶的身子慢慢低下去,再低下去,左手上的棉线一圈一圈压在摇车的锭子上。然后,奶奶又开始纺出一条线,左手朝外伸展,像一朵静静绽放的花。

奶奶的这个动作在我眼里漂亮极了。像在书写一个"人"字,起,撇,捺,渗透着铁戟银钩的功力。奶奶一俯,一拉,一抬,把几个动作串连成一朵花,一朵沾着露水的南瓜花,尤其往外拉的时候,奶奶打开的手,像极了一朵笑得不知所措的花,似乎谁跟它开了一个大玩笑。

我模仿了很长时间。有点儿像模像样的时候,常在一个倒转的动作上卡住了。左手与右手都乱了序,好像左手在插队,右手在开小差。我不甘心,重新再来一遍。跟着奶奶一起左手展,右手摇。左手离开身子向外抛线,当腋下有生风的感觉时,奶奶的右手潇洒地一个倒转,我右手赶紧来个紧急刹车。奶奶俯下身子,洁白的锭子一点点胖起来。我的左手还继续生着风,怎么都收不回来。我的努力在姑姑眼里是徒劳的。她一边捂着嘴笑,一边端碗擦桌子。

她笑我,笑我的笨拙。我也笑她,但不知道笑她的什么。姑姑说她七岁就会纺纱了,小摇车比她人还高出一截。我不信,可我无法看到七岁时的姑姑纺纱的样子。于是,我只好信了。村里的姑姑们都会纺纱,有的是手把手教出来的,有的是自己看着看着,学会了。我想姑姑属于自己看着看着就会了的那种。我相信人只要长大了,没有做不成的事。我坐在门槛上时爱思考长大的问题,以为长大是一种能量。

宁绍平原一带种棉花,纺纱是一种生计。随便跑进哪家,那辆或搁起,或靠着墙壁的纺纱车肯定是家里最年长的。所以,纺纱车看起来也特别的老,木头褐沉沉的,并不光滑,似乎有什么东西跑进去,又有什么东西跑出来,一进一出便留下核桃样的褶子,仿佛那是它们的皱纹。

"纺纱车"这名字,听起来很诗意,其实跟"车"字没有多大的关系。一个轮子,一个手摇柄,再外加两根木条固定住,结构非常简单。轮子像一朵花瓣,特别惹眼。尤其转起来的时候,好看,也好玩。我趁奶奶不注意时,偷偷摇几下。小摇车没有嘤嘤嗡嗡,只是叽里咕噜。再摇,还是叽里咕噜,像有人低声嘀咕,又像我穿母亲的套鞋时发出来的声音。

我当然不满足。于是摇得快一些,两只手一起摇。轮子呼呼响着,像是鼓起了腮帮子。木轮子此时消失了木性,摇身一变,成了一条绸带。再快,小摇车在空中变成一圈影子。但,我只能玩到这儿。奶奶不允许我这样玩她的小摇车了。也怪,我每次玩过后,奶奶总会知道,虎着脸问我是不是玩过小摇车了。我还想撒谎,可一看奶奶的神色,知道撒谎没用。小摇车上没有纱锭,我无非摇了几下而已,奶奶却像孙悟空一样,一瞧就能辨出虚实来。

奶奶的棉花是一年年积攒下来的。队里分一些,自己种一点。棉花大多种在自留地里的边余角落。今年数株,明年也数株。奶奶烧饭时对棉花秆特别留心,秆上偶尔会残留一些棉花,有的指甲般大小,有的挂着一只干瘪的棉铃。有时还会有整朵棉花,那纯属是奢侈的意外。奶奶会把那些棉花收集起来,放进一个盒子里,几年下来倒也有几大捧。

有一年,家里突然晒了一大片棉花。奶奶殷勤地翻晒着它们,一天要翻数次,像服侍病人翻身。傍晚时装进麻袋,一袋袋扛进屋里,直挤得人在屋里转不过身来。奶奶的脸红彤彤的,洋溢着动人的笑容。但没几天,那些棉花消失了,它们都被父亲拉到了镇上。奶奶的脸上还是那么红彤彤。

脱籽后的棉花用一根长筷子裹起来,然后用圆木板在筷子上来回地轧。它们一个瘦长,一个胖圆,奶奶称它们为拖花杆和拖花板。抽出筷子,棉条就做成了。棉条有一个诗意的名字,叫花锭。只是这个花只有白色,只有一瓣。但一瓣瓣叠上去,花锭就成了绽花。奶奶把绽花叠好,放进布袋子。每晚从里面取出二十根,在十五瓦的灯光下让小摇车轻轻哼唱。有时停电,奶奶就会取出一盏油灯,倒上小半碗的菜油,把灯芯捻到很细,在一圈微弱的灯晕里开始纺纱。

初中时曾有一篇课文,题目是"记一辆纺车",好像还配有一张插图:大伙儿坐在蒲团上比赛纺纱,姿势也差不多:一只手转手柄,一只手举过肩膀,一条棉线斜斜地被抽出来。大家脸上挂着喜悦的笑容。课文中写到"纺车是作为战斗的武器使用的",念到这儿我很惭愧,我从来没有这样的觉悟,我把它看成了自己的玩具。当老师领读到课文的最后"跟困难作斗争,其乐无穷",课堂里的声音瞬时提高了八度,惊得窗外的数只麻雀从电线杆上飞得无影无踪。

奶奶的小摇车不温不火,轻轻哼着,嘤嘤嗡嗡,嘤嘤嗡嗡,一个转折,咕噜一声,再继续嘤嘤嗡嗡。我托着下巴,痴痴望着奶奶与小摇车。我猜想小摇车的嘴巴在哪里,那些嘤嘤嗡嗡声是从哪儿发出来的,是棉花锭上,还是木轭里,抑或是奶奶嘴里哼出来的?我听着听着,瞌睡虫来了。

小摇车,是一种村庄里的动物,它跟狗的区别是:狗在村里乱窜,小摇车窝在家里,它不吃东西,而是玩棉花。恍惚中,我感觉自己变成了一条鱼,在村庄里游来游去,小摇车在岸上,冲着我叫。

它是村庄里唯一不吃只玩的动物,乖乖的,不出院门。它玩出的线,转给织布机。

被织老了的布

现在,织土布成了景点的一个旅游观赏内容。一架织布机,一位老妪,吸引游客一拨一拨涌进简陋的小木屋。有人忍不住坐上,怯生生地织几下,也就那么几下,惹得一旁的老妪豁着嘴笑。只有我明白那笑的内容。

……

奶奶从纺纱车下来,坐上了织布机。

奶奶两只脚搁在踏脚板上,一上一下,踩着;一把木梭在两只手中,一扔一接,织着。奶奶抓住刚推过去的挡板,拉到跟前,重重一撞,在"砰"的一声中把棉线紧紧压进布里。似乎,唯有这样,才能让织布机长了记性,老老实实听从奶奶安排的一个个动作。

奶奶的动作是重复的,右手推开挡板,右脚一踩,眼前的经线忽然张开了大嘴巴。奶奶左手中的梭顺势往嘴巴里送,嗖,梭拖着一根线,很快从嘴巴里钻出来,奶奶的右手轻巧地接住,左手赶紧把挡板抓过来,砰,经纬有方。奶奶手脚的左右是交替进行的,一点都不会出错。只有笨女人才会出错。

嗯,好像村庄里还没有那样的女人。

不知道是奶奶的织布机老了,还是织布就是这样,各种各样的声音从织布机上传出来。有吱吱呀呀,有叽叽喳喳,也有砰砰啊啊,似乎织布机里藏着许多小动物。只要奶奶一织,那些动物就跑出来,但各说各,各吵各,谁也管不了谁。

不仅仅我们家有那么多声音,前院、后屋,包括隔壁,似乎都养了一大群动物。那些动物的叫声被奶奶一次次地织进布里,一次次地重复着。奶奶的织布声让村庄的夜晚变得更加幽静。

我躺在床上,感觉窗外的月光像水一样浸泡着我们的村庄。奶奶织布机里的小动物正欢快地奔跑在月光下,一会儿钻,一会儿挤,又一会儿叫,一会儿闹,玩得不亦乐乎。村庄成了一个森林,它们是村庄的主角,我们只是它们的配角。唧唧会叫的,是小松鼠,它正跟一只吱吱叫着的大老鼠吵嘴。啾唧啾唧的,那是鸟,可我想象不出来那是什么样的鸟,但一定是拖着长尾巴,有五彩缤纷的翅膀,会飞上枝头,还会闲庭信步。我津津有味地听着,数着,一只牛,两只羊,数只鸟……

我不得不承认,我小时候特别顽皮,还爱模仿大人的动作。我把模仿当成一种乐趣。我悄悄观察着大人的走路姿势,他们说话的腔调,还有他们劳动的细节,荷锄挑担的样子。没有人注意到我的模仿,这使我的模仿多了一分隐密。我之所以能不遗余力地描写出奶奶织布的样子,也是曾经的模仿踩实了我的记忆。

我当然不会满足只在夜晚听奶奶的织布声,我很想坐到织布机前,亲自指挥那些小动物,让它们吵得更欢。还没等我爬上织布机,早被奶奶拎了下来。她不准我碰织布机。

奶奶说,等我长大了,织布机就要交给我。在奶奶眼里,世上的女人都是要坐到织布机上的。母亲对此是不以为然的。印象中,母亲对奶奶织布是反感的。起初我并不明晓,后来从母亲的只言片语中得知,父亲跟母亲结婚时穿的是奶奶做的土布中山装,让她觉得很没面子。婚后,母亲掏空兜里所有的钱,给父亲扯了一套卡其布的中山装,硬是让父亲很隆重地去了一趟外婆家。结果引起奶奶的不满。好在,她们很快分家了。

奶奶说她织的是土布,俗称老布。我摸摸,确实很老。那些细细白白的纱从小摇车下来,到织布机上时已经走过很多工序,细白棉纱在一道道程序中慢慢变老。只有它变老了,才能织出结实的布。奶奶是所有工序中的导演,当然又身兼数职,里里外外由她总调度。如果得到奶奶的允许,我还有一个跑龙套的角色:递递纱箬,拿拿杖。

奶奶把积累起来的纱调成束,然后把一束束纱染成不同的颜色,最多的当然是红、蓝、绿。染的过程中还要掺和进稀薄的米粥。有时,我望着黏稠的粥浆,心想这花花绿绿的棉纱真有意思,居然还喜欢喝粥。也许棉纱一喝下粥,就会老老实实地从调纱棚走到纱箬。

最复杂的莫过于经布了。这天是家里最热闹的时候。男的准备木桩、木凳、石头等物品,女人从架在屋梁的隔板上取下许多工具,如像一把超大型木梳的筘、各种大小不一的杖,还有笁帚、鱼管、油搭等。

父亲与二叔一个站在屋里,一个站在院子里,从两人站的位置依次敲下经布桩。这时奶奶隆重出场,她指挥着我、姑姑和母亲把各种颜色的纱箬,依据花纹的要求,在地上排好队。母亲尽管心里有疙瘩,但在这样的重大场合,她不得不参与进来。纱箬胖乎乎矮墩墩,睁着许多眼睛。我捧一只纱箬,姑姑拿五只纱箬,而母亲十个手指上挂十只。奶奶说,红的这儿,蓝的那儿。于是,红纱箬蓝纱箬乖乖站到自己的位置。

奶奶像指点江山一样,让纱箬有序地站好队形。奶奶又支使父亲倒放两条长凳,在凳脚上搁一条竹子做的经条。奶奶与姑姑、母亲把每个纱箬线头分别穿到经条眼里。由奶奶把穿过经条眼的纱线捏成一股,来回分别给两头挂桩的父亲与二叔。

奶奶穿梭在线条中,神情非常严肃,不允许我嬉笑,也不准我调皮,否则马上把我清场出来。于是,我不太喜欢经布,没有一丝声响,沉默中的动作总让人怀疑不真实,也不好玩。奶奶喜欢这样的场合,举手投足间散发着某种优越感,所有人听从她的指点。她的脸绷得紧紧的,那些皱纹像一条条线,似乎是奶奶手上的棉线偷偷爬上去了。

"……上得坚,刷得光,经布经好上布机。上布机,上布机,黄杨梭子燕子飞,四页棕头上下动,毛竹撑杖寸寸移。"奶奶斗大字不识一个,但这首歌谣却唱得很好听。"上得坚",织布的挡板"砰"的一下;"刷得光",脚踏板"咿啊"一声;"经布经好上布机",木梭拖着"嗖"的长音飞快地窜过来。奶奶用村里的土话唱的,歌词的音扁平化了,没有前鼻音后鼻音之分,也没有卷舌音,一律唇齿音,似乎这才是织布机的背景音乐。姑姑念了七年书,却不会唱。不会唱,也就不会织。我想是这样的吧。

奶奶辛辛苦苦织的土布大多藏进了箱子里。连同每晚我听到的那些小动物叫声,和皎洁的月光、淅沥的雨声,全收纳起来去了箱子底。原因很简单,家里人不愿意穿,嫌土。裁缝也不愿意做,怕钝了剪刀、断了针。那架织布机慢慢从堂屋移到偏房,一年坏一样东西,有时脚板上的绳断了,有时挡板上的横木条朽了。刚开始,奶奶还会拿抹布去擦擦,后来没有了那个心情。我想,奶奶对家里人穿棉布、的确良、涤纶是不满意的,甚至有些敌意,所以,奶奶穿了一辈子的土布。不用裁缝给她做衣服,她自己裁,自己缝。十多年过去了,她的土布对襟衫除了颜色更土外,其余一点都没有变。

有一天,村里突然来了三个人,想收购几架织布机。奶奶问他们收购织布机干吗,他们回答县里准备建造一个老物件的博物馆。奶奶又问:博物馆是啥东西?会织布吗?他们哈哈大笑,说这个老阿嫂真幽默。奶奶对他们的笑是很不满意的,认为对着人张口大笑没教养。自然,奶奶也没把那架织布机卖给他们。

我出嫁的时候,奶奶送给我两床她织的土布,细条纹的。我舍不得使用,这两块布一直珍藏着,连同当时的一句谚语,"彭桥细布雪雪白"。

奶奶的土布如今成了"非遗"。母亲嗤之以鼻。她还是放不下那块心病。

哑巴叔的泥哨子

公园入口处有一个小摊,兜售一些小玩意儿。四岁的儿子看见了,怎么也不肯往前走,嚷着要过去。摊主是个中年人,用一口不地道的余姚话吆喝着,一看见小朋友过来,更加卖力地吆喝。

这是一个有趣的现象,当地的孩子一开始学说普通话,即使爷爷奶奶不会普通话,仍很努力地教着,音没念准,还乱改声,把去声念成平声,平声读成去声,一句话听起来像一锅夹生饭。虽然如此,做长辈的依然不遗余力地教孙子说普通话。倒是那些外地来的,勤奋地学当地土话。显然,他们想用方言的同化来谋取一份生计。爷爷奶奶教小孙子普通话,则是希望小孙子走向更远的地方。

摊主看见我儿子靠近他的摊位,殷勤地拿出一些小玩具。儿子东摸摸西摸摸,似乎没有了主见。摊主见状,掏出一把泥哨子,含在嘴里,一吹,"啾……"儿子挥舞着双手,想要泥哨子。

摊主讨好地递过来,儿子一接,往嘴巴里送。我一把夺了过去,说,这太脏了。儿子不理解泥哨子的卫生跟自己的关系,抬起头吵嚷着要泥哨子。我让儿子挑其他的玩具,儿子不愿意,坚持要那只泥哨子。我们母子僵持了许久,最后我妥协,给他买了。但有一个条件,回家后用酒精擦过才能吹。儿子勉强同意。

回到家,我没有拿出泥哨子,希望儿子能忘记这件事。谁知,儿子玩了一会儿,记起了那只泥哨子。我没办法,只好找出酒精擦了又擦,还用冷却的开水清洗了一番。儿子早已等不及了,一直眼巴巴地瞧着我。待我认为已完成消毒程序,才把泥哨子给了他。儿子迫不及待,吹起了泥哨子,"啾……啾……"

看着儿子快乐地吹着泥哨子,我有些难过,因为我想起了一件跟泥哨子有关的往事。这件往事跟哑巴叔有关。

哑巴叔多大年纪、叫什么名字,估计只有四个人知道,他的父母、村里的会计和他自己。他的父母直接叫他哑巴,有时心情不好,"哑巴"喊得全村庄都听得见,唯独被叫的人没有听到。村里的会计年底填报数字时,哑巴叔才作为一个有名字的人出现在数据上面。他的名字对我们来说没有意义,他自己更没有感觉。他的名字永远藏在村里的户口册上,似乎有些奢侈。

我们小伙伴之间吵架最凶的时候,不是掐架,也不是骂,而是大喊对方父母的姓名。在我们眼里,没有比喊别人父母姓名更恶劣的事了。我们彼此捍卫着自己父母的姓名,却对别人父母的姓名十分感兴趣,那是一件秘密武器。一旦得知别人父母的姓名,我们的兴奋程度不亚于过年领压岁钱。有时,我们还会毫不羞耻地向别人透露与自己不要好的伙伴的父母是什么名字。但,永远不会有人捍卫哑巴叔的名字。

据说哑巴叔领来时健健康康的,否则谁会领养一个病孩儿。他被领养的第三年,他的养父母生下了自己的儿子。他在家里的境遇便慢慢差了下来。不久,他得了一场大病,养父母没有及时给他治疗,从此,他成了一个哑巴。

哑巴叔大多时候在看管他们家的自留地。他握一把扫帚。扫帚上面的细竹梢全掉光了,留下几根硬硬的竹梗,像一只肿胀的鸡爪子。一看到鸟,他嘴里就发出一阵呜呜啊啊的声音，手里的扫帚左挥右舞，直到麻雀惊惶而逃。尽管他兢兢业业看守家园，但时常挨打，因为挨骂对他无效。养父倒不怎么打他，养母打起来可凶了，用棍子劈头盖脸地打过去。哑巴叔不会喊救命，只会呜呜啊啊，呜呜啊啊。

他养母是个能干的人，地里的活儿干得一点不亚于男人，锄地、施肥、挑担，干得既利索，又不打折扣。家里的活儿也样样做得漂亮，纺纱、织布、织毛衣，似乎什么都会。也许是因为自己能干，她对谁都要指手画脚、评头论足，自然她对哑巴叔是不可能有好脸色的。我们常常看到哑巴叔鼻青脸肿的，知道他又挨了打。哑巴叔一挨打，准饿肚子。养母用挨打与挨饿努力让哑巴叔长记性，不准偷懒，不准做坏饭菜。

我奶奶曾劝过哑巴叔的养母，孩子已经这样了，你就不要打他了，打他也没用。养母瞪起一双杏眼，说，干家嫂子，棒下出孝子，这是老话。奶奶见此情形，知道自己说不过她。奶奶能做的是剪下半张伤膏，趁他养母不在家的时候送过去，用手示意让他贴在里面，如果被养母看到了非骂个狗血喷头。

我们很害怕哑巴叔。虽然怕他是没有道理的，他既不会骂我们，也不会打我们，可看到他呜呜啊啊，我们就逃，比麻雀还惊惶。

尽管我们对哑巴叔心生惧意，然而我们还是会时不时地欺侮他。我们知道哑巴叔是听不见我们在说什么的，冲着他喊：哑巴哑巴，滴滴答答。我们一边喊，一边开心大笑。哑巴叔木然地看着我们。

后来村里来了一个卖泥哨子的老人。他拿起一只泥哨子向我们吹，兜售他的泥哨子。我们围着他，好奇地摸摸这个，拿拿那个，可我们没有钱买。我们做了一件不光彩的事，趁他不备，偷了几只泥哨子。我也偷了一只。待老人走后，我们炫耀地吹啊吹。我哥见了也想吹，我不肯，结果晚上他向父母告发了我。我被父亲痛打一顿，我不甘心，又检举了另外两个人，那两人也被他们父母结结实实打了一顿。我像示众一样被拖到院子里挨打,旁边站着哥。他似乎有些幸灾乐祸,又有些尴尬,眼睛偷偷瞄一下,再偷偷瞄一下。父亲打一下,责问一句:"还偷不偷?"我捂着屁股,拖着哭腔,答:"再也不敢了。"父亲仍不满意,继续打我屁股。

哑巴叔当然不可能听到,但他看到了。他一步一步走过来,用手比画着别打了,嘴里呜呜着,一边还用自己的身体替我挡父亲的棍子。我哭着,手里还紧紧捏着泥哨子。母亲掰开我的手,把泥哨子扔到地上,用脚踩,顺手拧了几下我的嘴巴。我见状,哭得更厉害了。哑巴叔低下头,捡起那只泥哨子,发出一串呜呜声。

小孩子对挨打有记忆,但对肉体的疼痛却忘得很快。第二天,我们又继续没心没肺地玩开了。

不久,我发现哑巴叔蹲在墙角,对着那只残缺的泥哨子左看看右瞧瞧。我很想把泥哨子拿回来,但一想起父亲的棍子,不敢了。

也不知是谁发现的,说是哑巴叔在捏一只只泥哨子。大家感到很惊奇,在泥哨子的诱惑下,推推搡搡,挤到哑巴叔跟前。哑巴叔伸出手递给我们他捏的泥哨子,我们小心接过。泥哨子还有些湿,我们顾不得,含在嘴里,一吹,没有"啾……"的声音。

我们比画着,可我们比画不出声音的形状。哑巴叔在我们的比画中领会到了另外的意思,他给我们捏起小动物来。两只母鸡,一只伸长脖子,似乎想喝水,另一只翘着屁股,好像在觅小虫子吃。一只鸭子更好玩,单腿站立,脖子一扭,整个头塞进了翅膀里,它在打瞌睡。他捏呀捏,又捏出一只公鸡来,胖墩墩的肚子上长出了一对翅膀,一双结实的鸡爪子牢牢撑起鸡肚。不一会儿,公鸡的头也装上了。哑巴叔还给公鸡长上漂亮的冠。我兴高采烈地大叫大喊,把手伸向哑巴叔。哑巴叔的泥公鸡站到了我手上。一旁的小伙伴羡慕极了,他们干脆学着鸭走路,学羊吃草的样子,给哑巴叔描绘了一个动物庄园。

我们围着哑巴叔开心地笑着,哑巴叔看着我们,嘴里"额,额……"叫着。慢慢地,哑巴叔的脸舒缓了,似乎也想笑。可怜的哑巴叔已经忘记什么是笑了,他的表情让我们觉得很恐怖,比他的呜呜啊啊更令人害怕。于是,我们再次惊惶而逃。

奶奶的剪纸

　　一张红纸,一把剪刀,还有一个下雨天。这是奶奶剪纸的三个条件。

　　也许还有过晴天,或阴天,我已不能确定。奶奶手里的咔嚓咔嚓,与屋外的滴答滴答,像穿了一双宽大的套鞋,吧嗒吧嗒在我脑海里走来走去。所以,我就否定了奶奶会在晴天剪纸。

　　奶奶一只脚搁在门槛上,另一只脚曲着,身子略微前倾,头自然是低的,或许是勾着的。奶奶鼻梁上架一副老花眼镜,专注的目光或越过眼镜框,或透过眼镜片,全看奶奶需要远光还是近光。眼镜的式样派头十足,一根细长的链子从耳朵后绕过去,拖在脑后,似乎是民国时期的范儿。其实,那链子是用绒线做的。也许本来是黑色的,也有可能是蓝色的,现在已经看不出它原来到底是什么颜色。岁月能让本色褪色。

　　一张红纸折了又折,叠了又叠,还用力压一压,奶奶似乎在调教纸的脾性。待纸平整后,奶奶才拿起剪刀。我挤挤挨挨地过去。奶奶不让我靠近,说是此时的剪刀有脾气,看到小小人,它会咬。我信了,赶紧坐到门槛上去,用手捂住眼睛,希望剪刀没发现我。可耳边传来咔嚓咔嚓的声音时,我捂住眼睛的手像是被谁掰开了。

　　刚才那张被调教过的红纸,正在奶奶的手里变戏法。一会儿翻,一会儿摁,右手的剪刀亦步亦趋,这里咬一口,那里啃一下,一片片的红碎片纷纷飘落。奶奶的嘴唇紧紧抿着,还时不时噘一下,唇边的皱纹一下子全推了过去,似乎奶奶身上的气力都是在那儿酝酿的。

我一点一点挪动着脚,小心翼翼靠近奶奶。不知奶奶是没注意到我,还是她已经征服了手中的剪刀,此时她没有让我走开的意思。奶奶用力一铰,三角形似的红碎片像一阵雨般坠落。我怯怯伸出手,去捡掉落在她黑色围裙上的"红三角"。

奶奶有两把剪刀,一把是小头大肚子,另一把是长嘴的。用小头大肚子的那把时,奶奶的呼吸似乎停止了,仿佛手上的那张红纸是一个瓷娃娃。她小心而谨慎地左一下,右一下,飞出来的碎片是薄薄的。如果不满意,奶奶会继续屏着呼吸,左手的五个指头配合着她的情绪,捏、撮、摁⋯⋯右手的剪刀开开合合,本来的咔嚓咔嚓此时听起来像呱唧呱唧,仿佛告诉我那才是奶奶的嘴巴。

奶奶推了推鼻梁上的老花眼镜,然后用手一抖,红纸变成了一条花带,上面是一朵朵莲花。我想去摸,奶奶很小气地推开我,说,这个不能摸,是给菩萨的。

我觉得好奇,问,菩萨让你剪的?奶奶说,菩萨当然不会要我们的东西。我又问,菩萨住哪儿?奶奶又推了推眼镜,说,当然住天上了。

我还想问,可奶奶起身把刚才剪的一串莲花捧到桌上的一个盒子里,那是她平时念经用的一个普通木盒子。奶奶撮着几只指头,恭恭敬敬把纸莲花拉直,随手把眼镜摘下来,放在木盒子边,好像让眼镜帮她照看躺在里面的纸莲花。

奶奶除了剪莲花,还会剪很多我叫不出名来的花。我就随意命名它们为太阳花、凤仙花、月季花、菊花。奶奶有自己的叫法,把我叫的花名改成元宝花、平安花、健康花⋯⋯奶奶把剪好的花都放进了她的木盒子里。

我想,奶奶用纸花供奉着她心目中的菩萨。

奶奶没上过一天学。按照她自己的说法,是"亮眼瞎子,一字不识横划"。但她懂很多寓意,知道怎么讨彩头,明白什么是人生的好预兆。有时看到奶奶一屁股坐竹椅上,连握筷子都有点松松垮垮。可一握起剪刀,她粗糙的手指头似乎转身成了一个小姑娘的,灵巧而活泼。

奶奶的话不多,甚至连一句好听的话都说不周全。她用红纸一刀一刀剪出她想表达的祝福。逢生日剪寿桃,或剪蝙蝠;逢满月剪葫芦。前者寓意长寿幸福,后者祝添丁增口。

奶奶跟许多老人一样,在粗枝大叶的生活面前,习惯用上一辈人传下来的寓意寄托内心最柔软的一面。

其实,不仅是奶奶,村里像奶奶一样年纪的人都会剪漂亮的剪纸。只不过,我是奶奶的孙女,自然把奶奶的剪纸水准放在了村里的第一位。当然,这也是有根据的,因为村里确实有不少人只向奶奶讨剪纸。奶奶从不拒绝别人,得一个空闲,就帮别人剪最便宜又珍贵的祝福。尤其遇上红白喜事,踏我们家门槛的人就比往常多。

如果是喜事,奶奶就给人剪双喜字,也剪各种幸福花,红纸上花团锦簇,镂空、留白恰到好处,尽得喜气。这些剪纸都要覆盖到新婚之物上,茶杯、热水瓶、鞋笪等等。连马桶盖上也要摆一张。房间虽然简陋,物品也不多,因那一张张剪纸,似乎一下子显得富丽堂皇。

我喜欢跟同伴一起钻别人的新房,不仅能得到主人热情款待——塞几颗糖果,而且可以在同伴面前炫耀奶奶的剪纸,得意扬扬。同伴自然不服,说你怎么能肯定这一定是你奶奶剪的,我奶奶也剪了。

我把舌头上的喜糖推到腮边,一边咽糖水,一边鼓腮帮子,说,我奶奶的剪纸有气味。同伴们一个个笑得像歪瓜裂枣,嘴巴里的糖水吧嗒吧嗒滴落下来。我看了,觉得可惜。我紧紧抿住嘴巴,努力咽下正从糖粒里融化出来的甜汁,然后把糖粒推到另一边腮帮子,说,我奶奶剪的纸上有一股油菜花香,不信,你们自己闻闻。

同伴们真的去闻了,凑着脑袋从茶盘闻到马桶盖。奶奶的剪纸上有油菜花香是我随口说的。村庄里最多的是油菜花,屋前有一大片,屋后也有一大片,出了村还是一大片。油菜花灿烂的时候,村庄里热闹得不行,招蜂引蝶的事每天进行。大家都说油菜花有股淡淡的香气,可那种香气让人饥饿。我想,只有让人饥饿的香才会让人记得住。同伴们的嘴巴里都含着一颗甜蜜的糖,凑到一块儿当然能闻到一股香。而我从此记住了自己随口说的那句话,奶奶的剪纸有油菜花香。

奶奶在她没有出嫁前已经学会了剪纸。据说,这也是女红中的一种。最让人称奇的是,奶奶是"麦手"剪的,意思是没有任何图纸,全凭自己在脑子里想好的构图。我没见过奶奶剪纸前的沉思或琢磨,她只要一拿起红纸与剪刀,那手指就像长了羽毛,在纸中,在剪刀下,扑棱扑棱,轻盈得很。

奶奶的手指头又粗又短,是典型的劳动者的手。但这双手能让一张纸变成各种各样的动物与花卉,寓意丰富,给人无尽的遐想。我开学前,奶奶给我剪了一条鲤鱼。奶奶说,这是鲤鱼跃龙门,希望囡囡读书聪明。

奶奶的剪纸还有其他用场,如老年人给自己备下的寿鞋、过年祭祀需要的五牲、给孩子用的肚兜等等,都需要放上剪纸。也不知道奶奶的肚子里装了多少剪纸式样,只要有人派用场,她都会剪。

奶奶与别人最大的不同是,在剪纸完成前,她会留下自己独特的一剪。别小看这一剪,没有这一剪,这图案看起来就是呆板。她像书法家一样,在某处盖上一个印章。只不过,她的印章根据剪纸的内容灵活处理,如剪的是动物,她会在眼睛上来一刀,让动物的眼睛显得突灵灵,呼之欲出。这可能就是奶奶剪纸的"气味"吧。

有一年,我从山西出差回来,给母亲带了几张剪纸。母亲说,这个剪纸不咋样。我说,我花了几十块钱买的。母亲瞪大眼睛,剪几刀还要用钱?我说,是呀,这是艺术。母亲再次瞪大眼睛,艺术原来就是这个样子?!如果你奶奶在,那还了得。母亲掰着手指头,算了半天,照这个价格折算,奶奶的剪纸至少值上百万元。母亲算到这儿,眼睛里泛上了光芒。

可惜,奶奶作古已十五年了。

吹鼓手

从手艺人地位而言,吹鼓手位于"九佬十八匠"的九佬之末,还不如手持长柄雨伞的揭鸡佬。但村里没有人叫他们吹鼓佬,而是客客气气地尊称他们为乐师。

有一个姓王的中年人,他是敲锣的。别人叫他王乐师。跟他做邻居的是一位念过几年私塾的老先生。在中山装引领全中国服装潮流的时候,老先生还穿长衫,手里握一根拐杖,指甲留得老长。如果头上戴顶西瓜帽,活脱一个地主形象,人们叫他私塾老先生。据说,他在"文革"期间因为配合一切忆苦思甜活动,上台扮演地主,倒给他免去了真实的批斗。其实,他算不上地主,无非是念了几年私塾,家里顶多算富农,这成分还有些往上靠的意思。

王乐师被私塾老先生喊成了王药师。理由是这个"乐"不是音乐的乐,而念"药"音。村里人识字不多,不理解一个字怎么会有多种读音,但私塾老先生的话如铁板上的钉,因为他是老先生。于是,王乐师变成了王药师。不过,对姓王的吹鼓手来说,药师也好,乐师也罢,都没有什么意义,他仍是一个敲锣就敲锣、种地就种地的农民。

那个私塾老先生每天到他们家去坐一坐。结果人们发现那位老先生越活越精神，气色特别好，每天穿着长衫，握着拐杖，用长长的指甲捻捻胡须，偶尔摇头晃脑地吟诵几首我们听也听不懂的诗。我依稀记得，他一边抑扬顿挫地吟，一边闭着双眼晃。轻轻地晃，慢慢地晃，旁若无人。最后一个音收尾时，他的头正好晃回来，似乎有人给他打节拍一样。

有人开私塾老先生的玩笑，说，你老怎么活成人精了，别人都在老，你却在年轻。私塾老先生嘿嘿一笑，说，妙不可言啊。说这话时他又轻轻晃了起来。后来，"三根毛"解了这个密，说是私塾老先生每天在敬药师菩萨，他能不成精吗？众人一听，前后联想，也对，私塾老先生天天跟王药师在一起，怎么会不得到加持呢？"三根毛"是因为他脸上异峰突起地长了三根毛，又粗又长，平时有点小聪明，像极了电影《刘三姐》中的管家，大家便顺顺口口叫了下来。

王乐师他们才不管是乐师还是药师，一门心思做他们的农民，吹鼓只是他们的副业。

吹鼓手是一个组合，哩哩后面是啦啦，呜呜肯定有哇哇，少一个声音都会觉得不完整，像漏了针脚的毛衣，再怎么好看，总归是次品。他们在一起时，肯定在吹奏，一个个铆足了劲地吹、敲、打……穿针引线似的把一个个音符推送出来，让每一个人收到某种信息，或红喜事，或白喜事。

他们在人前是农民，人后还是农民，他们身上的力气大半留给了土地，只有一小半才分配给自己手中的乐器。没有乐可奏的时候，乐器挂在墙壁上，与他们的农具一起并排挂着。所不同的是，乐器外面有布套，防止蒙尘。他们毕生的事业还是伺候稼禾，那才是他们真正的特长，开春点豆种瓜，入夏施肥除虫，什么节气干什么活，心里根本不用盘算。给村人当吹鼓手只是生计的一小部分，就像一块田的边余角落种了几棵菜秧。

他们跟泥土打了一辈子的交道。他们踩下的脚印比他们吹出的音符还多。他们的脚印只有大地记得住，可大地的回忆只躺在纸上。所以，他们永远挤不进村庄外的记忆里。他们得到一个称呼，还有体面的尊重，心里很清楚，那只是一个虚称。别人递烟给他们，他们忙着给别人划火柴。

　　他们的手是地地道道的农民手，粗短、粗糙、粗粝，扁平的指甲里藏垢纳污，上面散发着汗水与血泡的气息，跟乐器相差甚远，仿佛两者之间没有相遇的可能。有时，乡间小路上偶遇其中一名吹鼓手，他赤着脚，挑一担肥去田间，从你身边侧过去时极谨慎，努力让粪桶离你远远的。几颗豆大的汗珠从他额前滚落下来，一直顺着他的脸颊流到脖子。他的腮帮子松松垮垮，汗水却绕了过去。但他只要一吹唢呐，腮帮子就鼓鼓实实的，看起来满满的，有时还能看到汗珠子停留在上面发光。

　　他们完成一个个娴熟的动作。有的吹，有的敲，有的打，各个的动作各不相同，也没有专人指挥，但他们能从对方的手势或眼神中领会节奏，把自己的动作与别人的连缀成一种情绪，并随时切换场景。

　　敲锣的是他们的队长，走在最前面，锵锵锵，锵锵锵……声音有些单调，动作也有些机械，但他负责的锣给所有声音作铺垫，没有他的锵锵锵，其他的便没有生气。紧靠他后面的是吹唢呐的，高亢，激越，能把所有人的注意力集中起来。他吹得满面通红，一个个音符像胖小孩一样欢快地在屋子里窜。旁边是敲鼓的，脖子上系一根带子，连着肚子上的鼓，两手一会儿交替，一会儿齐敲，咚咚，咚咚……有人出钱买他们的音乐，有时需要欢快的，有时需要哀伤的。他们按照主人的所需，让他们手中的乐器吹出快乐，敲出喜庆，也可以让他们吹出哀愁，敲出伤感。

　　有女出嫁，请他们过来吹奏。二十世纪八十年代的新娘子出嫁，大多走着去夫家。村人还习惯将女儿出嫁称为上轿。那一顶红色的轿子就在吹鼓手的声音里。他们铿铿锵锵，敲出红轿子；他们哩哩啰啰，掀起了红轿子的帘。他们呜呜啊啊，抬起了新娘子。他们锣鼓喧天，他们吹吹打打，把出嫁的女儿吹得哭哭啼啼。他们耳朵上夹着香烟，一边卖力地吹着，敲着，一边领着身后的新娘子朝夫家走去，引来一群看热闹的人，包括我们一群小屁孩。新娘子穿着红色的绸缎棉袄，脖子上系一根湖蓝的丝巾，红红的眼睛下是红扑扑的脸蛋,看不出悲伤。

我听不出他们吹的是什么曲子,耳边尽是有节奏的呜呜哇哇、咚锵咚锵。也许他们有自己的曲牌或曲调,什么场合吹什么敲什么,他们有自己的规矩。唢呐响起,锣鼓悄悄静下来。所有的寂静只为了唢呐此时的高亢。音符从唢呐里出来,像一株株饱满的玉米,拖着一缕缕焦黄的穗须,在风中摇晃着玉米秆,吸引着我们去掰。

我们的目光开始搁浅,思绪漫无边际,唢呐的声腔太宽了,我们感觉自己跌倒在玉米地里。我们的情绪来不及酝酿,很快被背后的手推向另一条路,助推我们直接投奔快乐。唢呐被淹没在锣鼓声中,变成了一个装饰音。我们似乎被人簇拥着,推搡着,体味着喜庆与热闹。西北风呼呼的,又是刮又是钻,欢快的乐曲呼呼的,又是挤又是推,一村人都欢喜着。

家里有人出殡,也请他们吹一吹。他们给唢呐、锣、鼓系上一条白布,用乐声领着孝子孝女。他们吹得呜呜咽咽,一会儿急,一会儿缓,不住地把人引入悲伤,尤其那唢呐声,如泣如诉,似乎那是死者对生者的留恋。唢呐一阵,锣鼓一阵,唢呐锣鼓再一阵,五个人配合得丝丝入扣,那哀伤丝丝缕缕、绵绵密密,观者闻者无不伤感。吹鼓手的声音低下来的时候,后面的孝子孝女们便号啕大哭,孝子孝女的哭声越响亮,吹鼓手的乐器声越低沉。待哭声持续得差不多时,吹鼓手齐声大作,村庄上空再一次响起令人忧伤的乐声。那乐声从死者的家里一直飘荡到墓地,一路过来,似乎那是一个个标点符号,伤心时是感叹号,追忆时是省略号,引起亲人痛哭时那是顿号,到了墓地时紧紧凑凑的便是句号。

但也有例外的。比如私塾老先生的葬礼。

私塾老先生临终前交代,必须请王乐师他们给他吹鼓,要欢快地吹,快乐地敲,小辈不能哭哭啼啼,否则他心有所执。小辈依允了他。果真把丧事办得一点都不伤感。王乐师他们吹呀,敲呀,把私塾老先生的一生给尽情地吹打出来。村民在轻松欢快的吹鼓声中回忆着私塾老先生的点点滴滴。大家一致认为老先生一生很快乐,所以,他的葬礼无须悲伤。

除了红白喜事,欢送新兵时他们也吹奏。与红白喜事不同的是,新兵戴着一朵大红纸花在前面走,他们跟在后面吹。新兵走得快,他们便亦步亦趋。他们同样吹得欢快,一边走,一边吹下一串串的音符,那里面有祝福,也有憧憬。新兵在红火的乐声里昂首挺胸,明亮的眼睛里闪着光芒,吹鼓手把新兵的情绪吹得亮亮堂堂。

吹鼓手是乡间的乐师,他们用自己的技艺挣了一份微薄的生计。与其他手艺者相比,他们的地位卑微些许,替人助助兴而已。所以,很多人虽然喜欢听吹鼓手的乐曲,但不希望自己的子女去学那玩意儿。慢慢地,吹鼓手们的乐声越来越老了,越来越远了,曲儿,腔儿,只能在村庄里漂流,再也不能飞到上空。

后来,村里有了录音机,嫁女不再时兴敲锣打鼓,而是用欢快的双卡声把新娘子热热闹闹娶进门。欢送新兵也不再让吹鼓手来吹,年轻人觉得这种形式太土了。只有村里有人出殡,还会请吹鼓手,可吹鼓手再也吹不出能满村飘的音符。

正是这样一群吹鼓手,村民的情绪得到宣泄、表达、寄托。村民的情感在哩哩啦啦中有了适当的位置。他们努力地吹,努力地敲,完全为了取悦村民。村民尊重他们,也无非如此。

不会恶煞的粉塑

村人奋斗一生,似乎只为了房子。有了房子,香火的事就有了保障。造房子看似是形而下的事,其实是形而上的问题。

有了一定积蓄,主人会无比虔诚地跑到算命先生那儿挑一个日脚(日子)。算命先生伸出枯瘦的手指,左掐右算,上拨下移,念念有词。主人坐在板凳上,屁股基本是悬空的,前倾着身子,目光专注,随时接受算命先生的询问,如生肖、时辰等等。

算命先生用一双失明的眼睛定下一个明亮的日脚。日脚里还包含几个小日脚——动土、拆屋、上梁,每一个环节有每一个环节的注重细节,如不能有生肖的冲犯等。主人像接了圣旨一样,小心谨慎地把这些叮嘱捧回家,指导接下来出现的一个个节骨眼。

与主人一样忙碌的还有亲戚,尤其是近亲,不仅出力,还要全心全意履行好随之而来的一套套繁文缛节。有些环节可以简单,见个面,出个力,应付得过去。有些程序必须一脚一脚走到,不能有半点马虎,否则就会恶煞。

恶煞只会出现在亲人之间。邻里间吵架、斗殴都不算恶煞,那是恶化。恶化的局面是一旦时机成熟,关系还会转化,说不定一个招呼、一个事件,就化解了原来的恩恩怨怨。大家和好如初,该借东西还会借,该帮忙仍会帮忙。恶煞则不一样。一个招呼不能解决问题，一餐饭也不能让心里的疙瘩解了。彼此形同陌生人，实际上内心各自翻滚着怨气。

出现恶煞后，得有一位德高望重的长辈出面斡旋。这个长辈非娘舅不可。娘舅是腌菜的大石头，一压，什么菜都得往下沉。上海东方电视台曾经有一档关于"老娘舅"调解纠纷的节目。其实，浙东一带，老娘舅处理恶煞的风俗是一直有传下来的。

因此，舅舅家要造房子，日子还没定，母亲早早就开始操心了。她操心的是上梁那天送什么。她左打听右打听，又与小姨嘀嘀咕咕，却不跟奶奶商量。

我也不清楚母亲与奶奶有没有恶煞过，但从两人的态度上看似乎曾经恶煞。奶奶在河埠头洗衣服，母亲就不去，待奶奶拎着竹篮起身回家，母亲才手持棒槌，急急赶到河埠头。但每年的除夕夜，母亲又会支使我去叫奶奶，让奶奶过来吃分岁饭。两人亲亲热热相待，尤其做祭祀时，母亲做奶奶的下手，奶奶怎么说，母亲怎么做。

舅舅家的房子开始夯地基了，母亲已经定下了一副"上篮担"。这是近亲中最考究的礼尚往来，也是一种象征。有了它，两家的亲近程度一目了然。

娘家人有什么重大事情，没有这副"上篮担"，姑嫂间会恶煞。恶煞的后果，你家有事我不给你撑场面。

姑嫂恶煞，自然婆媳也好不到哪里。小姑进了门，嫂子会指桑骂槐，刻薄的话一句一句扔出来，直到小姑难堪离开。小姑不来，嫂子也会骂，骂得鸡飞狗跳，做婆婆的还得有气当没气。所以，姑嫂一旦恶煞，会比婆媳恶煞遗留更多的历史问题。

舅舅家上梁的前一天，父亲挑起由母亲准备好的"上篮担"。父亲还只到道地时，舅妈早差遣舅舅去接担子，自己忙着倒热水绞毛巾，差使自己妹妹给父亲泡茶搬凳子。舅妈把热毛巾递过来，见父亲正要坐下，不待思索，捏住袖筒，伸出手，往凳子上蹭了蹭。母亲这副"上篮担"足以让舅妈在她娘家人面前撑起面子。

我不知道母亲在"上篮担"中放了什么。从舅妈殷勤的态度上,我觉得"上篮担"在人情往来中确实是一个重筹码。我好奇母亲在八层的篮子当中会放什么,于是,目光灼灼地盯着比我人还高的竹编篮。

当父亲揭开第一层时,我张大了嘴巴。一条龙活灵活现盘踞在里面,一对眼珠子乌溜溜,嘴巴猩红地张着,旁边垂挂着两条龙须,前面一对龙爪紧紧贴在肚子下,后面一对龙爪半缩半放,似乎随时可以腾空而起。龙身上的颜色很丰富,主色是红色与金色,尤其身上的龙鳞,是一片片镶嵌上去的。

打开第二层,我也惊呆了,是一座叠上去的元宝,大大小小有五层,俗名叫"五台元宝"。接下去的是五牲,以及馒头、糕点等等。

小姨的"上篮担"也是如此,两条龙的形状一模一样,两只"五台元宝"也是如此,似乎是双胞胎。无疑,母亲与小姨是从同一个人那儿订制的。

现场有不少人惊叹这手艺。母亲得意地说,我们可是订得早,要是晚去几日,还不一定能订得上。现在家里做事的人多起来了,没有"五台元宝"这事是圆不了的。瞧这手艺,刚开始觉得付出去的钱有些贵,现在看非常值得。母亲自然不忘记提醒舅妈,这副"上篮担"可是层层都花了不少钱。

这两对"双胞胎"是米粉做的,可是不准吃,只能用来祭祀。连碰都不准碰,不知道是怕米粉散了,还是怕对菩萨大不敬。总之,我们只能缩着手伸长脖子瞧瞧粉龙,看看粉元宝,样子很局促。

那天帮忙的都围了过来,他们也缩着手,可嘴巴没闲着,啧啧,嗯嗯,咿咿……耳边尽是赞美的声浪。我觉得大家捧出那么多的赞美,与其是在夸龙的逼真、元宝的象征意义好,不如说是在赞捏粉塑的人。再说,真龙谁见过啊!虽然,捏粉塑的人听不到那么多人的赞美,但,我猜想他的耳朵一定发烫。

因为老人说,如果有很多人念着某个人,某个人的耳朵一定会发烫。

于是,我不由想象捏粉塑的人现在一定是一手摸耳朵,一手捏粉团,脸上迷惑不解,谁在念我啊?!

那天舅舅喝了点酒,有些兴奋,瞪着一双铜铃眼,说:"这个我也学得会。"舅妈丢给他一个白眼,说:"又要吹牛了。"舅舅急了,说:"我想让一块石头变咋样它就咋样,难道还对付不了一团米粉?"很快有许多声音掺和进来,有补充的,有帮衬的,也有嬉哈的。

粉塑的材料很简单,就一团粉,要捏匀,还要不停地揉。这个程序一点都不难,母亲会,小姨也会。每年年底要做汤圆,揉米粉团。边加水,边匀粉,待水差不多渗透到米粉里,便停止加水,开始用双手揉。揉啊揉,把米粉揉成一团,面有了劲后才可以捏。这是最关键的。

像我们平庸之辈,只搓出一只只汤圆,椭圆形的,下面拖着一条尾巴,像只蝌蚪。除此之外,只能是做麦果,从粉团上捏一小粉团,将其搓圆后,放在手心里,两手一摁,粉团成了粉饼,我们叫它麦果。我们做到这个份上,已经没有提升的余地了,再往前走,已不可能。

对做粉塑的人来说,这才刚刚开始,他要再捏、搓、揉、挑、剔等等,根据来人所需的用途,捏出不同的形象。祝寿的,捏寿桃,捏仙鹤,配上一支大灵芝,寓意健康长寿;生小孩的,根据生肖,捏出不同的生肖粉团,栩栩如生。他非画师,但有画师的慧质兰心,每一个粉塑图案事先在心里构思过。他不是雕刻家,可具备雕刻家的细致,他的刻刀是他的手指。他十个手指头分开是不同型号的刀,合起来就是一把锋利的刀,在雪白柔软的米粉上左捏右搓,上撮下摘,精心打造他的粉塑。

粉塑最后一道工序是上色,用一把刷子蘸上颜料,细细地涂、抹、刷,似乎给它们穿上漂亮的衣服。如果做的是动物,捏粉塑的人会握起一支毛笔,蘸了黑颜料,往眼睛上一点,动物顿时生动十分。

半个月后,灶王爷前的粉龙与粉元宝慢慢出现裂纹,昨天掉龙须,今天脱龙鳞,渐渐失却了鲜艳的颜色,舅舅还是舍不得扔掉。到最后全散了,剩下粉粒粉末了,似乎回到了它们最初的混沌之境,舅舅才小心翼翼把它们撤下来。

我问外婆,那些粉是不是菩萨吃过了。外婆立刻纠正,说,菩萨不能用吃,要用供。我又问,那菩萨供了没有?外婆想了想,很认真地说,应该供了。我不知道它们是啥滋味,或许菩萨知道,但,菩萨是绝不会告诉我们是什么味道的。

舅妈跟母亲没有恶煞过。粉塑原来不仅仅供菩萨,还供姑嫂的关系。这恐怕做粉塑的人自己也想不到。据说,做粉塑的人年纪越来越大,不想再做了,而他的儿子嫌这是小本生意,并不想继承他的手艺。估计不出几年,"五台元宝"很难再出现了。

怪不得,"老娘舅"走进了电视节目。

只闻声不见影的播音员

曾经,公鸡替村庄报晓,播音员为我们报时。

晚饭后,我溜到外面去跟小伙伴玩捉迷藏。正玩得起劲,母亲扯着嗓子喊我的名字,如果我不回应,母亲会一直喊下去,像叫魂一样。黑夜里被人叫名字有些恐怖,我总担心我的名字经母亲一喊,会莫名其妙地丢在某个角落里,然后在那儿悄悄发芽,悄悄抽叶,在我不知道的时候长成杂草。所以,我赶紧应一声。母亲一听我的声音,又马上补充一句:"广播都结束了,该睡觉了。"那时,我有些不快,这是一天中对广播员最初的不快。因为,我真的该去睡觉了。

鸡啼过头遍,天还黑沉沉。鸡再啼,天才蒙蒙亮。我蒙眬中听到稀稀落落的鸡鸣。不过,我又很快睡去。

一会儿,窸窸窣窣的声响从村庄各个方向传过来,穿衣服的,找鞋子的,还伴着隐隐约约的尿臊味。虽然声音是压抑的,但在晨色未明夜色未退前,声息像掉进了深井里,有一种莫名其妙的扩音效果。

不等鸡啼三遍,村里开始传出吱吱啊啊声,那是老人在开门,接下来还有咣当、叮当……老人在掀锅盖,拎水,下锅。各种动作滋生各种声音,那些声音不在地上,却掷地有声。此时的背景是挂在墙壁上那只小广播响起的音乐。虽然东方还没有红,仅仅初见晨曦,但广播里开始播放"东方红,太阳升……"

老人往灶膛里塞柴火。灶膛里噼啪作响,老人用布襕围住的膝盖上也噼啪作响。老人喜欢用膝盖顶住柴火,再用手一拗,柴火被折断了。红红的火焰映着老人打着褶皱的脸,纵横的沟壑变得亮堂堂,像标出路标的机耕路,灶膛里的火光肆意地在上面跳跃。

在广播重复"东方红,太阳升……"的旋律下,东方渐渐发白,再慢慢转红。烧好早饭,红太阳还没有升起来。有时,天下着雨,或刮着风,广播里播放的还是那个曲子。外面雨声疏一阵密一阵,广播里依然高亢地响着"东方红,太阳升……"乌云一片接一片,风从村东呼啸着到村西,刮得木格子窗啪嗒啪嗒响,广播中还是雄壮的"太阳升"。风雨中不见东方红,看不到太阳升,而老人们一如既往地让一缕缕炊烟在村庄上空升起,像一根根辫子,上面缀满了风雨声。

我接受的音乐熏陶是从广播开始的。音乐是用反反复复的节奏表达我们的絮絮叨叨。同样一句话,说多了会觉得烦,而唱起来感到的是气势。"……他为人民谋幸福,呼儿嗨哟,他是人民大救星……他为人民谋幸福,呼儿嗨哟,他是人民大救星……"

我知道"东方红,太阳升"的后面是"中国出了一个毛泽东"。但我不知道"毛泽东"是谁。奶奶说,是毛主席。我一听,惊了。毛主席怎么可以直呼其名呢?奶奶听了,也惊了。可奶奶解释不了。因为她是我奶奶,我原谅了她。

当炊烟慢慢散去时,广播员开始播报天气预报,晴,或多云,或转小雨,或有时有阵雨。广播员的声音是脆生生的,充满了感情,如播雨,那个"雨"字有不同的语气:有时有小雨的"雨",委婉、曲折,后面还有一丝余音,似乎雨滴正在赶来的途中,提醒大家及时做好防备;有阵雨的"雨",短促、有力,让人马上想到今天的雨来得快,去得也快,心里早早有了准备。

说到"风",声音顿挫、干净,丝毫不留空隙。播报"多云"时,那个"云"字非常柔媚,有些嗲,似乎风吹稻花,窸窸窣窣飘过来一阵香。

此时,我被母亲叫起了床。

一家人一边吃早饭,一边听广播。饭桌在广播下面,上面是广播员脆笃笃的声音,下面是吧唧吧唧的咀嚼声。如果遇上家里广播线路不太好,声音像闷在了锅里,那早饭吃得无声无息,一口饭闷在嘴里嚼来嚼去,就是不发出欢快的声响,生怕嘴里的吧唧吧唧掩盖了广播声。对看天吃饭的庄稼人来说,天气情况和人的情况一样重要。如果天气出现情况,人的状况也就好不到哪儿去。

播报气象消息有一个规律,每次播报两遍,第一遍快,第二遍慢。尽管如此,大家仍会把两次的气象信息都认真听完,天上的情况掌握了,这一天的力气怎么分配就有了底。

气象消息播完了,早饭也吃得差不多了。不管是谁,最后几口饭都吃得呱嗒呱嗒响,煞是热闹,似乎那是对播音员的赞美声。

村里的人谁也没有见过播音员,但她好听的声音稳稳地站在了村人的心里。

有人说她是瓜子脸,大眼睛,皮肤白皙,梳一根及腰的长辫子。说这话的人嘴里啧啧有声,与之配合的还有深藏笑意的眼睛。有人猜她是鹅蛋脸,有一对酒窝,笑起来眼睛弯弯的。话音刚落,说的人听的人都咧嘴笑起来,可是嘴边只有括弧,没有窝窝,眼角毫不客气往下挤。说这样话的尽是后生。他们在笑声里掩盖着自己的心事,广播员脆生生的声音走进他们的梦里。但这样的念想只能深深藏着,掖着,每天在广播下回味她的声音,用遐想修补日复一日的辛劳。

据说村里有一个姓符的后生,有一次偷偷跑到乡里去看广播员。进了乡政府的门,不知广播室在哪儿,又不识字。一个穿四个兜上衣服的中年人瞧见了他鬼鬼祟祟的样子,问他做什么。他不好意思直接说找播音员,绕着弯子问,喇叭室在哪儿。四个兜的中年人一听,心里马上明白过来。估计像这样找"喇叭"的后生还挺多的。他故意逗后生,说,找喇叭室干吗?后生支支吾吾,说不上话来。"四个兜"还想捉弄后生,严肃地问他是哪个村的,来乡政府做什么。后生哪见过这种场面,不待"四兜大干部"再问话,赶紧从乡政府里溜了出来。

这件事到底还是被人知道了,不过,那时姓符的后生已经有了对象,虽然不是播音员,但表姐的表妹的堂姐也是一个播音员,这多少让他拥有一份美好的感觉,他直接说我堂姐也是播音员,把前面的两个定语全省略掉了。

年老的觉得这个姑娘福气真好,年纪轻轻吃上国家饭,不用下地干活流汗晒太阳,旱涝保收。对老人来说最动人心魄的不是跟国家干部握过手,也不是被领导树为典型,而是不用看天吃饭。

他们喜欢用投胎这一词来总结一个人的命运。他们感叹小姑娘这是前世修来的福,今世不用下地干活,不用风里来雨里去,只要动动嘴巴就能挣来一年的口粮。世上哪还有这样好的饭碗。老人还赞美小姑娘的智慧,居然天上的事也知道,今天刮什么风、下什么雨,小姑娘都了如指掌,太神奇了。呵呵。

当然,还有一些姑娘们的猜想。无疑,播音员是她们最羡慕的:见过世面,有文化,能把一篇稿子一字不差地念下来。姑娘们把自己心目中认为最时髦的元素赋予播音员,想那个跟自己年龄差不多的姑娘应该烫着卷发,脖子里系一根丝巾,身上还有花露水的香味。天热了,还有一件漂亮的连衣裙。姑娘们遥想着播音员今天穿什么衣服,梳什么头发。有人悄悄嘀咕,她一定是披着长波浪,涂着雪花膏。有人补充:她穿着皮鞋,因为广播结束前听到嘚咯嘚咯声。

姑娘们在广播下做着活,织布、做饭、打毛衣,一天天长大,直至出嫁,为人妇为人母,但回到村里时,广播里的声音还是那样脆生生的,一点都不见老，似乎还停留在小姑娘的静好时光里，而自己早已粗糙得不成样子。于是，再一次感叹人的命运。但她们连妒忌的心思都没有，觉得那是人家福气好，自己修不来这样好的福气。

晌午的时候，村口的高音喇叭响起雄壮的乐曲。大家不知道那是大合唱，只知道里面全是一张张嘴巴，似乎全村人都赶到广播站唱歌了。老人觉得不可思议，每天咋有那么多人不劳作，尽到广播站唱歌，那工分怎么办？在老人疑疑惑惑的时候，播音员开始播新闻。从乡里再到村里，从上面的种子化肥到下面的好人好事，甚至哪个村的村民捉到了一只五斤重的鳖这样的小事都播报。

人们在午饭时刻享受着广播员娇滴滴的声音，往嘴里扒一口饭，耳朵里装一句新闻，似乎那是下饭菜。一顿饭结束，脆嘣嘣的声音连同插秧排水、鸡零狗碎咀嚼成一份营养，给松垮垮的身子骨注入了氨基酸。下午又有力气去耘田了。

后来，村里也成立了广播室。村支书为显示自己的权威，自作主张把广播室办到家里，自然他成了首席播音员。按照规定，他的播报只能安排在傍晚。当村里人荷锄踏着暮色进门时，他开始播报。广播里初时呼呼几声，继而喂喂几下，似乎能把村上空的暮色给剪破了。那是村支书播报前的节奏，估计他在试话筒。

村支书的声音飘扬在村庄上空。大家开始有了议论。有的说村支书的声音像破竹杠，听得人耳朵边站满了雄鸭。有的说村支书播报时上气不接下气，怀疑他手里拿的不是稿子，而是一块块大石头。

其实，村支书识字不多，他念着念着就停了下来，听到的尽是破句，如今天乡干部来村指导工作，他会念成"今天乡干——部来村——指导工——作"。村里人能识文断句的不多，也不在乎他破句与否，只是他中途突然停顿时，一村人都替可亲可爱的村支书担心，以为他遇上了啥事，大家也上气不接下气似的等待着村支书的播音。广播没有声响，大家从自己的动作上抽回来,像集体默哀一样。待广播里再次响起村支书的声音,大家像听到了"解散"一样,恢复了原来的动作,村里一阵哐当哐当,还有唤鸭子呵斥牛的声音。

三个月后村支书的播音员一职被罢免了,是被他老婆罢免的,原因是自从他当上村里的播音员后,他家的母鸡不下蛋了。他老婆一怒之下,把广播室取消了,责令他马上搬离包着红布的话筒。村支书不敢违抗夫人之命,关掉了广播室。所以,傍晚那个脆生生的广播员的声音又回来了。大家集体舒了一口气,吃饭时吧唧吧唧的欢快声再次重现。

我想着晚上的游戏,对播音员有了不快,那是一天中最后一次不快。

绣　姑

老人喜欢在冬天晒太阳，一起晒的还有他们的回忆。他们有的耳背，说话像喊一样，有的豁着嘴，口齿漏风。他们絮絮叨叨，对自己的过往挑挑拣拣，或者互相修补一下。晒着晒着，他们打起了瞌睡，口水湿了一片棉袄。他们浑然不知。

村里的小伙喜欢夏天的晚上。他们跑出村，顺着晚风，一路口哨，去看电影，去看歌舞。深更半夜，他们才踢踢踏踏回到村里，还带来不着调的歌声。他们模仿崔健，也模仿费翔，声嘶力竭地唱着"我曾经问个不休……"，猛地一个拐弯，"我一无所有……"，然后"噢噢……"。歌声横冲直撞，还甩着小尾巴，啪啪，敲打着紧扣的木门。老人拄着拐杖，痛心疾首地说："那是流氓阿飞。"可我觉得他们不像，因为他们没有烫发，没有穿喇叭裤，天一亮，担桶挑筐，一身粗布旧衣，继续他们的农村青年生活。

姑娘们喜欢春天的晚上，躲在遮着花格子布的小屋里，喊喊喳喳。可她们似乎躲着春天，不穿包屁股的喇叭裤，也不哼"恼人的秋风"，她们安静得像一朵开在池塘深处的莲花，只有在炊烟袅袅的时候，我们才在哔剥哔剥的声音里猜想她们正坐在灶膛前塞柴火；当河埠头响起啪啪的捣衣声时，不用问，那一定是她们在浣衣。她们把极短的时间交给众人的视线。

姑娘家的羞羞怯怯在她们身上展现得淋漓尽致。

她们有一个好听的名字——绣姑。诗意的绣姑与诗意的十七八,是村庄里的绝配。她们不是文艺女青年,没有那么多红红绿绿的心思,绣花绷上倒是红红绿绿、翠翠莺莺,那是为了生计。刺绣品拿到镇上的绣花社可以得到一份不错的工钱。

娟子姐姐低头坐在花架前,一条粗黑的辫子从脖子上滑下来,甩到了胸前,随呼吸微微颤动着,像风拂过花枝。一根拖着彩线的针钻上钻下,一点都不犹豫,还欢快地发出"嘶嘶"的声音,似乎娟子姐姐的眼睛能看透花绷。左右手在上下引线时做到利索、干净非常不容易,没有心与手的感应是做不到的。心灵手巧更重要的还是心无旁骛。

我曾在电影里看到过一个细节,一个姑娘不小心刺破了手指,殷红的鲜血滴落在绣品上,姑娘将计就计,把血滴绣成了一朵怒放的梅花。电影里可以有这样的情节,那个姑娘是绣给她的情郎,她的手指出血也是因为她走神。现实中不允许,电影里的浪漫跟娟子姐姐们的生活无关。如果不按图案绣,或者弄脏了绣品,那可是要赔钱的。村里的姑娘谁也不敢跟生活开玩笑。

绣针在娟子姐姐的手里服服帖帖,或飞,或跃,或钻,全凭娟子姐姐的手指头。娟子姐姐绣着绣着,身子不由俯下去,左胳膊也垂了下来,只有目光还紧紧贴着绷得紧紧的布帛。拖着彩线的针"噗"顶上来,位置不偏不倚,快速露出针头,两只手指一捏,"嗖",针飞出来,后面的彩线还在空中抛出一个漂亮的弧线。我见了,不由避开。娟子姐姐的小手指一翘,彩线顺势绕到指上,像拐了一弯。针又快速飞下来,钻进了布帛,还是不偏不倚。

有一次,娟子姐姐把绣棚挪到屋檐下。一会儿,引来了一只黑色的大蝴蝶,围着娟子姐姐绣出来的牡丹花上下翻飞。娟子姐姐和我看得惊呆了。娟子姐姐的手一动不动,生怕惊飞了蝴蝶。蝴蝶绕着布帛上的花,意欲栖息。可它到底站不住。蝴蝶飞走了。我想,它肯定很怅然。

一副刺绣要花去娟子姐姐们很多日子。一个个长辫子的姑娘，静静守候着绣绷，日子紧紧慢慢地过去。她们也会串门，随身一定携带着花绷，伴着此起彼落的"嗖嗖……"声，似乎在一起，只是为了把花绣得更好。不管天气阴阴晴晴，她们的花绷上永远是那么的明媚，那么的温馨。今天一花瓣，明天一枝叶，密密的针脚平平整整，像她们内心的波澜不惊。

各种寓意的图案，在她们手里慢慢立起来，一针一脚汲取着她们的青春气息，还有她们的姑娘味。她们还没有爱情，可她们绣出了动人的连枝花。懵懵懂懂的她们，绣出明明白白的花枝。她们绣含苞欲放的花骨朵，也绣怒放的花。她们有时放下针线，静静地望着自己绣出来的花，想着不知哪位福气好的姑娘会买走这对枕头套。她们不知道自己也是花一朵，只是不是牡丹花，不是玫瑰花，而是山茶花。

我央求娟子姐姐，想学刺绣。娟子姐姐给了我一块碎布，用铅笔在上面画了朵蝴蝶花，然后又给我一些五颜六色的细线和一根针，告诉我怎么上针，又怎么拉线。我似懂非懂，拿起就绣。第一针下去，刺到了下面的手指头。还好，没有流出殷红的鲜血，不过，流了也白流，我绣不出梅花。细线拉上来时，娟子姐姐叮嘱我要拉得徐疾有度，而且最后拉的时候不可太紧，也不可过松。我无论怎么学，手指头都像生锈一样，怎么都拉不好，要么松松垮垮，要么紧紧绷绷。但我知道了娟子姐姐的一招，怎么破针。那些刺绣看上去像立体一样，原来都是用破针法绣的。只是，我绣的时候不是破，而是坏，针脚之间毛毛糙糙。

春天不知不觉要过去时，她们才完成手里的绣品，约成群，去镇上的绣花社交付自己的作品。那一个傍晚会很热闹，娟子姐姐们聚在一块儿，互相欣赏着买来的丝巾、头饰，还有雪花膏。她们用挣来的钱兑现自己弱弱的欲望。

村里的老人在背后悄悄议论姑娘们的手艺，有的说娟子绣得巧，那花是花叶是叶，颜色特别逼真。也有的夸阿娣绣得玲珑，一幅绣品像一幅"花绿图"(图画)。老人们絮絮叨叨着,小心谨慎地点评着姑娘们,克制地猜测谁会娶走我们村的姑娘。只是,让村里老人意想不到的是,那些姑娘出嫁后都放弃了绣花,曾经的绣姑只是村庄给她们的一份回忆,她们忙于婚后更重要的生活,斗室之大已经容纳不下她们泼辣的希望。也许让她们遗憾的是,做了那么长时间的刺绣活儿,却没有给自己留下一幅。

这里不得不说一个叫"绣娘"的人。老实说,"绣娘"绣的比娟子姐姐她们还要精致,无论颜色的搭配,还是整幅作品的协调度、气势,谁见谁叹服。套用乡文化站长的话,那是"艺术作品"。老人们自然不懂啥叫"艺术品",但他们喜欢"绣娘"绣的猫,挂在粮缸边,老鼠见了,吱溜一声,远远逃走了。"绣娘"最风光的一件事,是代表全乡绣姑到县里参加刺绣比赛。据说,文化馆的人看到"绣娘"都露出怪异的表情,问带队的文化站长有没有搞错。文化站长一急,说话就结巴,一结巴,他就翘起兰花指,兰花指一伸,话又利索了。文化站长说,比比就知道了。

果然,"绣娘"得了第一名,比所有的"姑"都灵巧。这场比赛让"绣娘"声名远扬。有一些人领着姑娘家来学,可一看"绣娘"便改口说看看刺绣,不再提拜师的事。父母希望"绣娘"去农田干活,不要整天待在家里捏针线。"绣娘"说:"我喜欢做这个,将来准备做大事业。""绣娘"秀气的脸上写满凌云壮志。村人听了,捂嘴而笑。父母见了,唉声叹气。

是的,"绣娘"是他,不是她。

他是我同学的哥哥,长得文文弱弱,身上似乎不太有力气,说话细声细气,走路有些忸忸怩怩,笑的时候还爱捂住嘴。他最怕晒太阳,出去也要撑伞。大家猜测这孩子是不是有病。没有身体上的病,心理上肯定有。村人看他的眼光不仅仅是异样,更多的是同情。尽管他会绣出"艺术作品",尽管他在县里的比赛中鹤立鸡群。

绣姑已经成了一个曾经的称谓,她们的刺绣湮没在岁月深处。在湘绣、蜀绣、粤绣与苏绣"四大名绣"的声誉中,浙东刺绣是寂寞的,如同长在山里的野百合。

后来,"绣娘"跟他的一名远房亲戚去了深圳。五年后他父母在村里建起了三层楼高的房子。造房子的钱都是"绣娘"从深圳挣来的。"绣娘"在那边的一家服装厂里搞设计。

没多久,"绣娘"带来了他的对象,一位很漂亮的北方姑娘。姑娘大大咧咧,个子比"绣娘"还高,走路风风火火,笑起来不管不顾。村里的老人说,这样的搭配,是绝配。

一村人的心病不治而愈。

夯 歌

小区旁边原是一块空地,已经荒弃了很多年。后来有人来扔垃圾,刚开始偷偷地扔,过一段时间后,扔的人越来越大胆,白天用汽车装来直接堆在上面。垃圾一圈一圈往外扩,我站在五楼望下去,空地像一口池塘,各种建筑垃圾像波纹一样荡漾着。

我们生活在一个从众时代,别人的爱好会影响我们的生活,从购物开始一直到教育子女。这空地上的垃圾也从众,一旦有开始,便是无休止的持续。垃圾的种类越来越丰富,一到夏天发出刺鼻的异味。周围的居民不干了,一拨人自发上政府信访。领导指示,批示,再批示,指示,总算来了一群人,垃圾清运了一个星期,并打上了围墙。

我以为这块空地准备建商品房了。过了一年,没动静,两年过去了,依然没动静。倒是楼下的几位老人按捺不住,相约在围墙的一处墙角敲了一个洞,钻进去,在里面开了几垄地,种上蔬菜。

有一天,我看到空地上开进了许多工程车,有工人在忙忙碌碌。无疑,这儿准备建房了。老人们正在抓紧收拾最后一批菜。

隔了一月,空地上传来"咚——唧咕""咚——唧咕"的声音,这是在打地基。一台足有三层楼高的打桩机,升起来,打下去,在数十米深的地方竖起一根根桩。这样的声音连续了数周。好在,他们晚上不开工,所以,周围的邻居也没在意。

但我在意了。

我记得鲁迅先生曾经说过这么一段话:我们的祖先的原始人,原是连话也不会说的,为了共同劳作,必需发表意见,才渐渐练出复杂的声音来,假如那时大家抬木头,都觉得吃力了,却想不到发表,其中有一个叫"杭育杭育",那么,这就是创作。鲁迅称这是"杭育杭育派"。

工地上有许多工人,准确地说是民工。建一栋栋楼,需要很多民工,这些民工不可能都来自同一个地方,所以,他们是彼此的外地人,在别人的故乡为别人的房子忙碌。可他们不需要杭育杭育。现在这个杭育杭育被一台打桩机取代了。难怪,城市里的人同住一楼,可陌生得像来自不同的地方。原来,从建房一开始,注定这是一幢没有温度的建筑。农村之所以可以对谁也不关门,其实在造房的时候已经夯实了人气,因为有杭育杭育。

农村造房子是头等大事。算命先生日子一掐,亲亲眷眷,邻邻舍舍,或远或近地赶过来帮忙。

所谓帮忙就是出力。一个人得到邻里帮忙越多,说明在村里越有人情。今日你帮了我,说不定明日你需要我帮忙。谁也不会把帮忙记在账本上,但人人心里都有一本账,那本账记着人情,即使帮忙的人不在了,那笔情还留在账上,在适当的场合里又会被翻出来。村里对一个人的记忆,常常在帮忙账簿上"犹新"。

帮忙的人因着建房的不同程序而不同。有的还需带着帮忙的工具,如竹椅板凳、酒盏碗筷、箩筐担桶。帮忙的人除了带来力气,有时还得带上洪亮的声音。这些是最初进场的帮忙人。他们是来打夯的。

打夯的工具比较特殊,像个"井"字,全用厚实的木板拼扎,据说这些木板来自至少有五十年以上树龄的树,足足有四百多斤,像超大版的木凳子,上面布满了一圈圈的年轮,远看像一只只眼睛,突灵灵地注视着我们的村庄。木板上有四个耳朵一样的地方,分别在东南西北四个方向,上面系有四根跟我拳头一样粗的麻绳,像梳了四根辫子。

打夯时四个人分别抓住麻绳,往四个方向牵拉、抛打。他们四个人的节奏、阵脚全靠一个人指挥。那个人是打夯中最重要的人物。能不能让四个人的力气顺顺当当使出来,使地基上的一块块石头稳稳坐下去,全凭领号子的语言艺术。

五个人聚在一起,共同商议,然后推选出一个人领号子。领号子人自然要谦虚地推辞一番,然后在众人齐声力荐中半推半就。领号子的人相当于导演。只不过,他手里既没有剧本,也没有道具,但要与导演的作用一样,把周围四个人的声音与力气不折不扣地摔打出来。

他站在中间,紧紧抓住木板上特意留出来的一对扶手栏,合着四个人的力,把夯木高高举起,再重重摔下。领号子的人一声"起了",四个人各就各位。领号子的又一声"一二三",众人开始"杭育杭育"。响亮的号子似乎带着某种使命,冲破早上的薄雾,跑向村庄深处。这时建房的热闹才真的开始。打夯的号子像一面旗帜一样在村庄上空高高飘扬。

地基有一米,或一米半深,下面码了两层石头。打夯是为了这两层石头扎扎实实埋到挖好的地基里。房子建得越高,这地基便打得越深。如果地基超过三天还在打,不用猜,这家主人准备建楼房。所以,打夯又成了一家人展示实力的信息。

打夯的人很辛苦,凭的是力气。主人一般会安排两班人轮流来替换。可尽管这样,打夯人半天下来还是筋疲力尽。不用说,打夯人出的是实力活儿,没有人在偷懒,是实打实的。

四个人肩背麻绳,一手牵拉,一手紧抓,身子随着节奏一倾一斜。"杭育"一声,夯木重重一摔,石头慢慢扎下一点。再一声"杭育",石头又下去些。在重复的"杭育杭育"中,五个人的力气一丈一丈地使出来,让石头坐得稳稳的。四人的"杭育",夯木墩"啪啪",还有领号子的曲儿,一起给石头鼓劲、呐喊,让一块块石头挤着挨着,撑起更多的重量。

领号子的人不仅把方向,给众人的"杭育"打节奏,否则这桩会偏,阵脚会乱,弄不好还会砸到人。这对东家来说最忌讳,建房是不能见血的。领号子的又能从夯木的摔打中和"杭育"里敏锐地感知众人的情绪。如果觉得大家的"杭育"有些弱下去了,他便开始唱黄段子:"东边的阿哥啊,你的力要紧紧啊,拿出昨夜的力啊……"众人心领神会,开始兴奋起来,用摔打的力度与"杭育"的响度来配合领号子的。被数落的人绝不会生气,两只手更加有力地牵拉,似乎为了证明自己身上的力气并没有泄漏掉。

如果此时有女人路过,领号子的必须会即兴编段子。"路过的大姐啊,长着两只大馒头啊……"众人情绪顿时亢奋,摔打的强度一下子增加不少。那个路过的大姐吃吃地笑着,不气也不恼,闪着两片屁股一扭一扭地走开。她走远了,领号子的还在继续:"看起来雪雪白,摸起来透透嫩……"打夯人身上的力气毫不保留地被哄了出来。

打夯的人会唱曲,词是自己编的,调也是自己编的。一句唱词,正好完成一个牵拉的动作。他们唱呀,和呀,把身上的力气愉愉快快地使出来。虽然,他们的动作是重复的、连续的,他们的唱词却从头到尾都不一样,黄黄翠翠,红红绿绿,还有方方正正,高高低低,在他们的夯歌里进进出出。他们需要夯歌统一阵脚,他们也需要夯歌解乏。有了响亮的夯歌,他们的汗水一层层赶来,顺着节奏,快活流淌。

有时村里会有两三户人家集中建房,那时夯歌像比赛一样,大家互相铆着劲唱,声音震天响。最乐的是主人,声音越响,出来的力越不含糊。这时候各个领号人拿出看家本领,你唱哎咯隆咚哟,我唱哎呀哎吱哟。你唱社会新闻,我唱乡间趣事。一时间,村里像开展歌咏比赛一样。风把愉快的夯歌送到村庄的各个角落,在我们的耳朵里进进出出。

这些都是领号子的即兴编，即兴唱，旁边四个人主要是附和一下。领号子的声音提上去，附和的声音必然也提上去，提上去的还有夯木墩，响亮地摔打出一个个节拍。领号子的能把七七八八的事编进来，一看大家力气在弱下去，赶紧拐弯，唱起"今日东家真客气，甲鱼蹄髈鸭与鸡……"于是，声音一下子提高了八度。东家听了，又是磨刀霍霍，又是烹煮烧煎。

打夯一个小时后需要休息。五个人歪歪斜斜爬出坑，留下夯木墩歪歪站在坑里。这时，东家赶紧拿来好烟好茶，殷勤地端茶点烟。村庄一下子寂静了。

村里有一位瞎子公公，他最喜欢听夯歌。村里人家有打夯的时候，他就捏着两根细竹竿，左右打着路，赶过去听。他静静坐在一边，把两手笼在衣袖里，闭着双眼，一脸的惬意。他从这家听到那家，又从村西听到村东，几乎从没有错过。不知道他记下了多少夯歌。

瞎子公公从不替人算命，别人问他一些吉凶祝福，他一概回绝。但他喜欢替房子算命。村里人新造的房子他都喜欢掐一掐算一算。他曾替花婶婶家的房子算过命，说是这座房子最多二十年。他还为翠婶婶家的楼房掐过，认为是小姐身丫鬟命。很多人不相信，尤其花婶婶与翠婶婶，责怪瞎子公公乌鸦嘴，不吉利。瞎子公公不气也不恼，但再也不往她们家里去坐坐。后来，花婶婶家西面的一堵墙在一次台风中倒了，而翠婶婶家楼上的东间，在一次大雨中莫名其妙地塌了。这时，大家想起瞎子公公的预言。只是，瞎子公公已经离开人世好几年了。

有人说，瞎子公公是从夯歌里预言出一座房子寿命的。瞎子公公从不同的夯歌声里替每一座房子把过脉，夯得实不实，夯得全不全，他心里清清楚楚。谁把"杭育"唱低了，谁让"杭育"唱虚了，他的耳朵像筛子一样，筛得干干净净。他还曾夸奖过我小姑父唱得最好，不仅词编得好，调也不错，能让力气集中往一个方向赶。其实，小姑父是一个很木讷的人，与父亲坐一天，可以一句话都没有，一个抽烟、喝茶，另一个也是抽烟、喝茶，只有屁股底下的椅子才会轻轻吱嘎一下。

前几年，浙东某个社区举行邻居节，煞费苦心地让邻居们一起包饺子、剪窗花，还吃年夜饭。这件事得到了各级媒体的报道，成为当地十大精神文明建设成果，着实热闹了一阵子。我想：邻居节只能在城市里，农村肯定不行，否则成了笑话。如果什么时候，城市里的居民也能一起杭育杭育，那么，这个邻居节才真是不虚此节。

说书先生

以前,说书先生愿意到村里来。他们是穿长衫的。

说书先生用自己的声音表演着一个个故事,把台下的听众带进前尘往事,在别人的悲欢离合里体会着各自的人生。

村民找来四只"稻桶",口朝下,拼成一个简易的台子,上面放一张桌。这是说书先生的舞台。说书先生的行头非常简单,一把扇子,一块惊堂木,还外加一块手帕。

说书先生一脚站上下面的竹椅,再抬起一脚,站到了台子中间的桌前。这个动作是敏捷的。虽然旁边有人叉着手,想去扶他,但说书先生手一摆,脚一踩,身子早已到了台上。

墙壁上顿时晃动起被放大了的奇形怪状的头影,底下还有一阵压抑着声响的骚动。

说书人右手捏住长衫下摆,轻轻一甩,稳稳坐到椅子上。

他目光炯炯,从台下的左角扫到右角,又由右角拉过来,一行一行地扫,似乎用镰刀割着一垄垄的麦子。

底下的"麦子"一接触他的目光无不立起了腰,神情专注地迎合着台上说书人的目光。忽然,"啪"的一声,底下立刻静了下来,墙壁上的头影静立不动；又"啪"的一声，全场没有了一丁点儿杂音。如果谁不小心咳嗽一下，准会弄出一大堆声响，似乎咳嗽声东碰西撞了。

说书人挽了挽长衫的袖口，拿目光再次扫了一下全场，那神情有种清场的感觉，然后打开扇子，清清嗓子，张口说来。

说书人是村里请来的。春种刚结束，夏耕还只是零零星星，村里派副队长、会计请说书人到村里说几场书，除了好酒好饭招待，还有一天两元的工钱。副队长与会计七弯八拐才请到说书人，然后欢天喜地地回村，那份自豪不亚于去县城拉回一车尿素。

偶尔也有自己找上门来的。他在村口逮住我们中的一个，问队长家在哪里。我们自然很兴奋，外村人打听队长家在哪里，村里肯定会有大事，自然一个个抢着指点。抢不过的，赶紧领着他往队长家奔。那时，他穿的是四个兜的中山装，神情有些疲乏，声音也有些粗，似乎赶了五十多里路。

很快，我们知道了那个人是说书先生。我们雀跃着赶到队长家，伸长脖子，躲在门外偷看说书先生。许是说书先生听到了我们的喊喊喳喳，回过头来，我们似乎被说书先生的目光刺了一下，整齐地缩回身子，然后，嘻嘻哈哈跑了。

队长出来，手一挥，让我们回家告诉父母，晚上听说书。我们像领了圣旨一样，欢天喜地奔向家里，顺带还跟邻居传达消息。我们除了发布消息，还有一个任务——傍晚去仓库占位置。

说书人一上台，还没开口，已有非凡的气场。老葛凑过去，悄悄对老周说，那气势比我们的领导大多了。老周跟着也凑过去，悄悄地说，没法比，我们领导跟他比，那是屁放在了屎船里。他们俩说的领导是村里的王书记，此刻他正巴巴地坐台下第三排正中。这是王书记自己挑的，旁边自然是队长。王书记是个有心人，尤其模仿起领导来，入木三分。说话拿腔拿调，可以把一个屁大的通知念得跟讲话一样。坐位置也一样，上面领导来了他要坐在哪里，心里一清二楚。

说书的时间、说书的内容都是跟队长一个人商量好的。白天不行,只能在晚上,借一间最大的仓库。犬牙交错的檩条上面悬挂两盏一百支光的灯,那可是最奢侈的光,十分耀眼,照得黑夜如同白昼。几乎是倾村而去,一村人全挤在仓库里听说书。

说书人先上一段引子,许是开场白的由来。说的是跟所在地方有关的一些话,都是好话,民风淳朴、村风敦厚,诸如此类。然后,他再啪的一下,说"余不一一"。接下来,他便开始说书。下面的人不由再次挺直了腰,墙上的头影再次轻轻摇晃,像插队一样。

说书先生在大家眼里自然是识文断字的文化人,大部头的书一部部看下来,再一部部说出来,这对底下高密度的"亮眼睛子"而言,无疑是大知识分子。他用眼睛看过的书,再用嘴巴讲出来。那些讲出来的书又跑到听众的耳朵里。于是,书中的故事、书中的人物在村庄人脑海里演绎成一个个场景,人物的悲欢离合影响着他们对人生的看法,也滋养着他们的精神生活。

说书人的语言是书面语夹口语,又带着地方口音,对下面坐着的村庄人来说这是最容易接受的语言。村庄人喜欢用"搪口"清爽与否来评价说书人的口齿,同时也顺带点评了说书人的技艺。要达到"搪口"清爽是不容易的,尤其是前面加上"交关"一词,就更加难。除了说书的功底,还要具备一颦一笑、一问一答等传神的功夫。

一个个忠臣义士、名将贤相在他嘴里"粉墨登场",也有才子佳人、王侯将相在他声音里次第上场。说书人时而轻声低语,时而声急如潮,高兴时抚额大笑,闻者无不快心;伤心时呜呜咽咽,戚戚哀鸣,听者心生悲凉。如遇到书中人物蒙冤入狱,说书人的神情便蒙上了无限哀恸,声音也变得嘶哑,一字一句直钻入下面村民的泪腺。

突然峰回路转,说书人抓起醒堂木,"啪"的一下,"格辰光,只听得……"他略一停顿,习惯性地拿目光睒了一下,全场人的情绪早已高度集中，不同的脸不同的表情，有张大嘴巴，露出猩红的牙床；有紧抿嘴唇，眼睛突灵灵的；也有半闭半开的嘴，似乎含着灯光，又像在吞吐灯光；各异的嘴巴，却有一样的眼神，直勾勾地盯着说书人，正等待着他把"咣咣"后面的故事说出来。

说书人拿起手帕擦擦嘴，挽了挽长衫袖口，不急不慢，然后一捏长衫，一甩，坐到了竹椅上，把扇子打开，斯文十足。待完成一切相公仪后，他才缓缓道来，原来包大人巡按到此。一听包大人来了，下面微微骚动，有节奏合一的舒气声，还有轻轻的交头接耳，大家的心情如解倒悬。大家全沉浸到了说书人的故事里，一天的疲劳早已忘得一干二净。

老葛曾有一句中肯的话，他说，听说书解热解冷解肚饥。队长表示同意，副队长也同意。于是，一村人都表示没有比老葛说的再好的话了。老葛总结的比王书记念通知强多了。只有老周觉得此话不妥，原因是这句话本来是说打麻将的。但老周最后也认为听说书确实解热解冷解肚饥。

常言道外来和尚好念经，说书的大多是外村人。但后来我们村还真出了一个说书的。他是我叔的老师，姓吕，已经在村小代了十多年的课。我们喊他老师，上了年纪的人称他先生，因为他是村里最有文化的人。许是他听了几回书后，觉得这事他也能干。于是，他弄来了几本书，从学校回来就关起门看书。

他老娘让他去自留地担水，他说忙着。他老爹喊他去挑谷，他答没空。晚上别人纳凉聊天，他提来一桶井水，两脚浸泡在里面，穿一件白色的背心，一手拿书，一手摇蒲扇。忽然，"啪"的一声，他不知何来此声，茫然地抬起头。原来，他老娘看到一只蚊子正欢快地叮咬着他。一只拖着肠子、肠子粘着血迹的蚊子正躺在老娘的手心里。老娘把手在他鼻子底下一晃，似乎验明正身。验毕，啪，手指一弹，死蚊子掉到了地上。赵老师此时正酣畅于书中的武林决斗，老娘那弹蚊之果断、敏捷，犹如内功高超的武林之人。他不由拿书中一句"来如雷霆收震怒，罢如江海凝清光"来赞美他老娘。他老娘眼睛一白,扔下一句:"文不像读书人,武不像救火兵,你饭有的吃哉!"

很快,村里有人知道吕老师准备说书,而且正"闭关修炼",把一部部书装进脑袋。队长亲自到他家,说如果吕老师给大家说书,别人给多少钱,也给你多少钱。吕老师一边谦虚地推托,一边悄悄问队长能不能管酒。队长非常爽快地答应了下来。

那天,吕老师在队长家喝了一斤半黄酒,在众人簇拥下走向他人生第二次高峰。据他自己说,第一次是走上讲台;第二次,也就是这次,将走向舞台。队长一边搀扶着吕老师,一边问:"吕老师,你还能不能说书?"吕老师几乎是嫣然一笑,伸出兰花指,答:"能!"到了仓库,村民们早挤在那儿,一看吕老师像一只醉虾公,不禁大失所望,但也有一些起哄,向吕老师稀里哗啦鼓掌。吕老师眯缝着眼睛,跌跌撞撞从人群闪出来的一条缝中间走过。四只稻桶早覆盖在地上,上面摆放着一只搪瓷杯。吕老师想爬上去,队长一把拖住他,说:"吕老师,你还是坐在下面说吧。"吕老师悬着一只脚,说:"非也,非也。"言毕,一骨碌爬上了台。大家一看吕老师站到了台上,有的抿着嘴偷偷地乐,有的咧着嘴直呵呵。

吕老师从口袋里摸出一块小木块,啪啪啪,连啪三声,场下顿时一片安静。吕老师煞有介事地掸了掸衣服,然后一屁股坐到了竹椅上,此时已没有了刚才的醉态。吕老师并不拿目光扫下面的观众,而是停留在檩条上。一场书说下来,目光始终在老地方,似乎檩条上有一块宽银幕,里面演什么,他就说什么。吕老师最绝的是会模仿各种各样的声音,如马叫、鸟啼、虎啸,惟妙惟肖,入木三分。吕老师还会制造各种声音,说到兵器相击,来个"镗——";说及大雨,用"哗啦哗啦";如果书中人物有痛哭的,他便表演哭,用袖口擦眼,哭得台下人忍不住陪着他哭。假如,书中有狂笑,他就仰天大笑,旁若无人。

总之,吕老师是装猫像猫装狗像狗,一个人在台上唱了一出大戏。

吕老师大约说了一个星期的书,最后一次因为喝高跌入了沟里。吕老师被人架到家里换了衣服,再被人架到仓库。

吕老师自那次鼻青眼肿地说完书后,再也没上过稻桶。

他是我见到的最后一个穿着长衫露醉态的人。

后来,我看越剧《孔乙己》,总觉得台上的那个孔乙己离真实的孔乙己隔着距离。尽管茅威涛是一个优秀的越剧表演艺术家,可我很清楚地知道这仅仅是舞台表演。因为,我想起了吕老师。

裁缝进门

一大早,母亲就开始忙碌。同样忙碌的还有父亲。母亲上街赶集,父亲卸门搭案板。等母亲回来开始烧水做早饭,父亲就提上扁担出门去了。

等我们起床后,父亲踩着白霜,咔嚓咔嚓回来了,肩上担着一台"铁车"(缝纫机)。这时厨房里响起油炸锅的声音,一缕香气毫不客气地钻进我们的鼻孔。

我们一骨碌爬起来,直奔厨房。饭桌上早已摆上了几碗活色生香的菜。我们一边吧唧吧唧搅拌着舌头,一边伸出手去捞碗里的菜。母亲厉声呵斥,我们赶紧把手抽回来。

不用说,桌上的菜是留给裁缝师傅吃的。她不来,我们不能动桌上的菜。她一来,我们还是不能动桌上的菜,得等她吃完了,我们才可以动,而且必须动得斯斯文文,不可以呱嗒呱嗒。

用门板搭成的案板醒目地靠在墙壁边,上面整整齐齐地摆放着一块块布料。那是母亲积攒起来的,至少积攒了一年的辰光。我热切地翻看着布料,寻找属于自己的新布。身后马上跟过来母亲的提醒:"小心弄脏。"我赶紧缩回手,但眼睛一直舍不得移开。我想我那时的眼睛明亮极了。

裁缝师傅进门是一件喜事、大事,尤其对年幼的我们,每一根神经都倍感亢奋。让我意想不到的是，隔壁邻舍也会兴奋，一拨一拨地来，有的来闲聊，有的看新衣服，也有的来请教买多少料最省钱，引起邻里间的一次热闹聚会。不过，对于婶婶们来说，更实惠的莫过于"揩油"，踩条被单，补两个丁。

父亲把"铁车"从邻村挑到村里，即使不跟人打招呼，大家也知道我家今天做新衣服，肩膀上的"铁车"是最好的宣传标语。裁缝师傅夹着一只小木盒，一路走一路招呼，顺带把今天去谁家做活的消息扔了一路。那些信息通过一张张嘴成为一种消息，很快会有人串门。

按辈分，我应该叫她大娘，但她喜欢我们叫她大姨。可能大姨听起来比大娘年轻些。她本人并不十分胖，却有一双胖乎乎的手，总感觉她的手背上长着五只小酒盅。因为是裁缝的身份，她穿的衣服比村里所有女人都考究，自然也很整洁，她是我见过的唯一一身上衣服没有补丁的女人。或许这是她的招牌。

她走路特别慢，从她家到我家并不远，父亲肩挑缝纫机也不过用了十几分钟，而她足足走了半个小时，似乎她是一路踩过来的。母亲每次出门前交代父亲不要忘记催她一下。结果每次太阳升得老高她才夹着一只小木盒跨进门槛。母亲嘴上不说，但心里早有埋怨，因为心疼出足的工钱。为此，母亲跟婶婶们没少嘀咕，裁缝性子介慢，却一口气生了五个女儿。村里的女人对生男生女有自己通俗的理解——性急生女，性子慢生男。

她最小的女儿是我同学，坐在我后面。因为是裁缝的女儿，她穿的衣服自然比我们好，哪怕一个补丁，也比我们补得文气。我们身上的补丁是母亲用一针一针缝的，难免紧一针松一针，或阔一针窄一脚，看起来很邋遢。她呢，补丁方方正正，那线是一圈圈的，往外荡漾，盖住所有破洞后戛然而止。

她的书包比我们的好看。用一块块小三角拼接成一只书包。那些布都是各种花纹的，显然是她母亲用裁剪下来的布做的。有几个同学不怀好意地指着她书包说那是她们家的布。裁缝小女儿有些难为情,脸一阵发红,但嘴巴上不饶人,说,那你们叫叫它,它会应吗?布,当然不会应。裁缝小女儿得意地走开了。

不过,裁缝小女儿在班里还是很受欢迎,因为她会给我们带来毽子,全用碎布条做的。我们很多人用的是纸毽子,踢着踢着,纸条一根根散落下来。而布毽子很耐用。我们课后就玩她的毽子,两人对着踢,或一个人踢。她很大方,踢脏了也不计较。

三年级的时候,我们流行起了扔沙包。用针线把碎布缝成一个个布口袋,里面装上沙子,再用针线缝上口子。这种玩法并不复杂,用五个或更多小沙包一起撒在桌子上,取出一个,往空中抛,在空中那个沙包还没掉下来的时候,赶紧抓起桌子上的沙包,然后接住被抛向空中的那个。谁抓的多,而且空中那个不落到桌子上为胜。

我们缝制的沙包不仅难看,而且不密,沙子也装不满,无法满足我们的抛掷。裁缝小女儿的沙包可漂亮了,沙子鼓鼓的,非常结实,每次抛掷起来,在空中划出弧度。我们很羡慕。

裁缝小女儿再一次从家里拿了一些缝制好的沙包,分发给我们。我们乐坏了,都觉得她好。我们也愿意给她一个回报,在推荐小组长时,很慷慨地为她举手。男同学也拥护她,原因是男同学打陀螺的那根长布条是她给的。轮到推荐劳动委员什么的,我们都不举手。因为,她成绩一般。劳动委员怎么跟学习成绩也挂钩?我们似乎从来没有想过这方面的原因。我想过的一个问题是,她长大以后也会成为一名裁缝。因为,她妈妈是裁缝。

裁缝大姨是方圆几里唯一的裁缝,所以,尽管每家每户一年也攒不了几块新布,但她的活儿不会少。有的扯好布后直接奔到她家,一边掐日子要新衣,一边谈款式。那种肯定是要去相亲的。裁缝顾不得案板上堆积如山的布料,满口答应。她一边量体,一边询问对象是哪里人,做什么的。小伙子害羞,答不上来,做母亲的在一旁对答如流。身材量完了,别人相亲的事随尺寸记进了本子里。不久,这个消息像公鸡报晓一样传递到各个角落。

被母亲叫到裁缝跟前是我觉得最幸福的时光。因为激动,我感觉自己站得不够周正,像第一次在田字格上写字一样,笔画不是散了,就是扭了。我努力让自己站得有样子,挺胸,收腹,吸气。可裁缝大姨把软软的皮尺搁在我肩膀上时,我又很不争气地失去了平衡,肩膀一边高一边低。裁缝大姨收起软皮尺,拍拍我的肩膀,叮嘱我放松,不要歪。她的声音像木匠的墨斗一样,在我肩上轻轻一弹,我终于站稳了。裁缝大姨量了肩膀,又量了手臂,边报数字,边跟母亲商量。

母亲的眼睛一直没有离开过皮尺,像秤杆上的星。母亲恨不得做一件衣服穿上四五年,担心我长身体,早早把衣服替换下来。于是,裁缝大姨报尺寸时母亲总说长一些,再长一些。裁缝大姨的皮尺是松紧,要与母亲合谋成功后定夺。当然,最后还是裁缝大姨说了算,一块布的尺寸明摆在那儿,总不能让布长出来吧。不过,她总有办法,新做的衣服在袖口与下摆边上多折几折,过一年放一折。

裁缝大姨把量好的全家人尺寸全记在小本子上,在一块块布上做好记号,然后从木盒子里拿出裁剪刀、木尺、石粉。她手上咔嚓咔嚓,嘴上絮絮叨叨,东家长西家短,像炒豆一样把家长里短的事翻来覆去。

母亲很专注地陪着她,同样很投入于这样的窃窃私语中。母亲这样做并非为了监督裁缝大姨,事实上她也监督不了,那么复杂的运算对我母亲来说犹如天书。母亲之所以陪着裁缝大姨,一半纯粹是跟裁缝大姨套近乎,希望她裁布时尽可能精打细算,另一半是怕裁缝大姨寂寞,她若感到寂寞了,那做出来的衣服就会吊角。我也不知道母亲说的这个吊角有没有依据,总之,请到家里来做与上她家去做确实有些差异。也许母亲说得有点道理吧。裁缝大姨一个人在家做衣服当然很寂寞,一寂寞,她的孤独情绪就卷进了衣角,所以,那些衣角奇奇怪怪地吊了起来。

裁缝大姨说着说着,突然不吭声了。那是她准备剪了。一把剪刀在她的手中开开合合,而她的嘴巴却紧紧抿着。当手里的布咔嚓一落地,裁缝大姨把刚才的话又顺顺当当地接过去,中断的话题继续愉快地进行,似乎刚才的咔嚓是一个逗号。前来闲聊的婶婶们像众星捧月似的围着她,叽叽喳喳,从她那儿获得信息,又把自己的信息交换出去。为节省时间,裁缝大姨把锁扣眼、钉纽扣的活交给母亲做。母亲当然乐意。后来,她把缝边的事也交了出来。母亲更乐意了,这样可以多做一件衣服。工钱是按天算的,跟衣服的件数无关。

裁缝大姨肯上门做活儿,那是母亲一趟一趟请来的。大家对裁缝大姨摆架子非常理解,而且极有耐心让她把架子摆足。她摆架子不是给你看脸色,而是用"忙煞"来阻止你的恳请。请的人好话说了一大筐,她还是不温不火来一句"忙煞",弄得来请的人不觉可怜起她来,因为她连晚上也要咔哒咔哒地踩缝纫机。等第三次去请她的时候,她似乎已经得到了被尊重的满足,一口应承下来,翻日历本给你定日子。

她走路不快,可踩起缝纫机来极快,裁剪好的布料在她咔哒咔哒中找到对应的位置。这时她的嘴巴已经停不下来了,张家媳妇李家儿子全被她踩进了针脚中。

她的小女儿,我的同学,长大后没有成为一名裁缝。我最后一次看到她是在二十年前,我去菜市场买菜。转过几个摊位后,突然有人往菜篮子里塞进来一包绿豆芽。我有些愕然。抬起头,发现卖绿豆芽的人正忙碌地往顾客的菜篮子里塞一包包绿豆芽,而我只是其中的一个。我还没见过这样做买卖的,不知道这钱该付还是不付。旁边有几个正在掏钱,看起来有点无可奈何。有一个人嘴里嘟囔着,把菜篮子里的绿豆芽毫不客气地送还摊主。摊主还想坚持,伸出手,欲再往菜篮里扔,但那个人头也不回地走了。摊主拢了拢头发,看不出尴尬,继续朝路过的顾客塞。

我感觉她好面熟,可一时想不起来她叫什么名字。因为我拎着篮子,迟迟没有付钱,她的目光于是瞟过来。她似乎愣了一下,在我的脸上停留了几秒钟,很快移过去了,喉咙里轻轻咳嗽几声。这时,有几个顾客走过去,她没有往她们篮子里塞她的绿豆芽,而是把头低了下来,再低了下来。我问她绿豆芽多少钱,她略迟疑后,给我报了一个数字。我把钱掏给她,她接过,头始终勾着。

回去的时候,我一直在回忆她的容貌,觉得我应该认识她。后来,我跟母亲说起这件塞绿豆芽的事。母亲说,她呀,大家都有些反感这样的买卖方式。我问母亲她是谁。母亲说,你不认识了?她是你同学,裁缝的小女儿。我听了,不知怎的,心里很难过。

现在想起来,还是难过。

爆 胖

我不知道爆胖人算不算手艺人。他是唯一跟我们小孩有关系的手艺人,所以,我决定还是写一写。

过年脚跟,大人洗洗刷刷,扫扫擦擦,忙进又忙出。我们也忙进又忙出,但忙出的时候多,扔个甩炮,偷块冻肉,有时还摔破一只碗,撞倒一个盏,身后仅仅是大人轻微的斥责声。过年时,大人很忌讳恶语相交,即使我们做错事,也不会骂得很重。这是我们一年中最愉快,也最具幸福感的时候。忙进的事只有一个,竖着耳朵,随时注意村口的吆喝。

一天过去了,村里只来过"鸡毛鸭毛好兑哉"。那个人喊一声,鸡开口啼,鸭开嗓叫,似乎鸡鸡鸭鸭抗议有人谋它们的毛。我们扯着嗓子学他的样,结果也是鸡啼鸭叫一片,似乎鸡鸭对我们的声音更加愤怒。

第二天,有过"茶叶要勿要"。不知怎么回事,"茶叶"总是听不清,而后面的"要勿要"却清楚无比。我们嘻嘻哈哈,边玩边喊"要个要个",可没人理我们。

第三天,"爆胖哦——"我们怔了怔,互相狐疑地瞧了瞧。"爆胖——"我们已经来不及听"哦"字,撒开腿就往村口奔,似乎担心那个"爆胖"人被别人接走了。爆胖,就是膨胀或放大粮食——爆米粒,现在叫爆谷。

爆胖人挑着担，在我们兴高采烈的簇拥下进了村子。我们一拨人往各自家里跑，及时汇报消息，另一拨人把爆胖伯伯领进就近的一家。很快，我们又汇合在一起。手里提的提，拎的拎，还有背的背。各个动作带来各不相同的东西，有黄豆，有大豆，也有玉米、大米。我们自豪地在爆米花的"黑肚子"前排起长队。那是我们最幸福的时候。因为，我们很快有爆胖吃了。

爆胖人一身黑到底：黑黑的棉袄，黑黑的棉裤，再戴一顶玄色的棉帽子，两边耷拉着护耳，一只高，一只低。他的脸也墨墨黑，几乎看不清他长什么样。好在他有鼻子有眼睛，还不至于让我们觉得他是怪物。他的黑根本不影响我们的心情。

他用一只斗量好豆或米倒入"黑肚子"，然后坐到马扎上，半个屁股毫不客气地露在了外面。他给小煤炉生火、添煤。待烟淡淡升起来时，开始拉风箱。左手"唧呱唧呱"拉风箱，右手"咻咻"转"黑肚子"，两手一刻不停闲，转"黑肚子"是倒转顺转交替进行，似乎也没有什么规律，全凭他的心情。有趣的是，黑肚子还戴着一块表，这倒是白色的。

我们让篮子、笃箕排队，自己个个凑到大肚子铁锅前，但又不敢靠得太近，害怕大肚子突然提前放胖。一支烟工夫，爆胖人左手停下"唧呱唧呱"，随即，"咻咻"也停止。他拿过一个口子上缝有一圈竹套筒的麻袋，套在大肚子铁锅的一头，用一根短的铁管叮叮敲两下，又用这根铁管插入装置，一脚踏住大肚子铁锅。我们早捂住耳朵，躲得远远的。胆子小的，连眼睛都闭上。爆胖人大喊："放——胖——！"双手用力一扳，"轰——"

从黑肚子里出来的豆呀米呀爆胖了，顺带把黑乎乎瘪兮兮的麻袋也吹胖了。麻袋冒着一股热气，还溢出来一阵阵的香气。豆像开了花，米膨胀了几倍。一只篮子早已等候在麻袋边，手一拎，哗啦啦，一碗豆爆成了半篮豆。馋痨的我们顾不得烫，伸手一抓，一边龇牙咧嘴，一边用变了形的嘴猛吹几口。烫让我们根本品不出味，但嚼得活色生香。平时大家对零食有些小气，此时个个很阔绰，见者有份，尽管拿。当然，这是有福报的：这会儿我吃了你的爆黄豆,等会儿你可吃我的爆米花。那几天里只要有小孩的,家里总会拿出一些东西来爆。爆胖成了我们一群小屁孩最为向往的美好零食。

我们一次次捂着耳朵,耳边一次次响起"轰——"的声音,那是激动人心的时刻。每次"轰"后,我们被麻袋里的爆胖哄到一块儿,个个蹲在地上,无比虔诚地围观着爆胖人。他的每一个动作都在我们的视线里抛出一根漂亮的弧线,最动人的还是他手抓麻袋,非常利索地一抖,然后像变戏法一样倒出香喷喷的爆胖的动作。

如果想吃甜的,可以倒入一些糖精。糖精可以自备,也可以从爆胖人那儿拿。当然,这个可要计钱的。糖精被包在纸里,像一味中药似的。倒入"黑肚子"时是小心翼翼地拨拉,不敢多放。我们有时吵着要多放。他说:"勿可以,多放有毒。"那声音也是黑乎乎的。

我们一边津津有味地嚼着爆胖了的黄豆、大豆,一边七嘴八舌议论着爆胖师傅。有人说,爆胖师傅像魔术师,能变出好多零食来。也有人说,最厉害的应该是那个黑肚子,不管什么东西进去,出来后都会膨胀几十倍。有人嘻嘻,说:"扔进一分硬币,也许会出来一块钱。"马上有人哈哈,说:"如果真这样,爆胖师傅还用得着走村串巷?"爆胖的工钱那时一次才一角。我往嘴巴里扔进一颗胖玉米后,说:"如果世上有人能发明一个大大的黑铁锅,对着一片庄稼地,然后'轰'一声,庄稼立马长胖了,大人也用不着每天这么辛苦,收成还很多。"周围一片啧啧声,认为这样的想法有创意,就是不知道那个大大的黑铁锅能不能找到。

我同学的哥哥阿国听后,眼睛放光,说:"我去找。如果我找到了,给你们每家放一胖,棉花每亩上千斤,大豆两千斤,不,一万吧。然后,我要把这个铁锅送给非洲人民,他们正挨饿呢。他们有了我的铁锅,每天吃也吃不完。"我们听了觉得阿国真聪明,如果这个主意能实现,那我们天天可以吃爆米花,哦,还有爆鸡蛋、爆红烧肉。我们沉浸在对阿国宏伟目标的遐想里,心里对阿国的崇敬之情油然而生。爆胖师傅也许听到了我们的议论,不由得扑哧一笑。这一笑,惊醒了我们。我们想起阿国的智商不咋样,考试经常得红鸭蛋。

我看着阿国,突然想出一个坏主意,说:"阿国,你如果能站到麻袋前,放胖的时候不逃,那我送给你三捧爆玉米。"阿国摇摇头。我继续鼓动他,说:"阿国,我送你五捧。"阿国看看不停晃动的黑铁锅,还是摇了摇头。这时,旁边的小伙伴也凑过来,说:"我们也每人给你五捧。"这时阿国犹豫了,他掰着手指头,认真计算着。可他算了好半天也没有一个确切的数字。我说:"阿国,你如果不同意,那我去站了,这个英雄我当了。"旁边几个忙附和一遍。阿国急了,举着手,直喊:"我去,我去。"

阿国站到了爆胖的麻袋前,被爆胖师傅呵斥了。但阿国似乎不甘心,仍在麻袋边转悠。爆胖师傅看了看装在黑铁锅顶端的仪表,拉风箱的手停了下来,把铁锅从煤炉上搬了下来。我们赶紧捂住耳朵,离得远远的。当爆胖师傅雄浑的声音响时,说时迟,那时快,阿国像一枚箭一样站到了麻袋顶端。爆胖师傅根本来不及反应,只听到"轰——"。

阿国身子摇晃了一下,但很快站住了。我们惊呆了,爆胖师傅也惊呆了,但呆的后面是惊魂不定,他扔下手里的铁锅,一个健步奔到了阿国面前,用手摇摇阿国,问:"没事吧?有没有烫着?"阿国摸了一下自己的脸,突然咧嘴笑了起来,冲呆如木鸡的我们喊:"我胜利了,我胜利了。"然后朝我们跑过来。阿国伸出手,向我们要五捧爆胖。我们已慢慢从惊呆中醒过来,可舍不得兑现自己刚才的诺言。我们支支吾吾,想溜走。爆胖师傅沉着脸,走到我们面前,说:"你们把爆胖给他,看谁不给他!"他把铁管往手心里敲了敲。我们个个吓得乖乖从竹篮里捧出爆胖来。阿国高兴得手舞足蹈,不停地张开自己的衣袋,很快把上衣的两个袋装满了,说是装不下了。阿国把两只裤袋忘了。我们又一次欺侮了他。

爆胖的老人离开村子时,我们还会跟在他后面,一个个问着重复的问题:明天还会来吗?

……

有一天,我从朋友家出来,看到大桥底下有一个爆胖的老人。他呱唧呱唧摇着"黑肚子",旁边堆放着一袋袋装好的爆胖。一会儿,"黑肚子"停止了转动,他把它从炉子上拎了下来,从地上捡起一根铁棒,敲了敲"黑肚子",然后高喊一声"放——胖——!",双手用力一扳,"轰——"。

城市里的爆胖跟农村的爆胖一样,没有节省一个程序,也没有多出一个细节。

旁边只有我一人。我没有捂耳朵。空气里弥漫着一股香甜的气味,但勾起的不是我的食欲,而是我的回忆。

我买了一大袋他刚爆好的爆胖,带给儿子吃。结果,儿子只吃了一口。

我的童年与儿子的童年永远无法接轨了。

黑白照

我婶婶的弟弟从上海来看他的姐姐,除了带来上海可爱的大白兔奶糖,还有一架奇奇怪怪的东西,长方形,前面有两只一大一小的眼睛,左右各长两只大耳朵,大耳朵边还有几只小耳朵。婶婶说这是相机。拍照的时候不用捏球,也不用躲进红盖布里"扑哧"一声,而是直接在大白天正常光线下完成。

婶婶的弟弟给堂妹们拍好照片,扭头看到站在一边的我,赶紧向我招手。我迟疑着,不敢过去。

婶婶的弟弟再次向我招手,示意我站到他面前。我扭扭捏捏,身子往旁边闪,似乎给他的招手在让路。婶婶以为我怕羞,一把抓住我,把我拖到院子中间。然后从堂妹们手上拿过来一束塑料花,交到我手上,让我用双手捧住。

婶婶的弟弟低下头看相机,一边拧大耳朵,一边指挥我,"头侧过来些,再偏过一点点。好,笑一笑。眼睛不要眨。"我站在那儿顺从地侧、偏、笑、不眨。咔嚓,我听到了。我木木地站了一会儿,猜测那是相机的咀嚼声。婶婶推了我一下,说,拍好了。我手上的塑料花被婶婶拿走了,再次插到花瓶里。

家里有照片的人非常少。村里数婶婶的照片最多了，用玻璃镜框镶着，挂在墙上，或大或小，或侧或正，像一道风景，也代表一种身份。婶婶是上海知青，后来嫁给二叔，成了我们小学的老师。她在村里虽然已经住了七八个年头，但还是打着上海白，对村里的一些习俗不管不顾，常常以不屑的神情扔出一句话："哪能有介桩事体，封建。"婶婶口中的"封建"代表一切落后事物，也代表一切陋习。

大约过了两年，村里有人挂着相机来拍照。相机比婶婶弟弟的稍微大一些，耳朵也没有那么多。他牵着一匹白马，从一家家门前走过，问："要不要拍照？"

我们浙东是没有马的。据说只有很远很远的草原上才有马。虽然，我已经认识了不少字，如"人""口""手""牛""羊""马"，但真正的马从来没有见过。对于马的认识来自电影。电影《啊，摇篮》里有马，一匹马驮两个摇篮，敌人追来时，小孩啼哭，而马不会，它们静静地站着，一动不动，似乎预知所面临的危险。电影《小花》，马驮着英雄的战士奋勇杀敌，河能淌，山能爬，桥能过。那时马也是电影的主角，如果没有马，就不算战争片。马在我们眼里一样是优秀的电影演员，它知道要告别主人了，它会依依不舍，一边鸣叫，一边转过头去。有的马还会救人，把受伤的战士驮回营地。那一刻，我对马充满了崇高的敬意。我们都充满了无限的敬意。

眼前的马虽然没有电影中的潇洒身段，但仍然让我们感到亲切。因为，它也是马。

这是一匹白马。听说还只有两岁。我自然惊奇不已。只有两岁，怎么可以给人骑呢？它受得了吗？我隔壁的小姑姑也是两岁，但她还在吃奶，每天得由人抱着。

马的主人，那个拍照的人，笑了，说，马两岁相当于人的十五六岁。它们的寿命只有二三十年。

我想摸摸马，拍照的人同意了。于是，我平生第一次摸到了马，摸到了让我充满崇高敬意的马。

有生意了,拍照的人让人跟马站到一块儿。有的一只手搭在马背上,一只手叉在腰间;有的手牵着马绳;有的什么也不做,清汤似的站在马旁边;也有的骑到马背上。马好脾气,一动不动地站着,任由人摆布,仿佛知道自己只是配角而已,偶尔打个响鼻,会被拍照的人呵斥一下。马低下头,似乎觉得难为情。拍照的低着头,说,抬起头。站在旁边的人马上把头抬得高高的。拍照的马上纠正,不是说你,是马。嘿,马果真抬起了头。

像这样拍照,跟在镇上的照相馆不同,前者先拍照后付钱,而后者正好相反。拍了照的人便会有一种念想,日夜盼望着拍照的早点来,大家都希望看到自己的照片。不过,老实说,拍照的生意并不怎么样,年纪大的不会拍,怕那笔费用;年纪小的,做父母的也不太愿意花那个钱。

真正拍照的人只有两种人,一种是年轻人,他们急着找对象,见面前必须有一张照片请媒人转交对方。还有一种是生病的人。据说,拍照可以消除晦气。屋西杏婶婶的男人得了重病,他家人把他抬到乡里的照相馆里拍照,原本拍的是遗照,不想,他拍照后站了起来。从此,村里人笃信拍照比看医生更灵验,尤其上了年纪的人,一旦感到不舒服,就想拍照,似乎拍照是一味灵丹妙药。

我没有跟马拍过照片。母亲说,你还小,也没病,拍什么照片。我遗憾,又似乎不能为此遗憾。

拍照人送照片的时候,自然还是牵着马,择村口一棵大樟树下,让一个村民去通知村民来取照片。此刻的他一点都不着急,慢笃笃地抽根烟。他知道接下来的辰光,会有一拨人来,即使今天取不完也不要紧,他可以让别人带。

如果拍坏了,可以重新拍,不必重复付钱。拍坏的标准是两个:一是拍的人眼睛闭上了,这个责任是拍照人;还有,身后的马突然动了,照片中的马被虚掉了,或者马突然侧过去,露一个大屁股给人作背景。这样的照片作为废片处理,有时拍照的也洗出来白送人。得到照片的人虽然嘴上不说,甚至还会装模作样地责怪几句,其实心里乐开了花,因为白白得了一张照片,他仍然会把这张照片郑重地挂起来。

很快,有人急咚咚跑过来,脚还没站稳,脖子伸得老长,迫不及待的样子。

拍照的人悠笃笃地取出一个大纸袋,从里面掏出一叠白色小纸袋,逐一翻找。几个小后生手搭着肩膀,紧紧围着拍照人的手指头。那手指头突然不动了,随即快速抽出来,小后生们的脖子不由往上提,像被人捏住了似的。这个时候是最热闹的,拿到照片的,咧着嘴看上个半天。没有拿到的,手攀着拍照人的照相盒,焦灼不安。

一些路过的人,则看看这张,看看那张,点评几句。只有马是最安静的,它静静地站在一边,偶尔打个响鼻,偶尔甩甩尾巴或动动蹄子。似乎周围的一切跟它没有关系,其实在一大沓照片中都有它。

拍照人一边给人取照片,一边还扭过头来跟路过的人打招呼。那些招呼有时成了吆喝,有时也能成交几笔生意。后来,拍照人还建议姑娘在照片上着色。他拿出样片来,照片上的姑娘像出水芙蓉一样,红扑扑的脸蛋,红红的嘴唇,还有身上的衣服着成了淡绿色,这个美是令人惊艳的。

人们喜欢用"像林妹妹"这个短语来形容一个姑娘的美。着了色的照片上的人,就有林妹妹的美。姑娘们个个按捺不住内心的欢喜,要求给自己的照片着色。拍照人也欢欢喜喜地收回照片,答应过段时间送过来。着色照例是收钱的。

拍照人一趟又一趟,送照片也拍照片,每次都不会让自己的脚头落空。隔段时间总会看到他,挂着相机,牵着马,如修行之人,只不过他的背景是村庄,而不是沙漠。拍照人出村的时候依然牵着白马,相机是背的,不是挂的。

说到拍照,还有几个看似荒唐的说法。刚开始,村里人以为拍照会把人的血抽走,那"咔嚓"一声,就是把血抽走的声音。连续拍三张,人就会昏厥。又有人说照片的底片不能烧,一烧就会有血流出来,又一个很恐怖的说法。

可能是在镇上有了彩色照相馆后,流动拍照的生意才慢慢淡下去的,直至后来再没有看到过。不过,拍照人给我们的村庄留下了记忆,虽然黑白,但有时经得起回忆的还是那种简单的黑白。我至今还记得六岁时拍的照片,照片上的我扎着一根小辫子,身穿衬衫,下面是一条直条子的长裤,裤管一只挽着,另一只直直垂到脚踝。估计我刚从外面玩回来。脚上是一双棕色的塑料凉鞋,平底,前后开口,脚背上搭着三四条横襻。真看不出这是女孩子的凉鞋,只是因穿在我的脚上,所以,就是女孩子的凉鞋。

很遗憾,这张照片被我着色损坏了。我看到别人的照片着色后很漂亮,手一痒,拿来颜料直接涂,看看不行,拿水蘸上去。结果照片褪色、破损,似乎销毁了我的童年。

不老的老木匠

一棵树倒与不倒，得由他说了算。

他绕树三匝，手上点着一支烟，耳朵上又夹一支烟。手上那支是飞马牌的，耳朵上的是五一牌。一缕青烟从他嘴里轻轻飘出来，讨好似的捧着他又宽又厚的嘴唇。

旁边围着一群人，年长的目光始终盯着树，眼眶里蓄着不为外人所注意的情绪，有期待，也有不舍。年轻的则看着他，脸上有掩饰不住的喜悦。年少的懵懵懂懂，一会儿钻进人堆，一会儿挤出人群，用自己的动作制造家有喜事的氛围。

他猛吸一口烟，翕动双唇，在青烟袅袅中为一棵树的命运做出了结论。他若说，这是块料，这棵树便会在众人的呼呼嗨嗨中轰然倒地。如果他说，还不成材，树便继续立着，伸出它宽宽大大的树杈，盖过屋顶，遮着鸡舍与鸟巢，与村里其他的树一起在风中比比又画画。

他把烟蒂扔在地上，用脚狠狠踩一下，然后吐出一口浓浓的痰，清了清嗓子，走了。余下的事是树的主人的。他走了一半，又掉转身来，微微弓着背，轻轻颔首，似乎想告诉树这个决定是正确的。然后，他甩开膀子，这次真的走了。

他是我同学的父亲,姓马。人们有时叫他木匠阿桥,有时称他阿桥木匠,也有的干脆喊他老木匠。其实他那时还不老,也就三十开外。何况他的父亲也是木匠。老木匠的称呼应该是给他父亲的。可奇怪的是村人把老木匠的称呼给了他,而他父亲居然也一点都不介意。原因很简单,他父亲是国家工人,已经不屑老木匠这个称呼,虽然,他事实上也不过是在另外一个镇上的木器厂里上班,干的也是木器活。因为身份不同,他父亲从不接村里的木器活,所有的木匠活由他一人接手。

他长得五大三粗,有着杀猪胚的身板。一对剑眉左右横卧,只是那双眼睛长得有些对不起上面的眉毛,向外看时一只朝里靠,另一只往外斜,似乎是远光灯近光灯装一块儿了。

木匠活有一个内容是弹墨线,弹前须用眼睛进行目测。他闭上右眼,用左眼瞄。一闭,一睁;再一闭,一睁,用红铅笔在木头上画一个记号。墨斗在红记号上垂下来,轻轻一"啪",一条墨线准确无误弹在上面。削木头时,他闭左眼,右手的斧子利利索索地咬着、啃着,下面是纷纷扬扬的小木片。我们很想凑过去捡点碎木片玩,他睁开左眼,两只眼珠子一瞪,吓得我们飞一样逃走。我一想起他瞪眼睛,就觉得非常恐怖,似乎两只眼珠子欲夺眶而出。

木匠的工具最烦琐。似乎每一样工具都分大中小,或长中短,如锯有长锯、短锯;榔头有大榔头、小榔头。还有凿子、斧头、刨子等等。一个木匠出门得挑一担行李,分类上比任何手艺活都具体。这些工具似乎是一堆抽象的符号,由木匠在所需要的材料上使用,至于是感叹号、逗号、句号,还是问号、顿号,全凭木匠的一颗匠心。

木匠的工具不能随便拿,如谁想借用,得经过木匠的同意,否则,私自拿了肯定会出事,要么工具豁嘴了,要么工具咬人。木匠得意地说,我的家伙认人,只懂我的手,生手握它,它就不乐意。

我看见过那些七七八八的工具,它们躺在工具箱里,麦色的木柄上泛着幽幽的光泽。这些长着奇形怪状脑袋的工具熟悉了木匠的指纹、汗水、甚至偶尔的流血,经过岁月的浸润,以及木匠力气的重复消耗,它们才会留下记忆。

随着屋里噼里啪啦、的的笃笃,堆在院子里的木材慢慢浅了下去。经过木匠的手,它们变得或长或短或窄或阔,由一根根的木料变成条条框框、板板块块的木材。树上的疙里疙瘩不见了,光滑得像丝绸。这些还仅是半成品,接下来的时间属于敲敲打打,把条条与框框、板板与块块天衣无缝地进行组合。

他虽然长得很粗糙,五官也似乎没有组装好,但他做的木工活却一点都不马虎,尤其深得主妇心的是他不浪费木料,一根木头取多少料,他心里清清楚楚,按照婶婶们的说法是"和门和扣"(意思是一点都浪费)。

对一个木匠来说,让一棵树找到自己应有位置是一种责任,更是木匠的荣耀。如果让一棵不应该倒下的树倒下,或者让一棵倒下的树做了一件不应该做的物件,那是木匠的失职。

从某种程度上说,木匠是树的主人。楝树只能做梯子,柳树最好做锄头柄,樟树做上好的箱子。就像人一样,人人都是一块料,用对地方是成器,没有用对地方,就是不成器。可做一条檩子的木料被做成几只木桶,对木匠来说是败业,对主人而言则是败家。不管败哪个,都会被人戳脊梁。一个做木器的手艺人有了老木匠的称呼,是村里人对他的尊重,尊重他从不败业的手艺。

木匠活的工序非常严谨,得一步步来。砍、削、凿……我们喜欢木匠刨木。木匠双手握住推刨,用力向前一推,薄薄的刨花像一条绸带一样从刨子的嘴里吐出来,还发出欢快的哼哼声,"索……吱咯,索……吱咯",木匠的两条腿一前一后,身子随着推刨的前进而往前倾,到了木板的顶端,一个紧急刹车,像被谁拽了一下似的,手里的推刨立即往后退。推刨一个动作,身子配合数个动作。

一块木板得推无数次的刨,刨花一圈圈地堆在脚下,慢慢淹没木匠的双脚。木匠在刨花堆里进进退退，发出唏里索啰的声音，似乎推刨的下嘴唇掉到了地上。屋里弥漫着木香，似乎有些涩，有些沉，又好像带些甜味，有点撩人。

我们低头去捡刨花，把口袋装得满满的。我们还不能确定这些刨花可以做什么，却依然兴致勃勃地捡着，拾着。木匠警告我们不能靠近他，吓唬我们手上的推刨会啊呜一口。我们装作嘻嘻哈哈，可腿脚跳着蹦着，乖乖躲开木匠。

我们把刨花放在破碗里，当作一碗碗菜。我们把刨花挂在耳朵上，套在手腕上，甚至挂在脖子上，刨花成了我们的装饰品。我们晃着，摇着，也吵着，闹着，似乎听到了刨花发出的叮叮当当。木匠放下推刨，笑眯眯地看着我们，说："长大了，我给你们做嫁妆。"我们嘻嘻哈哈挤在一起，从他脚下捧起刨花，然后鸟一样地飞走了。

马木匠受大人尊重是因为他的手艺，得到我们的爱戴，却是因为他是造房子上梁那天扔馒头的人。他女儿是我们同学，所以，我们很早知道上梁的日子。那天，我们早早起床，顶着一头蒙蒙雾水，一脚高一脚低地赶到新房子。

那时往往还在做祭祀，周围尽是人，虽然看不清，但听声音知道谁是谁。虽然我们站在那儿碍手碍脚，但东家客客气气，还会抽出长条凳子给我们坐，因为来抢馒头的人越多，表示家里就会越旺。我们的心思全集中在上梁的时刻，心里只盼东家早点结束祭祀。

时辰一到，木匠麻利地爬上木梯，嘴上的香烟明明灭灭。我们一大群人仰望着他，从他爬上梯子的第一格开始，我们的目光就集中在了他一个人身上，他咳嗽一下，我们也跟着微微震颤一下。他终于站到了屋梁上，我们不由长舒一口气。木匠腰间系一只筎笼①，里面有红纸包着的银钉。在昏

---

①筎笼：一种竹编器具，腹大颈细口小。筎，音秋，意箍，指套在东西外面的竹篾或金属条，下同。

黄的灯光下,他骑在一根檩木上,等候鞭炮声的响起。底下的我们也热切地盼望"砰——嘭——"。

一篮篮馒头用绳子吊到木匠的脚边。我们的目光开始飘忽,一会儿看看木匠,一会儿望望馒头,不知道自己会抢到几个馒头。在"杭育杭育"声中一根粗重的横木被牵到木匠跟前,不偏不倚,放到了屋梁下面,成为举足轻重的横梁。下面的祭祀接近尾声,主人家已开始焚烧纸折的元宝等。我们伸长脖子,开始寻找好位置——木匠看得到,地上又没有乱砖头、杂物件碍手碍脚。

所有繁冗的仪式终于在十余声的炮仗中结束,我们等候的高潮落地了。

木匠向下扔馒头。他像仙女散花一样,把一把把的馒头扔向人群。我们被他的馒头挤成一团,推搡、挤压、踩踏……围绕馒头而引发的动作集中到一块儿,你踩我一脚,我推你一把,大家已顾不得自己,也管不了别人。最开心的莫过于木匠了,他时不时地制造起一个个热潮。可惜,只持续了二十多分钟,馒头没了。

木匠很希望他的儿子继承手艺,只是他儿子,也就是我同学的哥哥,跟他学了三年的木匠活,却只会做箱子,完全不符合当年"三十六"条腿嫁妆的标准。他非常失望,叹息儿子不成器。他可以替树掐算命数,却无法预测自己儿子的命运。

至今,他还没有从老木匠的称呼里退下来。

胡家泥师

按照书面语的叫法,应该称他们泥匠。可我们喊他们泥师。也许是为了跟木匠的区分,抑或是师傅的简称。匠到师,村民无意之中将这个行当提升了一级。只有泥师进门,开土动木才有实质性的意义。

所以,泥师木匠,一直这么叫下来。泥师在木匠前面。

村里盖好房子后有一道仪式,叫宴请泥师,东家用好烟好酒好菜招待泥师们。只有吃过这餐饭,这房子才算是真正完工了。如果盖了房,不宴请泥师,我们称半赖子,意思是东家吝啬、小气,想赖掉这顿饭。事实上再精明的东家都不做这种事,泥师在完工前会留有一手,这一手就等着东家那顿饭后亮出来。

泥师们酒足饭饱后,腆着肚皮,拿起泥刀与铲刀,刷刷几下,把某个窟窿、某处缝隙,甚至一个缺口补全了,像给一篇文章补上结尾一样。泥师们总有办法在某个地方留下未完待续的手法。

村子最后面住的是胡家,三兄弟个个长得很英俊,身高一米七八以上,身板结实,五官线条分明,笑起来露出一口洁白的牙齿,说话文绉绉的,颇有几分儒雅。

胡家三兄弟子承父业,都是泥师。他们有活时一起干,老大拎水泥桶,像歪嘴一样的水泥桶里竖着几把水泥刀和铲。老二背木板,用来夹刚砌好的墙。老三扛只麻袋,里面是圆锥、尼龙绳等物什。露水还没有干时,他们已赶到东家。

经济不宽裕的人家造房时打的是单涂墙,把单块砖头竖着叠上去,主要是为了节省砖头。这样的墙如果打不好,台风一来容易被吹倒。不能完全怪泥师,但倒墙的事总归要牵涉到泥师的头皮。一些老道的泥师不愿意接这样的活,会用巧妙的话语把东家打发走。

胡家兄弟从来不这样做,不管东家提出来打单涂墙还是七寸墙,他们都接。砖头的厚度没办法改变了,可以在打墙的时候弥补单薄。他们把每层的砖头错开来打,也不是杂乱无序,沿着接缝处从上往下看,墙面像平行四边形,如果立足砖面的角度,墙像正方形,三面墙连接处像榫头嵌入榫眼一样平整。砖与砖接缝处的距离,他们捏得住分寸,既不宽,也不窄,中间放进水泥后,用泥刀漂亮地一勾,啪,多余的水泥放到泥桶,一点都不浪费。

条件好的自然要打五寸墙,甚至是七寸墙。既是技术活,也是艺术活。五寸墙的泥活像砌"回"字形。砌到五层时,中间平放一排砖头,然后再继续砌"回"字形。考究些的,在平放一排的砖头层上再竖一排砖头,有的甚至斜放,不仅墙结实,看起来也美观。

胡家兄弟三个人各打一面墙,老大中间的,老二左边,老三右边,三个人一个眼神开始干活。老大拿起砖头时有一个动作,喜欢让砖头在空中翻个跟斗,接住后用泥刀一抹,放上去,刀背一翻,一砌,砖头稳稳坐在那儿。老大像耍杂技一样,把一块块砖头当成道具。他似乎对自己很满意,一边砌,一边还吹口哨。谁也不知道他吹的是什么,但脚边的砖头在浅下去,墙在慢慢形成,仿佛砖头听得懂他的口哨,一块块自己急着跳上去的。尽管周围的人对老大很欣赏,但东家有时不敢看这样的动作,生怕看到砖头一不小心掉下去,但不看又不放心,所以东家看老大的眼光是断断续续的,脸上的神情是紧绷绷的。

老二手脚特别麻利，每个动作非常流畅，一手拿砖，一手握泥刀。泥刀往水泥桶里一挑，啪，水泥抹到砖上，再一砌。只有极少许的水泥从砖头缝里挤出来，啪，老二把多出来的水泥刮回到桶里。老二干活时默不作声，专心致志，连烟都不抽。这是东家最喜欢看的，但结果是东家从来不看老二。

老三打的是西面的墙，我们村里人称是"西山墙"，意思是太阳落山时才照到光的墙壁。老三的动作跟两位哥哥相比显然慢很多。他砌墙时得先挑砖头，如果砖头上有些瑕疵，他就放一边，但他没有浪费的意思，这些挑出来的砖头到最后都会用进去，而且都用得恰到好处，连一块断砖头都有用得着的地方。

老三虽然不如两位哥哥有特点，但他有一手绝活。他抛瓦接瓦的水平是一流的。别人一般只能抛五片瓦，如果上面的人手眼不够快的话，这瓦片就一下子摔得稀里哗啦。老三能一下子抛十片，厚厚一叠从后墙处往上抛，"嗖"的一下，一叠瓦片被人接了去。有时会接的不一定会抛，会抛的不一定会接，但老三都会。盖瓦的时候老三喜欢腰间系一只笤笼，蹲在屋上，从屋顶开始倒退着铺盖瓦片，像是在种地插秧一样。确实，他盖的瓦像一垄垄的庄稼，怎么看都舒服。

他们一层层向上砌墙，刚开始是蹲，接下来是俯，后来是站。站到后面又开始蹲，他们站到了竹排上，再一层层砌上去。他们在吱嘎吱嘎的竹排上如履平地。他们打一会儿，便眯起一只眼瞄几下，能精确地判断出墙面笔直、平整与否。

七寸墙打好后，东家不舍得在上面做粉刷，结结实实的砖墙，还有砌得这么匀称、干净的墙面，一看就知道是有家底的人。如果一做粉刷，跟单涂墙有什么区别呢？所以，村里单涂墙的人家总是把墙刷得雪白，而打了五寸，尤其是七寸墙的却往往不做粉刷，五年过去还裸露着墙面，有眼光的人一看，嘴里啧啧几声。

胡家三兄弟虽然有手艺，但日子并不好过。一年到头泥师活毕竟有限。他们更多的时候还是务农。一个锄地，一个施肥，另一个喷农药，三个人的活各不相干，但仨人的动作极其默契，锄地的一个镢头过去，施肥的正好把粪勺提起来，那个喷药的牵拉喷壶杆，这三个动作拼接成一个画面，正如扔、接、砌，还是泥师做活时的动作。

有一件事我印象很深。胡家人是基督教徒，不管多忙，一到星期日，全家人就穿戴一新，浩浩荡荡去教堂。教堂在另一个村，徒步需要走半个小时。那时他爷爷还在，已是高龄，走半个小时的路对他来说已是很困难，于是，他们兄弟仨用手推车推爷爷去教堂。他们一去，得一天。直到傍晚才看到他们推着手推车，再次浩浩荡荡回村来。大家知道他们去做礼拜了，可碰面了，还会多余地问一句，全家去走亲戚了？他母亲个子很矮，可声音特别响。一遇上这样的问话，总是由她代劳，说，我们去做祷告了。

他们家吃饭前要做祷告，睡觉前也要做祷告，全家祷告起来声音特别响。他家邻居恰恰是信佛教的。所以，两家人有点嫌隙。尤其每当过年，前家放炮仗点烛做祭祀，后家齐声唱赞美诗，还有伴奏。兄弟仨一个口琴，一个手风琴，还有一个是笛子。赞美诗很长，并不只是做祭祀的那点辰光，后家的气势明显压过前家。前家的婆婆想出一个办法，敲木鱼念佛。你们有琴声，我们有木鱼声。前后两家好热闹。第二天，他们碰了面还是客客气气，似乎一点都看不出昨天刚刚较劲过。

我家造房子的时候，父亲请他们来做泥活，他们拒绝了，直截了当，理由是我奶奶是念佛的。这时，大家都知道了他们家还有这样的规矩，原来他们接的活都是他们称为兄弟姊妹的人让他们做的，既然，互称兄弟姊妹，那么工钱也就是姊妹兄弟的价了。至于半拉子工程，他们绝对不会干。他们家的新房子是村里最晚建造的。

给石头脱衣

我舅舅是石匠。我以为天下的舅舅都是石匠。

舅舅长得五大三粗,有着杀猪胚的身板,手臂上的肌肉硬邦邦的,根本揪不动,手又厚又阔,上面长满了一颗颗老茧,摸上去像小石头一样。那是舅舅跟石头长期作斗争的结果。

舅舅空闲时,外婆拿剪刀去剪那一粒粒"小石子",咔嚓,咔嚓,一粒粒变成了一片片,从舅舅手掌里飞出来,跟参片似的。

舅舅想跟人开玩笑,把剪下来的茧皮包成一包,藏进上衣口袋。舅舅跑到他要好的伙伴那儿,神秘地告诉他,自己弄到了一些参片。他的伙伴当然不信了。舅舅小心翼翼从上衣口袋里掏出一个小纸包,慢慢打开,捧到他眼前,还没等对方看清楚,又立马包上。伙伴没见过参片,但知道参片是灵丹妙药,喝下去长力气。舅舅收起纸包,塞进口袋,意欲离开。伙伴见状,忙一把拉住舅舅,问舅舅卖不卖?舅舅说,不卖,但送你几片可以。伙伴大喜。

舅舅回到家里一直笑个不停,咧着嘴笑,张开嘴笑,笑着笑着抹起眼泪。舅舅笑多了,他的眼睛总会返潮。不知道这是不是石匠的一个职业病。那些小石头变成了泪珠子,跳出了眼眶。

舅舅是外婆唯一的儿子,得到外婆百般疼爱。疼爱的细节很多,我记住的是:舅舅的饭都是由外婆盛的,外婆专门挖锅心饭给舅舅吃,那是一锅饭中最好吃的饭。原因只有一个,舅舅身上花出去了太多的力气,需要饭来补充。

"人是铁,饭是钢",这是外婆的口头禅。外婆把一锅饭中最好的锅心饭盛给舅舅吃,舅舅身上跑出去的力气又补回来了。舅舅一碗饭吃完,外婆早伸出手去接,再挖一碗锅心饭。如果舅舅不连吃两碗饭,外婆会心焦,会担心,害怕舅舅身上跑出去的力气迷了路,再也不能回到舅舅身上。

舅舅十五岁的时候,外公决定让舅舅去学一门手艺。上了年纪的人笃信荒年饿不死手艺人。那时舅舅已经发育,遗传了外公高大的身材和一双铜铃眼。舅舅眼睛一瞪,吓得我们大气也不敢出,那眼睛像程咬金的一对铁锤,好像随时会飞过来。外公想让舅舅学木匠,只是拜木匠师傅的钱有些贵,满师得三年。外婆建议去学泥师,可舅舅自己不愿意,说是"邋遢泥师臭漆匠"。后来,还是外公做了决定,让舅舅去学石匠,满师快,拜师钿便宜。在一盏油灯下,三个人你来我往说了几句,把舅舅学手艺的事决定了下来。

舅舅学手艺的过程我并不详知。外婆给舅舅盛饭时总要絮叨几句,大意是舅舅学石匠时多么苦,大热天在太阳底下晒,晒得人脱层皮。寒冷的冬天也要赤脚下河去造桥,罪过啊。每当这时,舅舅马上放下跷着的二郎腿,人顺势瘫在木椅子,收起一对铜铃眼,用一脸的疲惫样积极配合外婆的絮叨。于是,外婆的絮叨再次掀起新的高潮。

等我懂事时,舅舅已经是一个"知名"石匠。说他知名是因为舅舅好酒。谁家请他去做石匠活,须先提一壶黄酒过去。舅舅说这是派头,人需要派头。说这话时,舅舅用他又阔又厚的手端起一只小酒盅(我老是担心舅舅会一把捏碎了瓷酒盅),往嘴巴里"滋"的一声,然后慢慢从嘴巴里吐出一口气,脸上写满了惬意与满足。如果来人没带酒,舅舅沉着脸,不愿接这个活。别人不解,舅舅瓮声瓮气地说:"请我去做石匠活,先提一壶黄酒来。"来人恍然大悟,忙去小店打来一斤酒。舅舅接过黄酒,笑眯眯地说:"酒钱就在工钱里扣,酒不能白喝,但派头不能省略。"

石匠的活那时挺多的,造桥、筑路、建房子,甚至猪、鸡、鸭用的槽都是石头做的。所以,感觉舅舅一年到头有酒喝。舅舅早上晃晃悠悠背着一只麻袋出门,傍晚踩着暮色也晃晃悠悠地进门。

舅舅既遗传了外公的相貌,又遗传了外公的嗜好。外公喜欢喝早酒,舅舅当然也喜欢。外婆对外公喝早酒有抱怨,而对舅舅是莫大的宽容。舅舅一起床,外婆忙着去温酒。

早上因为醉酒,舅舅的晃悠里灌满了惬意,那是他养精蓄锐的时候,即将从他双手里洒出来的力气此时正一点一点长出来。

舅舅把麻袋往肩膀上轻轻一甩,麻袋里面装着他的工具,发出丁零当啷的声音,有凿、錾、墨斗、线圈等。我曾用力拽住麻袋口,想试试分量,事实上我拖也拖不动,别说提了。

舅舅傍晚回来时已经筋疲力尽,似乎所有的力气都从他身上跑走了,连走路的力气都没给他剩一点。外婆早早给舅舅备下"两个热":一盆热水,一壶热酒。热水主要是用来泡脚,里面放些生姜、盐、花椒,这是外婆自己配的,说是解乏。那壶热酒就不用说了。酒一壶,咸鸭蛋两片,炒花生一碟,舅舅快活地喝着、咀嚼着,脸上慢慢又活泛开来,喝到高兴处还会唱几句绍兴戏。

一粒花生米捏在手心里,一杯酒握在手中,舅舅的目光越过开着的黄色南瓜花,跳过成串成串紫色的扁豆花,嘴里唱起了高亢激越的绍剧。一会儿猪爷爷,一会儿猴哥哥,一个人唱得不亦乐乎,不亦醉乎。舅舅愿意跟酒肝胆相照、赤忱相见。我跟表妹一起嬉笑舅舅发酒疯,趁机从碟子里抓一把花生米。外婆瞧见了轻轻用扇子抽我们一下,警告我们不能没大没小,而脸上的笑始终荡漾着。我知道,外婆的笑是为舅舅荡漾的。

农村人对各个手艺人有自己的评价，如长裁缝、短铁匠、漆糊涂，对各个师傅都有自己的小算盘，提防对方干活时短斤缺两，但唯独对石匠是铁放心。也是，一个石匠跟一块块顽石打交道，想把石头打磨成一块料，全靠一双手一下一下凿出来。即使是冬天，舅舅干活时也只穿一件长袖棉内衣，一手握錾，一手握榔头，顺着石头的纹路，或左或右，时直时斜，有节奏地晃肩动头。那些凿下来的小石头蹦的蹦，飞的飞，叮叮当当，响起一串，又一串。在音乐家眼里，石头飞出来的声音肯定是动人的音符。

舅舅不懂。舅舅只是一名石匠。

一块石头要凿成理想的形状，有时需要一整天的时间。舅舅就一整天蹲在那儿，对着石头敲敲打打，重复着动作，把自己身上的力气耗尽在石头上。舅舅手臂上的力气不用完，石头便火火的，像一个愣小伙子，脾气倔得很。石头似乎需要舅舅用力地安抚，才可以服服帖帖坐到合适的位置。

舅舅把一块块石头打磨成自己所需的形状，然后把它们一块块放到各自最佳位置。别人靠抬，才能把石头堆到一块儿。舅舅在打磨的时候，已经替石头设计了"脚"。舅舅总把最后几凿留着，那几凿恰恰成了石头的"脚"，舅舅用手一推，石头晃悠晃悠，从舅舅脚边"走"了过去。

除了好酒，舅舅还有一样爱好：看《山海经》。他放下錾子、锤子后，从装工具的麻袋里摸出《山海经》杂志，食指在嘴唇上蘸一下，再轻轻粘到纸上，手指一翘，杂志被轻轻翻开。遇上不认识的字，他就去问别人，再用白字注在旁边。一本杂志他足足看了两年。也不知道这本杂志他是从哪里弄来的，看上去很破旧。

因为这本杂志，舅舅对石头有了另一种感情。

他开始变得神神叨叨起来。如果造桥，他让人做祭祀；如果是筑路，他烧几沓纸币。遇到奇形怪状的石头，他念念有词，似乎在跟石头聊天。

舅舅还有一个特点，凿子在石头上凿三下，不见有碎石块下来，他就停止凿，让这块石头蹲在一边，转身凿其他的石头。似乎那块石头犯了什么错误,他让它低头思过。

　　舅妈对舅舅的怪异是反感的,因为舅舅这么一来,他的生意会受到影响的,比如他再也不去信基督教的家里干活。按照舅舅说法,他跟信教的人是各派的,各派的人有各派的讲究,互相没有沟通的可能。他看不惯他们口里主呀,上帝啊,却一年到头不见有实际行动,居然什么叫贡都不知道。舅舅对信教的最大意见,其实是他们不给祖宗做羹饭,信了教等于没有羹饭碗,没有羹饭碗,到了另一个世界是要饿肚皮的。当然,信教的家庭也不允许舅舅在他们家神神叨叨。舅妈与舅舅一旦吵嘴,她是孤立的,外婆永远站在舅舅这边。

　　舅舅说,石匠就是给石头脱衣。舅舅又说,石头跟人正好相反,石头脱去了外衣,它才有羞耻感,才愿意与其他石头挤在一块儿。

　　舅舅至今还在石匠师傅的位置上,但基本不拿凿,不拿錾。那些桥没有石匠的事了,那些农家建房也不需要石匠师傅了。

　　石匠的手艺正在衰落。舅舅很忧郁。

走相公步的铜匠

浙东嫁女有一个习俗,新娘被夫家接去时,地上得铺上麻袋,而且麻袋口是朝外的。新娘一跨出院门,做母亲的赶紧往地上泼一盆水。因为这个形式,浙东的女儿有一个不好听的俗名——朝外货。

这看起来似乎娘家一点都不留恋女儿,或者感觉做爹娘的不疼爱女儿。其实不然。做爹娘的请来木匠,为女儿打制"三十二条"腿(衣橱、五斗橱等家具的说法),做十八只箱笼,还要请箍桶师傅箍十二只桶。木匠走后请来的是漆匠,一把大红油漆刷,一遍一遍地刷。

爹娘最后请的是铜匠。由铜匠完成他们对女儿的祝福。

铜匠做了铜火熜、铜"汤婆子",为出嫁的女儿讨一个彩头——好热脚(好日子),还替箱、橱、柜包角、安锁,红色的嫁妆配上黄灿灿的铜锁、铜拉手、铜铰链,既喜气又贵气。红与黄寓意着富与贵。这是嫁女的必备颜色。铜有着金子般的黄,但价格远远低于金子,一般人家都用得起。

那些铜匠是东家请过来的。

我现在所说的,是那些走村的铜匠,如果你还有回忆,或许看着更亲切。

叮叮当当的声音在村口响起,细细碎碎的。风过后,村口恢复了宁静。

一会儿,叮叮当当又飘起来,往村庄深处送,似乎风举着小铃铛,敲开一家一家的门。

像是接到了某种暗号,开始有门吱吱呀呀,还有丁零当啷,轻一阵,重一阵。叮叮当当越来越近,村庄里咯里咯噔的声音也随即密起来。豁了嘴的铜铲,睁着大窟窿眼的火熜,漏底的铜脸盆,还有泛着绿色铜锈的铜锁和破了盖的铜酒壶,在叮叮当当的背景音乐中集合到了一块儿,似乎铜字辈的被召集起来开会。

主妇们伸长脖子朝村道上瞧,那神情似乎不太相信自己的耳朵。叮叮……当当,风把叮叮与当当吹散了,声音有些飘忽。可很快,叮叮当当又拉住了手,歪歪扭扭跑过来,往各个角落钻。清脆的叮当声给村庄带来了一种金属感,也给村庄带来些堂皇。

有的主妇有些不耐烦了,隔着竹篱笆,大喊着"铜匠,修火熜"。语气斩钉截铁,不容商量。可没有人回应,送过来的是一串叮叮当当。主妇于是再次扯开嗓子喊。

铜匠的"傲慢"并没有让主妇生气,她们熟悉铜匠的脾气,吝啬得连应一声都嫌多,这才是有气场的铜匠。婶婶们如果碰上一个火急火燎的铜匠,就绝不会把铜火熜铜脸盆拿给他,似乎铜匠天生是沉稳的,不屑于言词。

不管婶婶们用什么样的声音招呼铜匠,铜匠的步法一如既往,像书法中的铁钩银画,步步用力。即使前面有生意等着他,有人喊他,他也不急不慌,挑着担子,继续铁钩银画。肩上的担子似乎并不配合他的步法,晃晃悠悠,挂在一头的铜勺铜铲开始毛手毛脚,弄出一串串的叮叮当当。那是他的招牌吆喝。

村里人熟悉这样的吆喝,什么样的匠就会有什么样的吆喝。同样叮叮当当,还有算命的、卖笃笃糖的,但三者之间完全不一样。算命的用的是两根金属板,敲出来的是"的笃,的笃,的的笃笃",如同他算命时,习惯用大拇指沿着四个指关节,一节一节往下掐,那是代表着子丑寅卯。至于卖糖的就更加简单,完全是他剁糖时发出的声音,"笃,笃笃……",意思是"糖,换糖……"笃笃糖是用破烂换的,不好意思叫喊破烂,只能用这种委婉的方式吆喝生意。

铜匠走起路来不像是走,而是踱。村人戏称铜匠走的是相公步。一脚迈出去,另一只脚并不急着跟上去,身子微微晃一下,似乎有种陶醉。铜匠的情绪惬意了,满足感到位了,后面的步子才慢笃笃提上来。当然,身子又轻轻晃了晃。肩上的担子很默契地送出来一串叮当。

有时,我会替铜匠着急,走得那样慢,他一天能补多少火熜?还有零零碎碎的小配件,换个铜锁,修个铜拉手,村里有一大堆跟铜有关的家什,它们都坏了好些日子,就等着铜匠修修补补,或调调换换。还有几个伸长脖子的婶婶们,她们喊出去的招呼还没有收到回执单。

铜匠似乎一点都不在乎,慢条斯理,叮叮当当,叮叮当当……

我对铜匠的模样没有很深的印象,在我眼里都是上了年纪的人。上了年纪的人几乎差不多模样,粗线条的脸,粗短的手,还有做粗工似的身板。在生活面前,他们的精致只能留存在心间。也许这是一种平衡,粗笨的手指干出精巧的活。不知道是活讨巧手指头,还是手指头讨巧活,一件件破旧的铜器从他们的手里出去,重新回归村庄的生活。或许唯一不同的是,铜匠的脸是古铜色的,似乎那是被铜熏染出来的。人们一看那张古铜色的脸,心里就对铜匠的手艺有了底,如同去医院看医生,在无法知道一个医生的医术如何时,自然会选择满头白发的医生,那是临床经验丰富的象征。

铜匠就近选择一家,放下担子。主妇赶紧把条凳搬出来。铜匠一坐,叮叮当当收了起来。村里暂时安静了,主妇们开始忙碌。她们尽管已经知道铜匠在哪个妹子家里歇下了担子,还是不放心似的隔着篱笆东问西问,着实热闹,似乎那是铜匠的另一种吆喝。

对此,铜匠也许是满意的。这不,他掏出一支烟,吐出一串烟雾。

铜匠的担子很考究,两只长方形的樟木箱,边角都有铜片包着,锃亮锃亮的。前担的箱体上竖着一排长抽屉,里面想必是他的一些工具,单从木箱的精致程度来看,里面的工具应该也比较精巧。抽屉上照例是铜锁,像一片叶子挂在那儿,做工自然很精细。铜匠很有意思,拿什么工具拉什么抽屉,眼睛从不往抽屉里瞧,手往里一摸,他想要的工具肯定是摸到的那把。工具一到手,指关节一曲,抽屉就"啪"的一声,重重关上了,像抿紧的嘴唇。

他燃起火炉,呱嗒呱嗒拉起风箱。待炉中的火旺起后,取出一根铜棒放入炉中。铜棒被烧得火彤彤时,用铁钳夹出并在铁砧上锻打。铜匠对周围的事毫不关心,他沉浸在自己的世界里,他是铜的师傅,对铜之外的声音没有兴趣。

婶婶们左一句右一句要跟他搭讪,他有一句没一句,更多时候默不作声。中间有人插进来,送来一个破铜器。他不会立即接过去,待把手中正在进行的程序完成后才会理你。送来的铜器破损程度不一,像前来看病的病人,有的仅开几片药罢了,有的需要一个小手术,有的得来一个高难度的手术。铜师傅不仅打制铜器,还得给铜看病。

到村里来的铜匠少了许多精彩的动作,因为大多铜匠仅是修配铜件而已,正儿八经的铜匠活不多。给漏水的铜脸盆换个底,给缺口的铜铲补个嘴,这不需要铜匠有特别过人的技艺,但铜匠还是会展示他的手艺流程,如锉、削、钻、钉等,在人们面前不经意间完成一个个动作。当所有动作成篇时,主妇们所希望的效果便呈现在眼前。那些修过补过的铜器,又可以继续履行它的使命。经过铜师傅手的铜器谁敢不服?

铜匠除了修补铜器,还会换铜器,尤其喜欢主妇拿老式铜器去换。有时几把铜锁换两只铜铲,或者一只铜脸盆换一只铜火熜。这里面有一个讨价还价的过程。铜匠在三四个主妇面前是木讷的,他说一句,马上有一串伶俐的话语围住他。他再说一句,立刻有一大堆的话在他周围转。主妇们是有方法的,先帮张婶或李婶用一把掉了锁眼的铜锁换铜勺子,然后再给花婶以一只睁着七八只眼的铜脸盆换下一只汤婆子,接下来她们又会整合刚才调换的价格去换自己想要的东西。铜匠力不从心似的应着招,手始终没有停下来,又是钉,又是锉,十只粗短的手指一会儿分开,一会儿并拢,头却勾着。

铜匠心里很清楚,那些主妇们是剪刀嘴巴豆腐心,只要他不松口,主妇们再叽叽喳喳都没有用。不过,到最后,主妇们还是会换到自己满意的铜器,尤其是家里有女儿的婶婶们,她们会换一只铜脚炉,让女儿热着脚嫁到婆家。

其实这趟生意最满意的还是铜匠,他调换到了许多老铜。这些老铜都是"曾"字辈(曾祖母那一辈的),是有来头的。无论是做工,还是质地,对一个铜匠来说都是宝贝。他可以用这些老铜去重新打制铜器,有的稍加修复即可,但价格却不菲了。

那些泛着铜绿的老铜,寂寞地搁浅在村庄深处。有一天,叮叮当当的铜声,敲醒了它们幽暗的梦,经过铜匠的手,它们再次焕发锃亮的光芒。

现在土豪嫁女用的是金子,也有的用现金铺满箱笼,既像炫富,又不仅仅炫富。

铜匠这门手艺活算是绝望了。

漆匠

漆匠是我见到的第一个画家。后来,我看到画油画的,还是坚持我当初的想法。

木匠踢里踏啦,收拾工具,油漆匠叮叮当当,摆放套着各种颜色的瓶瓶罐罐。那块木板木匠搁过工具,上面留下坑坑洼洼的痕迹。现在轮到油漆匠搁置东西。

瓶瓶有各种型号,大、中、小,罐罐也有各种型号,胖、瘦、高、矮。油漆匠让瓶瓶与罐罐站到了恰当的位置,除了队形整齐,颜色也非常协调,很养眼,似乎只要漆匠一下命令,它们随时准备着喷洒到那一边的家具上。

油漆匠抚摸着箱笼衣柜,赞叹木匠的手艺。油漆匠用一个"煞绨"的词来概括木匠精湛的手艺。油漆匠的赞扬并不虚伪,他是真诚的,总结的两个字也非常到位。因为有了木匠的"煞绨",漆匠的活干起来特别轻松。

如果让一个漆匠刷得很累,说明木匠活是打折扣的。有些精明的东家,给木匠的工钱不马上付清,在漆匠进门后的第七天才付清。原因很简单,漆匠活干得快,木匠做的活是合格的。但最精明的东家在油漆匠那儿也会失算的。

浙东有一句口头禅——"漆糊涂"。油漆匠的刷子刷过来刷过去,可以重复再重复，也可以重复了不再重复，瓶瓶罐罐里的深浅没有标准，何况瓶瓶罐罐不像透明的玻璃瓶，从外面看根本看不出量的多少。漆匠说，用完了，那个瓶就是一只废瓶。就像一个人穿衣服，穿多了，穿少了，如果不感冒，衣服的厚薄就没那么重要。这好像是一个姓曹的漆匠说的话。我无法确定原话是不是这样，但他的意思似乎就是这个。

东家不是糊涂人，只有讨好漆匠，希望他少"糊涂"些，但也不愿意他精明得很，漆匠的糊涂与精明间的尺寸，更多时候靠的是东家自身不懈的努力。

姓曹的油漆匠是我同学的叔叔。我跟着同学喊他叔叔。他乐呵呵地应着，一边往腰里系围裙，一条看不出底色的围裙，上面有各种颜色的油漆，像是被谁倒翻了几罐油漆。不过，从远处看有一种层次感，几种颜色挤来挤去，倒挤出一种丰富的美来。围裙是硬的，与其说是系，不如说是挂。油漆叔叔坐下去后，围裙顽强地挺立起来，得用手抚摸再三，围裙才慢慢贴到他的膝盖上，然后一动不动。

油漆叔叔不是一个人干活，还有一个女人跟着他，那是他老婆。他老婆的活不多，帮他调制油漆，给他递刷子，有时刷，有时刮，使用什么动作，全听她老公的指挥。因为他们的默契，我以为做油漆活是一男一女配合着进行。这个观念一直持续了十多年。

用石膏粉加桐油调制的半液体给家具敷上一层，这叫填，是漆匠的第一个动作。这种黏性很强的半液体，能把木板表面粗糙甚至凹凸不平的地方填平。

他一手托板，一手拿小铲刀，把麦色的石膏腻子敷到木板的表面，连缝隙都不放过。漆匠一边填，还一边刮，及时把多余的腻子回收到木板上。那模样有些像泥匠，只不过泥匠是砌，高高站在上面，而漆匠可坐可站，小铲刀下去，又小铲刀上来，轻轻一刮，刀面上有了薄薄一层腻子。

油漆叔叔干活的动作做得很潇洒，调、抹、刮、铲，四个动作非常完美地组合在一起,一点没有多余或浪费的感觉。看得我们手痒痒的。

油漆叔叔一边赶我们,一边躲我们,担心木板上的腻子沾到我们的衣服,那可洗不掉的。他还恐吓我们,说是小孩子不乖,腻子就会跑到脸上,生一张雀雀脸。我们一听,忙把脸捂住,可脚像生了根似的,一动不动。

几天后,油漆叔叔开始用砂纸磨木板上的腻子。油漆叔叔与油漆婶婶一起打磨家具。"沙,沙,沙……""沙啦沙,沙啦沙……"夫妻俩手下出来打磨的声音是不一样的。一个声一个动作的是妻子,有节奏的是丈夫。

我很喜欢听他们夫妻俩和着节奏的声音,一个是"沙啦沙",另一个是"沙,沙",有时一前一后,有时同时进行,既像暗语,又像和声。丈夫捏住砂纸来回地磨,手上的力气跑进又跑出。而妻子握住砂纸一下一下,身上的力气像舀水一样,一勺一勺地来。

别小觑磨腻子这道工序,这个活其实很累。油漆婶婶砂着砂着,声音开始含糊了,没有先前那么好听,像是被卡住的磁带,音拖了一地。做丈夫的一听,马上明白是怎么一回事,忙替妻子换一下砂纸。

磨过的砂纸是不能再用了,上面的砂齿已经全跑到腻子那儿去了。我不死心,捡了几张,磨我的铅笔盒,结果磨了半天,铅笔盒上的铁锈岿然不动。我说,油漆叔叔你真狗屁。油漆叔叔好奇地问,为什么?我说,你磨过的砂纸没一点利用价值。油漆叔叔哈哈笑了起来。笑过,他又给了我几张砂纸。

漆匠的活是断断续续的。他说没干,你就得等。他说还不可以刷,你不可以催。有时填几天,休息几天。磨几日,又搁置几日。东家拿漆匠是没办法的。那些箱笼,过了几十年都没有斑驳,没有长油漆泡,那是油漆匠的功夫。如果油漆匠漆过的一个箱笼,过了十多年或二十几年甚至更长,表面还"贼光煞亮",仿佛刚漆不久,那么这个油漆匠的手艺是超群的。

一个地道的漆匠是有见地的,他掌握着油漆每道工序的火候,不急不缓,不减不灭。他像一位智者,看到的不是表面,而是将来。虽然,他自己说,他们做油漆的只做表面花。这话听起来不那么入耳:村里人对那些当面一套,背后又是一套的人,称为表面花。表面花的人是不受人喜欢的。但,人们对油漆匠的表面花是欢迎的。

后来,我看到一个广告语,说是只做表面文章。我立马想到这应该是油漆广告。嘿,果然是。漆匠们不知道文章是啥意思,却对表面的事明明白白。

木板上的瓶瓶罐罐被打开了,油漆匠取一把干净的刷子,在里面蘸一下,取出来前在罐沿轻轻一按,然后顺势拿起刷子。蘸了油漆的刷子在木板上漂亮地刷起来。此时的工序看似简单,也很好玩,但没有熟练的手法可要坏事。

油漆叔叔手中的刷子提、按、拖,三个动作合成一个刷字。这是在打底色,用生漆把木板包裹起来。如一个女人扑粉前打的底。晶亮的底色让木纹清晰可见。一棵树的年轮在第一道生漆中一览无余。仿佛打开了树的秘密,藏了那么多年的憧憬在与清漆相遇时释然于怀。

做到这个份上,油漆匠会问主人,需要考究点还是简单点,需要生漆还是熟漆。如果简单点,在这基础上涂两层,如果考究点,会涂上数层,刮过再涂,涂了再刮,把底打得瓷瓷实实的。

一般人家都会选择熟漆,挑选自己喜欢的颜色。结婚用的,自然是大红,新房子装修,色彩多一些,如门是棕色的,门框则是蓝色的。当然,各人所好,没有一定的章法。后来年轻人结婚也不一定非用红色,而是根据流行色,由主人自己挑选。他知道眼下年轻人喜欢紫罗兰色,还有橙色。看似是主人做的主,其实还是漆匠做的主。

漆匠活有时一点都不敢怠慢,熟漆是需要调和的,一旦调和好就要及时用完。油漆匠最忙碌的时候,也是家里最有喜气与生气的时候。油漆叔叔与油漆婶婶蘸着撩人的油漆,又是刷,又是涂,甩开膀子忙碌着,似乎用尽心思把瓶瓶罐罐的油漆赶到林立在屋子里的家具上,但我不想靠近他们,那气味闻着真让人觉得头晕。我真是奇怪他们俩居然在这么重的气味里一待就是大半辈子,他们说,习惯了,已经闻不出香臭。

作为资深油漆匠,有自己的职业道德,如果不是赶日子,最好还是在秋天,因为那时空气干燥,不冷不热,漆涂上去不容易起气泡,光滑,几年后还光鲜如初。主人一般会听从漆匠的建议,毕竟他们才是油漆活的师傅。油漆上的事都归油漆师傅管,他们说啥就是啥。

油漆叔叔还有一手绝活,那就是漆画。他给婚床画上花鸟,花是连理花,一笔呵成;鸟是喜鹊,张着嘴巴,似乎正喳喳叫着。在婚床放枕头那边的木板上,又画上两幅画:左边的板上画一对鸳鸯戏水,寓夫妻和谐之意;右边的板上画两只鹅,"鹅"与"儿"同音,是祝愿新人多生贵子。有时他还在大衣柜、五斗橱上画上兰花、牡丹,在暗红色的油漆底上尽得喜气。油漆叔叔画什么都一笔呵成,绝不拖泥带水。

油漆叔叔给婚床画画时,油漆婶婶歪着头,站在一旁,脸上挂着淡淡的笑。我至今还能回忆出她笑的模样,抿着嘴唇,眼梢微微往上翘,一根粗粗的大辫子从脖子上甩下来,挂在胸前。当油漆叔叔画鸳鸯时,她用手指头绞着辫子,脸上一阵绯红,似乎想起了什么。

没有满师的曹箍桶

曹箍桶没有给出嫁的姑娘箍过一只桶,村里人还是很慷慨地叫他曹箍桶。谁家都有七桶八桶,如粪桶、洗脚桶。七桶八桶肯定有七痛八痛的事,曹箍桶便是给桶看七痛八痛的人。村人把散了的、豁了的桶拿到曹箍桶那儿,过几天便能取回来一只正常的桶。有人说,这桶经过曹箍桶的手变得很听话。曹箍桶用铁或竹把桶的嘴巴拴牢了。对此,曹箍桶很满意。用他的话说,人活着要有成绩。他的成绩便是在村里混出了一个"曹箍桶"的称呼。

曹箍桶早年正儿八经学过木匠,可学了三年,打出来的还是瘸腿柜子。他的姨父师傅委婉地告诉他父亲,这孩子还是去学箍桶,说不定有出息。他父亲一听,知道自己孩子不是学木匠的料,再学三年可能还是目前这个状况,于是让他学箍桶。曹箍桶自己也喜欢这安排,觉得解放了。

曹箍桶的母亲在村里有个绰号——封建曹。她在家里有许多规矩,男的不准碰女人的裤子,女人不能摸男人的头。在她眼里女人是天生低贱的人,而男人命中高贵。当初曹箍桶去学手艺,她是一百个同意,曹箍桶学了一年半后,她无论如何也要曹箍桶回家来。原来,曹箍桶的母亲听说箍桶满师的标准是必须学会打制马桶。结果经他娘一闹,曹箍桶只好放弃,背着一些家伙回村来。

尽管曹箍桶没有满师,但他学过箍桶,所以村里那些桶的事还是归他管,但除了马桶。

曹箍桶的家里很乱,工具摊了一地,墙壁也乱,上面挂满了铁丝圈、铜圈、篾圈。即使没有活,曹箍桶也把工具散落一地,在刨、凿、钻、墨斗中间曲折前行。曹箍桶习惯在工具中七拐八弯,到了外面,走路的姿势改不过来,歪歪扭扭的,似乎担心踩着地上的蚂蚁。

村人见了,难免取笑他,马桶不会箍,走路倒像个娘们。曹箍桶一本正经地说,直木匠,弯箍桶,你们懂勿懂?村人嘻嘻哈哈,怂恿曹箍桶唱一唱《九斤姑娘》。曹箍桶能把里面的七桶八桶唱得韵味十足,什么有盖无底桶、有底无盖桶、日落黄昏桶,他一口气唱下来,一点都不会七拐八弯。别人问他,曹箍桶你会箍几样?曹箍桶得意地说,除了半夜要紧桶,我都会箍。曹箍桶说这话时脸一点都不红。

曹箍桶无事时,经常在做一项活:劈篾。一根竹子经曹箍桶的手,最后成了一条条柔软如绸带的篾。曹箍桶把竹篾盘成一个个竹圈,挂在墙壁上,像一个个句号。曹箍桶说,这不是竹圈,是笐。曹箍桶又说,桶没了笐,这板全散;人没有了笐,做事全乱。我们问他,人的笐在哪里?他指指脑袋,说,是头笐。这下,我们全懂了。

有人去找他箍桶,他先问你最近做过梦没有。别人老老实实地说,做了,但忘记了。曹箍桶觉得很遗憾,但不死心,继续对你的梦进行启蒙。问你梦到了水,还是山,再问你梦到动物还是人。假如遇见一个对梦也有兴趣的人,曹箍桶会异常兴奋,互相切磋、琢磨,连桶都忘记箍了。

曹箍桶有一本书,薄薄的,一手掌大。封面套红,上面有一个飘着几缕长须的人,而眼睛画得极其年轻。曹箍桶说,这是周公。我们不知道周公是谁,木乎乎地问他,周公是不是周公公?周公公为什么要称周公?曹箍桶很痛心,连连叹息,没文化,没文化啊。头扬着,扬着,直到我们看不见他脸上痛心疾首的表情。

曹箍桶喜欢去村口的石桥闲坐,那是村里男人的集散地。吃了晚饭,大家不约而同去石桥坐一会儿,说"摊头"(闲话)。别人天南地北,没有正经的主题,一会儿说天气收成,一会儿说雌雄搭配。曹箍桶从不参与这样的话题。别人说"摊头"聊"码头",甚至打"拳头",他只是静静坐在石柱上,手上的纸烟或明或暗。当别人聊着聊着,气氛淡了下去时,他开始向别人讨梦。别人随便告诉他一个梦,他会觉得很开心,专心致志地解梦,预测别人的明天,或后天。这时,桥头的氛围又会活络起来。

他喜欢跟年轻人说梦。可年轻人不太愿意跟他说自己做过的梦。年轻人觉得做梦是因为日有所思。而曹箍桶从来不这样认为。他很想跟年轻人讨论梦,说说梦里的事,聊聊梦见的物。只是,年轻人十个梦有八个是假的,谁也不会把梦见村里哪个姑娘的事告诉他。余下两个是真的,梦到自己会飞,会蹦。曹箍桶捧着那本《周公解梦》,小心而虔诚地翻开,指点某处,说,这是年轻人在长身体,这个梦好。

有人看到晚上曹箍桶老是一个人在村庄里闲走,踱着步子从村东走到村西。黑黑的影子有时跟着他,有时拖着他,一会儿站到别人的墙前,一会儿掉在别人的菜园子里。白天有人跟曹箍桶开玩笑,昨晚在找什么?曹箍桶一本正经地说,他在嗅梦。此话一出,大家哈哈大笑起来。谁也没有把曹箍桶的话当真。

曹箍桶继续他的一本正经,在夜里一个人独来独往,等村庄里的灯都熄了,他才慢慢踱回家。曹箍桶说,一个人做了好梦,有一股甜味。如果嗅到涩味,一定是有人做噩梦了。做了噩梦,有个破解方法,早晨起来,直接奔到镜子前,照三下。又补充说,照过镜子再去开碗橱,开合三下。有人对此表示异议。曹箍桶说,书上就这么说的。你们难道不相信"科学"?曹箍桶认为凡是印在书上的都是科学的。

曹箍桶为村庄收集了许多梦。白天无事时,他躺在藤椅上,眯缝着眼睛,一下,一下,用脚摇晃着藤椅。曹箍桶的脸上惬意无比,横的纵的皱纹里闪烁着金黄色的光芒。他陶醉在梦里,陶醉在别人的梦里。曹箍桶收集的梦里有一部分是梦见了死去的人。曹箍桶说,那些死去的人还在老,而村庄却在年轻。因为梦,我们居住的村庄变得有分量,梦给我们接续了一部分生活。

别人早已忘记了自己做过哪个梦,而曹箍桶像守候某种约定一样,替村人珍藏着一个个的梦。有年老的,也有年少的。哪一天有个小伙子离村去创业,他必定会前去送一个梦,而那个梦恰恰是小伙子曾经告诉过他的,假如小伙子没有胡编给他的话。如果有老人走了,曹箍桶也会去送一送,给老人的小辈讲一个梦。这个梦自然也是老人在世时做过的。有人怀疑过曹箍桶的脑子,以为他的头箍出了问题。但曹箍桶一点都没有表现出异常,眼睛是清澈的,手脚是敏捷的,说话的声音是响亮的。只是,他的生意每况愈下。村里人使用上了塑料桶,轻便。他墙壁上挂着的箍渐渐蒙上了尘埃。

梦是村庄的箍。如果梦没了,村庄会趁人睡熟时飘走。曹箍桶这样说。所以,由曹箍桶收藏我们的梦,大家都觉得放心。

瓷碗上的镌痕

阿芬吃过午饭,捧着一叠碗去池塘边洗。那时我还在吃饭。吃过饭我也会跟她一样,把盛过饭的碗拿到河埠头洗洗。阿芬家与我家隔一口池塘,两家的河埠头正好相对。我们平时很要好,只要有空就待在一起。只是她的学习不太好,我们只做了三年半的同学。

阿芬把洗过的碗很小心地放到河埠头的石板上,碗底下发出清脆的叮当声。再接下来,是碗与碗的轻叩。阿芬把洗过的碗一只只叠上去,声音越来越低,听得出阿芬很小心地叠放着碗。阿芬起身回家前会把最下面的一只碗放到水里浸一下,碗底与河面接触的那瞬间会有"噗"的一声。这是洗碗结束前惯有的一个动作。我也是。忽然,一声"哐当",随即一片稀里哗啦。我心一惊,差点把嘴里的筷子咬断。对面寂静了片刻,然后破锣似的声音从池塘对面咣咣地传过来:"你眼睛长哪儿了,手脚干什么去了,这么多碗被你掼破了,你这个败家子!"那是阿芬娘的骂声,好像天被锤破了。很快,有抽泣声贴着水面隐隐飘过来。

我知道阿芬闯祸了,她把碗摔破了。我知道阿芬娘的脾气,家里因为女儿多,有五个,所以从来不把女儿当回事,不高兴了骂一个,如果还不解气,还会提起扫帚打一个。哪一个女儿如果没把家务活完成,或做得不让她满意,她张口就骂,可骂来骂去总是在骂自己:她骂女儿是畜生养的,让人听了总觉得有些好笑。我母亲曾提醒过她,她认真地比画来比画去,觉得我母亲说得有道理。可过一段时间后,她又忘记了。

我的心提着,担心阿芬娘骂过后还不解气。果然,阿芬娘又骂开了。大概阿芬爹心情不好,吼了一声。阿芬娘赶紧闭上了嘴。阿芬家里又恢复了平静,阿芬也停止了抽泣。我小心地拎着竹篮走到河埠头,里面装着几只碗、几双筷子和抹布。我朝阿芬家的院子望去,阿芬正轻手轻脚地拾破碎的瓷片。大概阿芬把碗叠得太高了,挡住了她的视线,没注意脚下,结果绊了一脚。我轻轻叫了一声阿芬。阿芬转过头来,眼泪汪汪地看了我一眼,继续小心地拾着碎片。阿芬必须把所有的碎片捡拾起来,否则第二次麻烦还会跟上她。我也曾摔破过碗,有时是洗碗不小心磕的,有时是碗从手里直接掉下去。我特别害怕操碗倒盏的声音,那哗啦一下,家里就会多出来一份负担。做父母的,尤其是做母亲的,她的情绪比一只碗还廉价。谁不小心碰坏了碗,呵斥就会跟过来。母亲的情绪过后,那些碎片被捡拾起来,放进碗柜里。虽然母亲不会一直跟我计较一只破碗,可我的目光一碰到那只豁了嘴的碗,心里就会扑通扑通像敲鼓一样。

自从阿芬摔破碗后,我的心理压力更重,以致有一段时间只要洗碗,就会磕出一点瑕疵。我小心地积攒起那些破碗,盼望着补碗师傅的到来。他来,我就再也不用躲闪碗柜里的那些碎片。尽管之后碗上会多几条像蚂蟥一样的斑痕,但毕竟与实实在在的日子相比,眼睛里那点美与丑的分别显得浅薄多了。

补碗师傅是绍兴人,带着浓浓的当地口音,是个非常乐观的人。活干完后会给村里人唱一段莲花落。没有伴奏,他自己拿一根筷子敲着碗。别人开玩笑,敲破了你赔。他呵呵一笑,答:"如果敲破,我愿意给侬补一辈子的碗。"奇怪的是,他敲过的碗更加结实。据说,有一次翠婶婶不小心让碗从灶上跌落下来。她心想,这下碗难逃噩运了。结果,那只碗在泥地上滚了几圈,居然完好无损。翠婶婶既开心,又觉得蹊跷,想来想去,只有一个原因可以解释:这只碗前几天刚被补碗师傅当乐器敲过。

补碗师傅一进村,村里的婶婶们得忙碌一阵子。我也跟着忙。有的拿来破碗,有的取来一叠新碗。补碗师傅不仅补碗,还会在碗底刻字。村里每户人家的碗底都有字,有时刻姓,有时刻名,虽然村里有同姓的人,也有同名的人,但碗底里的字不会重复。比如有两个人名字中都带"申"的,别人一看碗底里的"申"就知道这是张家的碗,绝对不会是李家的碗,李家的碗底刻的是"李"。碗底里的字都是一家之主的姓或名,女人的名字是不可以刻的。大家约定俗成,碗底里的一个字成了一个人在村里的标志。在碗底刻字并不是因为不想让别人来借,而是方便村里人来借。村里谁家遇上红白喜事,或小孩满月、生日祝寿,都会向邻居借桌椅板凳,碗筷酒盏。几年下来,一只碗可以"走遍"整个村庄。如果碗底没刻字,谁也不会去借,大家心知肚明,不刻字才是不想外借。

补碗师傅面前叠起了碗,有的想刻字,有的想补碗。补碗师傅于是用绍兴口音问我们,他刚才喊的是什么。年幼的人会抢着说,"补碗刻字嘞!"补碗师傅的眉毛一挑,嘴巴一咧,说:"补碗在前,刻字在后。"

补碗是个手工活,每道工序环环相扣,来不得半点差错。补碗师傅在膝盖上铺上一块蓝色的布,一块块碎瓷片放在布上。那些碎片我曾拼过,可从来没有拼完整过。似乎那些碎片一离开碗就自顾自了。补碗师傅把一块块瓷碎片拼凑起来,三下五除二,那个碎片在他手指的指挥下,像是找到回家的路一样,依次回到自己原来的位置。之后,那些找到位置的碗片被一条带铁扣的绳子捆扎好,这是第一道工序,当然也是最难的环节。如果技术不过关,那些好不容易找到位置的碎瓷片再次失去秩序,不仅主人看得失望,补碗师傅自己也手慌脚乱。好在这样的事一般不会发生。

接着就是在破碗的裂缝两侧"打瓷眼",那打眼的小钻是微型铜质小钻,钻头上装有金刚钻。补碗师傅左手握牵钻,右手捏拉杆,拉杆左右拉,牵钻正反转。钻眼的动作简单,声音也很单调,吱咕吱咕,似乎瓷片很不甘心,希望"自顾自"。钻孔的架势非常像拉二胡。如果补碗师傅这时唱莲花落,那正好与他钻眼的动作般配,只是补碗师傅干活时从不唱。钻眼的金刚钻时间一长,会冒青烟,于是补碗师傅不停把手指头伸到舌头上,蘸一点唾沫来降温。钻眼时用的力重不行,轻也不行,全靠腕力,跟拉二胡、练书法等对手的要求一模一样。如果手艺不到,碗眼没钻成,倒会让碗再次破碎。所以,老人说没有金刚钻,别揽瓷器活,说的就是补碗师傅。碗眼钻好后,还有几道工序。用蚂蟥襻襻住左右两个眼,轻轻敲几下,待襻嵌入眼里,再涂上釉泥黏合起来。补过的碗放置一会儿,再舀来水倒入碗中,让主妇检查有没有漏水。主妇的眼如同扫描仪,从这片扫到那边,恨不得把一只碗里里外外查看一遍。如果主妇觉得的确看不出毛病来了,算是大功告成。

补碗师傅人长得挺端正的,但我总觉得他的眼睛有问题,看人有些斜视,脖子也有些歪,似乎跟他的长相一点儿都不相配。我不知道这是不是他的职业病,就跟一个外科医生一样,在他的眼睛里只有一个个的痛点。补碗师傅斜着眼睛,让目光变成一条墨线,一个个瓷眼准确、精巧地沿着裂缝蜿蜒而下。特别是给碗底刻字时,补碗师傅也是斜着眼睛,但刻出来的字却工工整整。有时,村里人也会别出心裁,让他刻小动物,如鸡或鱼什么的,大概也是讨个吉利吧。他刻得栩栩如生,如果碗里盛的是水,碗底的鱼似乎能甩起尾巴来。不过,刻图案的价钱比刻字要高出一倍,所以,要刻的人很少。我家里有一只,那是我央求补碗师傅刻的,他没收钱。我属鼠,他帮我刻了一只肥肥胖胖的老鼠,嘴巴边的几根胡须线条生动得很。他说,祝小囡长大了白白胖胖,一世不愁吃穿。谁想到,我现在愁的不是吃穿,而是胖胖的身体。这点,二十多年前的他没想到,我也没想到。到我念初中的时候,补碗师傅已经不来了。村里小孩偶尔失手打碎了碗,父母很少责骂,也没有人再去捡那些碎片,一把扫帚过去,全当成了垃圾。如果父母因此责骂小孩,做爷爷奶奶的马上出来护着,说:"不就是一只碗嘛,明天给你买十只。"

碗不重要了,那么补碗师傅的活计就自然而然地没落了。

磨刀师傅的歌

夏天乘凉的时候,奶奶曾让我猜一个谜语,谜面是"骑着不走、走着不骑"。我猜了很长时间,也猜不出。奶奶给我提示,说,这是手艺师傅的一个工具。我使劲猜。每个师傅都有一个属于自己的行头,而且行头还是身份的标志,如弹花师傅背上的弹花弓,揭鸡佬手臂上的伞,补鞋师傅的补鞋车,以及箍桶师傅的竹圈等等。我想啊想,从村里想到村外,又从村外想到村里,差不多把师傅们想了个遍,可还是有些模糊。后来奶奶再提醒我,这个师傅平时不大来,只有过年脚跟的时候才来。我一听,灵光一闪,似乎有一颗文曲星从星空跑下来,那不就是磨刀师傅肩上的一把凳子?凳子两头各绑着两块磨石,干活时坐上去,走村兜活扛在肩上。他一来,村里的剪子、菜刀齐刷刷地苏醒过来,它们薄薄的嘴唇泛起闪闪的光芒,"咔嚓咔嚓"让年过得利索、爽快。

家里的菜刀早钝得不像样子了,连切菜都得用劲,发出的不是"脆了脆了"而是"吱咯吱咯"的声音,似乎切得不是菜而是肉。至于肉就更不用说了,这刀非得高高举起来,好像这不是切而是斩。如果剁肉,才更费事,砧板"笃笃笃"震天响,肉黏在一起,横竖跟你过不去。有时弄得不好,肉没剁成,手指头倒被咬一口——家里的晚饭一般是我做的,一看那把钝刀就心里发怵,光切菜就把我切得灰透扑罗①,身上的劲道被用去一大半。

我曾学着母亲的样子,拿菜刀往缸沿上霍霍来回磨几下,看看感觉还不行,再霍霍地磨,那声音粗糙得夸张,既不像嘎嘎,也不像啾啾,可听起来接近嘎嘎,又靠近啾啾,能传出好多米远。旁边的鸡鸡鸭鸭呆呆地看着,忽然像梦游似的,扑打着肉翅膀往四处逃窜。而菜刀磨过后似乎有点作用,但刀刃偏锋了,看过去不是一条直线,倒跟心电图似的,切起来还是那么磨蹭。我右手的中指第二关节和无名指下面的手掌,各有一个茧,上面黄黄的,似乎干过什么重体力活,其实也就是一把钝菜刀惹的事。刀钝了,肯定希望有磨刀师傅来,但一年中他们跟春天夏天没有关系,与秋天也没有关系,只有北风呼呼地吹,快过年的时候他们才进村来。这时,村里的主妇们早等得不耐烦了。但不耐烦也得没得法,磨刀师傅有的是耐心,他们心里清楚村子里的剪子、菜刀得磨蹭了多久才再也蹭不下去。

磨刀师傅有三个特征,头上一顶英雄雷锋戴的那种帽子,肩扛一把磨刀凳,腰间系一条黑得有些勉强的围裙。听磨刀师傅的口音,他不是本地人,说话还有些结巴。经过一番夹生米饭似的聊天,大家知道了磨刀师傅是永康人。这也不稀奇,村里好多菜刀、剪刀大多出自永康,钝了、锈了,没有比他们更熟悉怎么处理的。

磨刀师傅从凳脚下取出一只铅桶,装上水,然后坐到磨刀凳子上,准确地说是跨。磨刀凳比我们平时坐的凳矮一半,跟烧火凳差不多,但凳面显然要长许多。磨刀师傅的手指头看上去像胡萝卜,又粗又短,指甲缝里积着一层污垢。在磨刀石蘸上水后,磨刀师傅两手按住刀来回地磨。

刚开始声音有些粗,后来越来越细,听起来有点像"是是是",似乎磨刀师傅说了什么,刀应承了下来。一把刀要重复磨几次,一面一次,大磨石小磨石再各一次。磨石上初是淡淡的锈色水,待出现灰色的磨石水后,这把刀上的铁锈基本磨干净了。磨刀师傅眯起眼睛,用手指头在刀锋上轻轻

---

① 灰透扑罗:方言,意即灰头土脸。

刮一下,如果觉得不满意,他还会继续磨,直到他眯缝的眼睛忽然张开了,说明这把菜刀磨差不多了……他把刀递给母亲,让母亲试一下。母亲接过刀,转身走到厨房间,找来一棵菜,一刀下去,咔嚓一声,干净利落。母亲一边说不错不错,一边赶紧问价钱。一听还是去年的价格,母亲倒有些同情起磨刀师傅来。这么冷的天,磨一把刀就这么些钱,日子过得挺不容易的。

不知磨刀师傅没听懂母亲的话,还是并不想搭讪,他的眼睛一直盯着手上的剪子,嘴唇紧紧抿成一条线。我忽然觉得磨刀师傅的嘴皮都薄薄的,不知道他们生来如此,还是磨刀时舍不得让力气从嘴巴里跑出来,抑或是他们磨着磨着,连自己的嘴唇都磨成了薄薄的两片。

磨剪子比磨菜刀麻烦,磨过后还得用榔头敲打一番,拧紧中间的螺丝,让两片剪子开合自如。剪子如不能咬合,再锋利的刀刃也跟钝了锈了的没什么两样,就像一扇门,如果门轴不行,门的开与关没有多大意义。锈了的剪子费手力,剪子片抱团罢工,忙了半天,活没干成,几个手指头倒受了一次刑罚。但磨刀师傅的嘴唇从一条直线里下来时,手里的剪子已经恢复了它的功能。

磨剪子的价钱跟磨菜刀的一样。母亲拿来一块碎布,剪刀咔嚓咔嚓欢快地唱起歌来。母亲跟磨刀师傅两人一个给钱,一个交货。母亲见他磨了这么长的时间,天气又这么冷,最关键他的价钱还这么低廉,于是让我给他泡一杯茶。磨刀师傅自然很感激,喝茶的这么点工夫,他有一句没一句说着话。这样的聊天其实没有多大意义,只不过大家凑合着把喝茶时间消磨过去。磨刀师傅看人的目光有些特别,只停留在嘴巴上,就跟他磨刀时只盯刀刃一样。我有时有一种莫名其妙的担忧,担心他看着看着,把人的嘴唇看薄了。

说到磨刀师傅还有一个小故事。奶奶看革命样板戏多了,一看磨刀师傅就说是交通员来了,非让磨刀师傅唱几句京剧。磨刀师傅结结巴巴地说他不会唱。奶奶说,这怎么可能呢?《红灯记》里的磨刀师傅不是会唱的吗?

磨刀师傅说，那是戏。奶奶撇撇嘴，说：戏里戏外同件事，戏都是做给人看的。磨刀师傅接不上话来。我有些不解。老人都说嘴巴薄的人，说起话来利索。可磨刀师傅怎么那么笨嘴笨舌，连我奶奶都说不过，白白长了那两片薄嘴皮。

我对革命样板戏没有印象，当时的智力也尚停留在以好与坏来区别人，就问奶奶《红灯记》里的磨刀师傅是好人还是坏人。奶奶说，地下交通员当然是好人。我看着眼前的磨刀师傅，身上只有生活与岁月的缩影，包括他的神情举止，完全是一个讨生活的民间手艺人。他把母亲付的工钱对折后放到一块手绢上，仔细包起来，又在手心里按了一按，再揣入怀中，手从怀里抽出来时又在外面按了下，似乎担心那些钱会不听话，飞了。快喝完茶水时，又把杯子晃了几下，递到嘴边，非把里面的茶水喝干了不可。我有些遗憾，却不清楚这种遗憾来自磨刀师傅的角色还是本色，但我坚信这位磨刀师傅是好人，因为他从不拿磨好的刀故意吓我。

那会儿我在县城念书，路过一家音像店的时候，听到一首歌，是刘欢唱的《磨刀老头》。歌曲旋律豪放、乐观，听得人热血沸腾，忍不住跟着节奏扭摆，听着听着，就想背起磨刀凳，去大街小巷吆喝，似乎磨的不是刀，而是生活的棱角和岁月的积淀。歌曲中反复唱的是"磨剪子来，戗菜刀"，既像是唱，又不像是唱，因为伴奏到了这儿就没了，那歌声像一个脱得精光的小孩一样，迎面跑过来，谁都会不由自主伸出双手去抱。我抱了几次后，感觉怎么那么亲切，似乎还有些面熟，我当然想起了那个过年脚跟来我们村子的磨刀师傅，他的吆喝就是"磨剪子来，戗菜刀"，跟刘欢唱得一模一样。他不会唱京剧，可以唱歌的呀。奶奶没想到，我也没想到。

近十年，家里的菜刀剪刀都由母亲换成不锈钢的，再也不必费心去磨了，磨刀师傅的故事只好留在歌里了。

弹花师傅的兰花指

张师傅干的是弹棉花的营生,他的出现总是有固定的时间。

秋意渐浓时,农民采摘完最后一批棉花。经过几天的太阳暴晒,用嘴巴咬一下棉籽,如果发出清脆的"答"声,棉花就可以出售或用布袋囤起了。村里人把棉花大部分挑到粮棉站出售,还有一小部分留在家里,尤其家有女初长成的,备下一斤斤上好的棉絮,一旦定下亲事,就要开始准备一床床的棉被。嫁一个女儿,少说也得备下十二条被子。弹棉花师傅比村里的老农民更对季节敏感。在秋尾巴甩了几下的时候,他们开始背上弓、带上槌,还有一个大木盘,一边吆喝一边行走,一边行走一边等待被人喊住。经常来我们村子弹棉花的是一个中年人,长得有些文弱,穿一身草绿色的军装,背有些弓,右肩膀似乎长了一块肉垫,明显高于左肩膀。他走路呈八字形,但不是朝外,而是朝里,再加上挑着弹棉花的家什,让人觉得他走路特别小心——这个文文弱弱的师傅,不像是弹棉花的,倒像弹琴的。我们老老小小的都称他张师傅。

张师傅有些腼腆,就是话说着说着脸就红了,声音也越来越低。但他弹的棉胎蓬松、匀称,据说睡十年都不会走形。他还会盘花,一朵朵艳丽的牡丹花镶嵌在雪白柔软的棉胎上面,尽得喜气。村里嫁女要用的棉被都等他来弹。刚开始的时候,张师傅一个人走着到我们村里来。隔了几年他骑自行车来,后面还跟着一位年轻人,年纪十七八岁,非常的青涩。张师傅不说,我们也知道这是他徒弟。张师傅停留我们村子一般至少一星期,有时会长达好几个星期。他不吆喝,手中的"嘣——嘣——嘣"声像涟漪一样在村里扩散开来,整个村子就像池塘被投了鱼饵,顿时活跃起来。

张师傅弹棉花的时候会戴上一顶灰色的"线棉子",往下拉正好遮住嘴巴和鼻子,只露出一双眼睛。腰间系一根宽宽的带,弹棉花的弓一头插在背后的腰带上,他左手持弓,右手拿槌,弓上的一根弦凑近棉絮时拿槌敲。一床棉絮他得弹好几个小时,弹得身上的衣服一件件脱下来,外面寒风呼呼,他却浑身冒热气。随了他张力十足地"嘣嘣"弹着,棉花在他的弓上变薄变软,慢慢从一团团变成一片片。他不停下来,村庄就一直处于这种节奏中,"嘣着嘣,嘣着嘣"。灶膛里的火头也跳起来了,村子里的树像是被人挠了痒痒,也咯吱咯吱左右摇晃,而人似乎坐在弹簧椅子上,听着听着,眼睛慢慢眯缝起来,似乎每个人家里都在弹着一床新棉胎。只是他徒弟的活儿非常单调,就是蹲在一旁扯棉絮。看得出,徒弟很不情愿,脸上是寡淡的表情,手上也是寡淡的动作,好几次他不是在扯,而是在拿。张师傅看到了,会很严厉地指出来,文弱的样子荡然无存。第二年他来村里弹棉花的时候,那个徒弟不见了。我们以为徒弟满师了。他淡淡地说:那个徒弟被我辞退了。我们不解。他说,弹棉花的不能抽烟——绝对禁止吸烟——哪怕不弹棉花时也不能抽。这是我一开始就定下的规矩,那后生也知道的。尽管背着我抽,可怎么能瞒得过我。张师傅说着,脸又红了起来,似乎他也抽了烟。

吃午饭的时候每个东家会给张师傅备下一壶黄酒,但他只喝半壶,慢慢啜饮,光喝酒,桌上的菜很少动。喝过酒的张师傅,人有些活络,脸红扑扑的,伸出兰花指,唱一段越剧,比如《十八相送》。自然是他一个人唱,一会儿是憨厚老实的梁山伯,一会儿是含情脉脉的祝英台,那样子要多文艺就有多文艺。唱祝英台时,眼睛斜过去,又正过来,兰花指配合着他的眼睛,移了,翘了,再压了,转了,旦角的神情婉约毕至。

但他的兰花指像辣椒指,不够纤细、修长,拇指搭在中指的第一关节,觉得不像兰花的花蕊,往下再移一个关节,出来的花舌更不像,于是,他干脆把拇指搭在中指的指腹上,这时出来的是豌豆花。我们看得津津有味,以为兰花指就是这么个指法。

《十八相送》唱完了,张师傅的酒意也减退了一半。他收起兰花指,背好弓,一把握住槌,又一丝不苟地敲起来,弓弦细细震颤着,腰慢慢低下去,棉絮弹上来。再缓缓直起来,手和肩一点点往上抬,棉花在弦下变长变薄。张师傅重复这些动作,反复这些程序,把五六斤棉花弹成一片片云絮。棉絮里的阳光跟着"嘣着嘣"跑了出来,钻进屋子的角角落落,又顺着"嘣着嘣",飞来飞去,熟稔的气息占据了一屋。然后他用一根竹竿,把弹好的棉絮一竿竿挑到放好栅栏的框里,那些棉絮细细柔柔,像云又像绸,轻轻一吹就会飘起来。他还会拿彩棉在上面盘花,老人用的盘"寿"字,姑娘家的是"喜"字,或牡丹花。这个活计很难做,彩色棉线短了长了,都不妥,主人家会不高兴,但他每次都能把握得恰好。"寿"字看上去像一条龙,"喜"字模样像凤凰。主人一旁呵呵看着,呵呵笑着,这个彩头讨得实在好到心里。这些寓意吉祥与美好的图案成形后,他用刚才的竹竿来来回回把棉线压在棉胎上。待棉胎完全被棉线经纬纵横后,他取出一只圆木盘在棉胎上来回压,似乎要把刚才弹出来的阳光再次裹进去——这已经是最后一道工序。

我母亲也请张师傅弹过好几次棉花。其中两次是我考上卫校和哥哥考上大学后,怕城里的人看不起乡下人,母亲硬是弹了两床新棉胎。张师傅在我的新棉胎上盘了三枝竹节,寓意节节高。母亲把张师傅的作品当作预言,似乎看到了我的未来,乐得一整天都喜气洋洋,殷勤地给张师傅倒茶,炒菜的时候还多放了两调羹的菜油,让菜里面尽是汪汪的油珠子。记得也是午饭后,张师傅捧着一杯茶,跟父亲聊着天。也还记得他的《十八相送》,想让他再唱一唱。张师傅连连摆手,说是难听死了,不能唱。兰花指却不经意间翘了起来,这回拇指搭在了中指的第一关节,像一朵兰花了。而张师傅弹的棉胎确实好,几年下来,还不变形,尤其太阳一晒,晚上睡觉时总能闻到阳光的味道,再冷,也用不着缩起身子。

不吭声的补鞋师傅

我发现,好多行当的人,到了我们村里,都升格了。我们村里把补鞋匠称为补鞋师傅。鞋子方面的问题归他管。虽然,他并不是我们村的人,但我们愿意让他管我们鞋子上的事。

补鞋师傅不常来我们村。一来,他的面前就码起许多的鞋,好像鞋子们都跑到他这儿鸣冤叫屈。那几天里他会很忙。他一走,人们也很快就忘了他。修好的鞋子穿在脚上很舒服,脚一舒服起来忘记的事就特别多。修好的鞋闷声不响,乖乖载着主人。有时,主人狠狠地踩脚,鞋子心虚,补鞋师傅把话传回了吧——这半年里他几乎不会再来——当人们脚上的鞋开始与脚闹别扭的时候,他又进村来兜活儿。

还是那副行头,扁担的一头是补鞋机器,另一头是一只小木箱。

村口有一座石板桥,农闲的时候常常坐满了人,大家兴致勃勃地聊着一些道听途说来的事,悬空八只脚的事,也关注当前时事政治,分析天下形势,似乎桥头离首都北京仅一站之远。这些话一经村民的口难免土得掉渣,有的说着说着把老朝老代的事儿也带出来,有的聊着聊着跟人争起来,一个说总理坐飞机了,一个说总理跟外国人聊天时旁边干吗总有一个低着头的人。有的说我们国家太节约了,钓鱼台这种地方像我们农民去才说得过去,怎么能让外国客人去这种钓鱼的穷酸地方,然后啧啧几声,再啧啧几声。

补鞋师傅在桥头放下扁担,一把抓住木箱子上的绳索,拎到与补鞋机器相距两步的地方。打开小木箱,从里面取出锉刀、剪刀、胶水、皮、小脸盆等,合上后一屁股坐到上面,刚好与补鞋机器齐平。

他约摸四十岁,或许还不止,或许还不到。因为他的头发全白了,而他的背却非常笔挺。好几次马婶问他的年龄,他都不吭声,顾自低头修他的鞋。

马婶有个嗜好,碰到陌生人来村里爱问人家的年龄。等人家报出年龄后,她接着会问人家住哪儿,家里有几个孩子,多大了。家里的情况问清后,马婶又会问人家的收入。马婶问完了她想问的所有问题,才会安下心来。她一安下心来,村里人也觉得安下心来,陌生人的底细都清楚了,还有什么好不放心的。

马婶在他面前碰了一颗软钉子,心有不甘,于是她告诉我们补鞋的是一个半哑人。我们一听,觉得非常像,否则他怎么不进村吆喝呢。马婶因为他是半哑,所以对问不出他的底细这件事就不再耿耿于怀。村里人因为他是半哑,就毫无顾忌地在他面前聊天,说某人的坏话,也揭某人的短。他在一旁咔哒咔哒摇着他的补鞋机器,从不抬头,似乎从来没有听到过别人的话。

桥头的热闹一般在晚上,但他来了后,白天也会热闹一阵子。女人把要修的鞋送过去,在他面前堆起了一座小鞋山,豁了嘴的套鞋,脱了帮的胶鞋,这个地方贴一块皮,那个地方缝一下。马婶在一旁热心地替他说话,说,他是半哑,你们要指给他看的。他听了微微一笑,露出一口洁白的牙齿。女人对着鞋子指指点点,怕他听不懂,还一个劲儿地比画着。女人放下要修的鞋子,眼睛盯着他的手,似乎想监督他的活,但又不好意思一直盯着,于是,就会有几个女人有一句没一句地聊着。这样的聊天其实没有多大意思，围着补鞋的说话，而补鞋的是半哑，女人们觉得很无趣。女人们转身走了后，男人又三三两两围拢过来，他们替女人来拿补好的鞋子，也凑兴聊聊天。

一双双歪瓜裂枣般的鞋子经过他的手模样就端正起来。

那些聊天的男人一见自己的鞋子补好了，便从桥栏上跳下来，在他的鼻子底下伸出臭烘烘的脚，一试，鞋又能穿了。付过工钱后，有的还不肯走，继续待在桥头，南腔北调、古今中外地聊。比如赵七他们手脚闲着，嘴巴不停开合，还在"山海经"。可这些跟他无关，他一心一意做他的活，两只手一点也没闲。一会儿咔哒咔哒手摇补鞋的机器，一会儿拿锉刀锉皮，上胶水。补鞋的工序就这么几道，但他每道都做得很专注，目光始终盯着手上，头始终低着。

他的身边也围着一圈叽叽喳喳的孩子，他们要他手中剪下来的皮，用来做弹弓。他拿剪刀咔嚓咔嚓，小家伙们伸长脖子，一个个眼巴巴地盯着他的手。他拿剪刀的手轻轻往里缩了缩，小心剪下六七块皮，每个小孩一人一块。小孩拿到皮后一哄而散，去做他们的弹弓。他的周围一下子又静悄悄了。

赵七等人的话在他身边跌落，又纷纷被风吹走。有时胶鞋的鞋带断了，裂了，他重新配一副。当然，被马婶这样的人遇上了可就不乐意了，认为他故意多赚她的钱。他就摆摆手，示意送给她了。马婶是剪刀嘴巴豆腐心，见他这么大方，一边掏钱，一边说，一个半哑人出来做事，挺不容易的。接着问，你今年到底几岁了？他咧咧嘴，低头补他的鞋。

其实，我童年对补鞋匠是很讨厌的。除了喜欢他剪下来的橡胶皮。

母亲给我买鞋从来没买过一双合脚的。她担心我长得快，新买来的鞋要比我的脚大两码，甚至三码。这样的鞋子是没办法穿的，可我也没办法抵挡新鞋子的诱惑，于是我就在前面塞两团棉花，有时是四团，前后都塞，让棉花帮我长脚，把鞋子撑实。

新年第一天,我穿的是塞两团棉花的新鞋。新鞋固然满足了我的虚荣心,然而这样的鞋子走路实在不周全,呱嗒呱嗒,脚随时会从鞋子里跳出来。我得时刻提防棉花从鞋子里露出来,前面的倒还好,大不了从脚趾头前移到脚背上;塞在脚后跟的就很麻烦,走着走着,棉花就窸窸窣窣出来了。我不敢跑,也不敢跳。新年很开心,可脚上的新鞋子让我感到很局促。

过了元宵节,母亲把新鞋洗干净,藏进了柜子里。明年过年的时候再拿出来。一双新鞋子可以穿三个新年。等鞋子里不用塞棉花的时候,这双鞋子也就开始显旧了,母亲就不再藏起来。

那些旧鞋子,母亲也是舍不得扔的。布鞋坏了,她自己补。这里缝几针,那儿扎几针,只要鞋底不破,鞋子还是脚上的鞋子。至于鞋子尚好,脚穿着显紧,那是不当一回事的。我一直怀疑我这双小脚是被"小鞋子"穿出来的。我有很深的体会,鞋子紧,脚趾头似乎受夹板夹,上刑一样。母亲又不允许我踩在鞋帮子上,所以,我的鞋子看起来鼓鼓的。我的脚长到现在才34码。

胶鞋与球鞋是很奢侈的。不会多,只有各一双。坏了,只能等补鞋师傅修补。有一双胶鞋,已经补了三次了。原来底色是绿色的,三年后已经失却了鲜艳的光泽,补上去的是簇簇新的,使鞋子的陈旧显得更加醒目。一下雨,我就感到很难过,因为,我要穿着这双贴了许多片绿橡胶的雨鞋去上学。我是别无选择的。我不想让那双补了又补的雨鞋出现在同学的视线中,在书包里塞上一双鞋子,到了学校赶紧换下来,把雨鞋悄悄移到课桌下。

我央求母亲再给我买一双。母亲说,等补鞋师傅说补不来了,才能买。鞋子一到补鞋师傅那儿似乎都没有补不来的可能。所以,我很讨厌补鞋师傅。

后来村里的年轻人也惦记着他来。包括我。

年轻人穿起了皮鞋,特喜欢在鞋底钉鞋钉,碰到水门汀,脚下发出踢踏踢踏的声音。如果一个小伙子或姑娘没有一双踢踏踢踏响的鞋子,在村里显得很寂寞，在人前会觉得寒酸。好一点的买上一双牛皮的，最差的也有一双人造革的皮鞋。年轻人还没有实力在乎皮的好坏，但青春的涌动让他们非常敏感来自各方面的声音，包括脚下的踢踏踢踏。没有踢踏踢踏，再好的皮鞋也不是皮鞋。皮鞋怎么会没有声音呢？年轻人不能接受没有声音的皮鞋，似乎主人摆架子，让鞋子发声音。所以等补鞋师傅一来，年轻人赶在了马婶等人的前面，把一双双皮鞋捧到他面前，告诉他钉几个鞋掌。

他从木箱子里拿出一个盒子，里面是大小不等的钉子。一整天，他在桥头叮叮当当地敲，把一枚枚钉子钉到鞋底上。他离开桥头后，他的叮叮当当化作踢踏踢踏。如果踢踏踢踏往村外响，几个年轻人准是去看戏看歌舞去了。晚上回来，踢踏踢踏声又清脆地在村里响起。响过后，村庄才真正睡过去。年轻人穿着皮鞋一个个往外跑，有的一跑就再也不回来了，有的回来过又走了。他们换下的皮鞋，由他们的父母穿到了脚上，但老人不喜欢那踢踏踢踏的声音。

再后来，他在补鞋车前竖起一块硬纸板，上面工工整整写着"补鞋、钉鞋掌"。他坐在木箱子上，静候老主顾们。但他的面前不再有成堆的旧鞋子，也没有年轻人来钉鞋掌，摊位前显得冷冷清清。马婶拿来一双他儿子穿过的旧皮鞋，让他把鞋子底上的"掌"取下来。他很诧异。马婶一个人絮絮叨叨起来，说，现在的年轻人都跑到外面去了，原来的皮鞋都留下了，原以为他们还会穿，谁知回来了就不要穿原来的旧鞋子，脚上穿的新皮鞋，无声无息，说是真皮。这些皮鞋不穿马上会发硬老化，可那些钉子太恼人。

那天他早早离开了桥头，可能准备回家了。从我家门口走过时，父亲想起我留在家里的一双皮鞋有些开裂了，补好后说不定我回来还可以换穿一下，于是叫住了他。他修好鞋已临近中午。父亲看他中饭没有着落，便邀请他一起吃。他也不客气，从箱子里掏出一瓶酒，给父亲也倒了几口。那天他似乎喝了个半醉，絮絮叨叨说了很多话。他说，他喜欢村里有踢踏踢踏的声音，那些声音都出自他的手。每个晚上他会细细听着村里的踢踏踢踏,那些后生弄出一大堆的踢踏声,感觉村庄都年轻多了。后来踢踏声浅下去了,再后来连零零星星也没有了,每个晚上他都能感到村庄正趋向衰老。他晃着酡红的脸说:"这些年我习惯了踢踏声,没有踢踏声,我的手指跟着老了。"

午饭后,他摇摇晃晃挑着担离开我家,也离开了我们的村。

我从卫校念书回来,父亲问我对补鞋师傅还有印象吗。我说,怎么没有印象,是个半哑,以前钉皮鞋掌都等他。父亲笑了笑,过后从床底下的一只盒子里找出一双皮鞋,说:"这双鞋他修过了,还重新钉了一下鞋掌。"我翻过来,果然几枚灰色的弯月状铁钉钉在鞋底上。鞋子有些硌脚,扭了几下,才勉强穿上。皮鞋一接触到水泥地,脚下立马响起"的勾的勾"、土里土气的声音。我想试着多走几步,但实在没有兴致听它的虚张声势。那双皮鞋又被我放进了盒子里,父亲脸上露出失望的神情。

我想,让村庄再次年轻起来的会是什么?当然是声音,但是,肯定不是皮鞋鞋掌发出的声音。不过,我记不起补鞋师傅的声音。因为,他一声不吭,只是埋头补鞋。

篾 匠

没错,我们靠海而居,种出来的竹子只能做晾衣竿。篾匠需要的竹子长在山里。但,我们有篾匠。

揭不开锅,是形容人穷。但浙东还有一句更形象的话:"穷得篮底都没了"。连一只篮子的底都没钱修补,能不穷吗?所以,篾匠是及物的,他为我们制作出日常离不了的器具,同时也是不及物的,因为由他所创的器具有了某种象征或引申意义。

篾匠用十根手指,把一株株五六十斤重的毛竹,变成柔指绕的篾青、篾白,给我们编织出各种篮、各种箩,以及各种筐。轻轻巧巧的竹编器,装下我们一个个沉甸甸的憧憬与希望。

我小时候接触最多的是饭篮。每次做饭前,踩在木凳上,取下饭篮,把里面的剩饭铲到锅里,与米一起煮。饭后,还要把剩饭盛到里面,并高高挂起来。过几天,我把饭篮拎到河埠头,粘在饭篮里的饭粒需要清洗出来。我一边用笤帚不断地刷,一边让饭篮坐到水里。饭篮里的饭粒吸引了小鱼,它们欢快地游过来。

我停止了清洗,把饭篮沉入水中,只露出上面提手的部位。一条条小鱼围着饭粒游动。待小鱼聚集得差不多时,我猛地将饭篮提上来。饭篮里跳动着几条小鱼,发出"扑扑……"的声音。那是小鱼跳起来摔下去,与饭篮撞击的声音。

有时,我淘米时小鱼也会游过来。我把淘箩浸到水下,两只手抓住淘箩的两只耳朵,一动不动。小鱼甩着小尾巴,过来了。待小鱼集中在淘箩的上方时,我迅速抓起淘箩,雪白的米上留下几个标点符号。那些小鱼真的很小。

屋子的角落里叠着箩筐,那是我们玩捉迷藏最好的道具。蹲在地上,用一只箩或筐罩住,是很好的藏身之处。幼小时,母亲还把我放进筐里,挑着我去轧棉花。

在我的童年里,篾匠无意中充当了为我提供玩具的师傅。

当然,篾匠也是请来的。

请来的篾匠有好几个,但我记住的只有一位。说这话,有些对不住另外一些篾匠。

记住的人往往有些特别。比如这位姓赵的篾匠。

他是村里人见过的最帅的一个手艺人。他的面容跟他的手指极不匹配,他长着一张娃娃脸,不仅清秀,而且精致,更要命的是一个男人居然有一对酒窝,只可惜这对酒窝是个误导,他根本不喝酒。要不是有宽阔的脑门,这绝对是一张女人的脸。村里的老人有一种说法,男人长女脸,福气不用捡。

他第一次来我们村的时候,村里还没有承包到户。他带着几个同样是小后生的篾匠,给我们村里又是修修补补,又是编编织织,一待就是一个多月。

他那时应该二十出头,穿一身草绿色的军装,头上还戴顶军帽,只不过上面没有红五角星。我们不知道他有没有成家,反正他在我们村里安安静静地待着,轮流到各户人家吃饭,住在生产队的仓库里。

篾匠活前期需要做的事特别多,砍、撬、剖、削等,每一道工序都环环相扣,这些前期的活大多由其他几位小后生完成,他主要是把一片片竹劈成篾。劈篾刀的顶端带钩,中间是锋利的刀刃,后面是一拃来的木柄。

如果换了别人,眼睛紧紧盯着竹片,用刀在竹片顶端小心地开一个口子,待整个刀面进入竹片后,有经验的人才不会再去盯。但他不是这样,他从不看自己的手,头抬得老高,像一只向天鹅,而手下的竹片一次比一次薄。

有人提醒他,这样有些危险。他咧嘴一笑,说:"如果我眼睛盯着手,就有些对不起手了。"手在他身上算是最不精致的地方,上面有许多疤痕,可能是他学篾工时留下的。

劈篾刀在他手上娴熟地转动着,他的头往上抬着,眼睛似乎半闭半睁,腰挺得笔直笔直,那样子不像是篾匠,倒像个大侠。稍不留神,从他手里飞出一条绸带来,也不知他发的是什么功,篾青还能在空中舞出漂亮的弧线,然后稳稳地躺到墙角边。

他来我们村干活时,有个条件是事先讲好的,那就是不能催工。干多长时间得由他说了算。当时生产队里的活多以计工时进行的,队长面对他的条件一时不敢应承下来。他说,工钱先讲好,超过工期所需要的伙食费由他自己解决。队长一听,就放下心来。

篾匠把篾青、篾黄劈出来后,不能搁置太久,因为时间一长它们就会失去弹性。于是大家劈出一堆篾后就开始编织。到了这个程序时,他就只干半天活,别人好奇,开他的玩笑,是不是积攒好力气准备回家。他手中扔出来半截竹篾,同时带出来一句话:"所有的活都干完了,余下的时间怎么办?!"别人说:"余下来的时间继续做篾匠呀。"他头一抬,然后扬长而去,去看别人放鸭、牧羊。

有一次,他在独木桥上遇到了钱二。钱二想给他让路,他觉得应该是自己让路。两人僵持了半天,还没见一个人过去。这时钱二想,你是挣钱的有闲人,而我是忙得脚底翻天的人,是应该我先过去。于是钱二就过去了。走到桥中央,他突然叫住钱二,问他文化程度。钱二愣头愣脑地说:"啥叫文化程度？"他说："就是你念了几年书。"钱二老老实实地说："念了三年半。"他一听，咧嘴一笑，说："我是高小毕业，我比你有文化，你再回去一下，我先过去。"说完，笑嘻嘻地走上桥。

时间一长，跟他一起来的几个后生待不住了，希望早点结束这种像吉普赛人的生活。可他偏偏喜欢慢着来，似乎担心自己的时间多出来会影响食欲一样。后来，几个后生联合起来抗议，他不得不退一步，但有个前提，他要排练一首竹器乐曲。几个后生以为他开玩笑，也就呵呵应承下来。

谁知第二天晚上他真的开始排练起来。他把替生产队编织的所有竹器全拿了出来，什么筲箕、箩筐、竹筛、笤笼等，一一摆放在地上。又锯了一堆长短大小不一的竹筒，在上面凿了一个眼，用绳子穿起来后挂到一个竹架上。那几个后生看得目瞪口呆，不知道这个"大侠"哪根筋搭牢了。

他不管别人怎么看，指挥后生一一站好，然后让他们各自拿一样竹器，要求他们看他的手势，他一指谁，谁就敲手里的竹器，或用手拍打，他往空中一挥，大家就都敲起来。他自己站到竹筒下面，手里捏着两根差不多拇指粗的竹节，紧一阵密一阵，又松一记散一记地敲起来。或许是因为他的投入，抑或后生们觉得有些滑稽，再说晚上也没什么事，大家都非常配合他。晚上的仓库里响起嚓嚓啪啪，叮叮咚咚，窸窸窣窣的声音，把夜色震得东一片西一片。

起初，村里人不明白这几个后生在干什么，以为是他们编织竹器的新讲究。一问，原来他们在创作音乐，大家都笑疼了肚子，从来没有人听说过农具可以当乐器。村里人寻他的开心，问他创作的是什么曲子。他一本正经地说，是鸭子戏水。别人听过后一笑了之。

他坚持每天花时间去看鸭子，鸭子水上游，他在岸上走；鸭子呆呆浮在水上，他静静蹲在路边。晚上回来后，他再进行加工与修改，在本子上记满了符号，那不是音符，全是他自己才能看得懂的符号，看起来像一片片竹篾。

经过一段时间，大家都觉得仓库里的敲击声比以前好听多了，有节奏,有韵味,仔细联想一下,是有一种鸭子戏水的味道。有一次,他们突然失踪了几天,仓库里的竹器农具也少了许多,村里人百思不得其解,莫非他们携带农具逃走了?这似乎又不合情理,他们的工钱远远比那些农具的价钱高得多。也有人大胆地猜想,也许他们被什么人劫走了,但这看起来不太可能,这几个年富力强的小伙子,他们去劫人还差不多。因为一连几天不见他们的踪影,村里人觉得慌兮兮的。几天后,他们回来了,背着扛着那些农具,神情似乎有些黯淡。原来他们跑到县文化馆,希望这首曲子有人听。结果被文化馆干部批得一文不值。就这样,他们再也没有排练过。

在工期结束前,他会忙几天,他给吃过饭的人家编织一只淘米箩和一只饭篮,以此感谢他们对他的招待。对于有孩子的人家,他会编织一个笔筒,上面一律有几片竹叶,或仰或偃,看上去不像编织品,倒像是木刻。我也得到过一只,非常的精致,都是用篾青做的,表面光滑极了。遗憾的是我在卫校念书时,被一个同学强行要走了。

几年前,我在邻县观摩了一场演出,其中有一支竹器演奏的曲子,题目是"秋收",舞台上全是清一色的竹器,有意思的是这些竹器不是笛子什么的,而是竹编的农具,簟、箩、笸箕、筛等。乐队一亮相,台下传来轻轻的笑声。

有人敲,有人拍,也有人击,简单的动作,简单的竹器,乓乓嘭嘭,噼噼啪啪,的的笃笃,此起彼伏,错落有致。

台上站着一名年轻的指挥,一身笔挺的西装,后面扎一根小辫子。他背对我们,舞着指挥棒,让人敲箩,让人抖竹筛……

我希望那是赵篾匠。可赵篾匠已经六十多岁了。

时间好快,像赵篾匠手中劈篾的刀。

乡下的老鼠也进城

绵绵细雨,村里就像拉上了一层幕布。门有半掩的,鸡有半睡的,而人是半醒的。如果不是他的吆喝,村庄似乎要迷糊不醒了。

"修伞哉,伞好修哉",他从村头喊来,一直喊到村庄深处。半睡的鸡像梦游似的,在园子里瞎奔了一圈后才记起来应该叫几声,于是"咯咯……"跌跌撞撞地响起。半掩的门吱呀一声,母亲撩起围裙擦了擦手,一把抓起草帽,不顾脚下地滑,一扭一甩,跑到篱笆边,隔着两个菜园,"喂,修伞。""好咯,就来。"对话结束,他的吆喝却继续着,一桩活已接,但他还要攒那些半掩门后的伞,七弯八拐,一路丢下他的"修伞哉"。

他不是第一次来我们村,对村里的路其实了如指掌,对村里的伞也清清楚楚,可他故意绕着道,拉长他的吆喝。他知道一下雨,村庄里的男人集体放假,放下锄头,撑起伞,串门找人闲聊。一把坏伞多少会影响男人出门的心情,有的干脆把伞丢一边,湿答答的跑到隔壁邻舍。修伞的人不知道自己会走多少路,但知道一把伞能撑多长时间,所以他心里很清楚村庄里有几把伞要修。伞坏了,主人一定等着自己。村庄里似乎没有可以扔掉的东西,破了,补补继续用,坏了,修修接着使。那些补过的修过的,一如既往地占据着家里的一席之地,位置不变,件数也不变,似乎不补、不修,这日子就过得不够结实。这个村庄里的人如此,那个村庄里的人如此,他也如此。

母亲给他一把椅子,他找了一个光亮处,坐到屋檐下。他随身携带的家伙非常简单,就一只黑色的人造革包,也不知背了多少年,边边角角已露出白色的线头。表皮硬邦邦的,鼓的地方鼓,不鼓的地方拼命往里凹。拉链形同虚设,包就豁着一张大嘴。往地上一放,皮包像想蹲却蹲不稳的老人,得靠着椅子脚才勉强稳住。母亲示意我给他泡一杯茶。我小心地捧着茶走到他身边,他弹簧似的站了起来,双手接住,嘴里不停地说:"罪过,罪过……"

母亲从屋里找出两把伞,一把是黄色的油纸伞,另一把是黑色的布伞。两把伞的伞骨都出现了问题,一把撑不开,一把撑开后收不拢。母亲问他修两把伞要多少钱。他说,"阿嫂你放心,不会多收你一分钱的。"说着,他从包里掏出几件工具,还有一圈尼龙绳,一并放在脚边。他端起茶杯,噘起嘴,朝着杯口呼呼吹几下,像风吹过荷塘。喝过三口后,他开始干活。

他的手脚很利索,一拧一绞,左右摆弄了几下,伞面与伞骨分离了。病伞骨在他手里转了两圈后,他又一拧一绞,几根病伞骨从伞架上撤了下来。他俯下身,在黑色人造革包里翻拣出三四根伞骨半成品。然后他按伞骨的比例大小把半成品的伞骨重新铰过,再固定到伞架上。每装上一根后,他都撑开伞架,慢慢朝左转一圈,又慢慢向右转一圈,目光紧紧盯着伞架。他感觉到不顺眼的时候,就让伞停止转动,一手握住伞柄,一手捏住他发现的"病灶",待确定此处无疑时,握伞柄的手抽了出来,两只看似粗笨的手在伞架上灵活收放。

拿出一根针,穿好线,顺着伞骨骨节把伞面牢牢缝住,这已是最后一道工序了。他把伞撑开,在手里漂亮地一转,对我母亲说:"嫂子,伞修好了,你看一下。""哒",伞稳稳地撑住。"噗",伞顺从地收拢。那一开一收,像戏中的表演。母亲脸上浮出满意的笑容。他也笑了笑,如同舒展的茶叶。

结算工钱的时候,他说:"嫂子,伞面上的几个破洞修补和伞柄的调换不算钱,其他的我就老实不客气了。"母亲一看,伞上的几个小洞小眼果然没有了。母亲一边夸他手艺好,一边赞他人实在。他端起茶杯,茶叶已沉入杯底,呷了一口茶,说:"手工活,不要成本的。"

雨继续绵绵密密地下着。他丢下的吆喝还没人来捡,村庄似乎又要沉睡过去。他把茶杯放在脚边,弯下腰整理起包来。母亲以为他准备起身了,便想去拿扫帚,把留在地上的一些碎料扫干净。谁知,他坐下又端起了茶杯,从怀里摸出半截香烟,烟头残留了一圈黑。母亲拿扫帚的手缩了回来。他摸出一包火柴盒,抽出一根火柴,擦着后赶紧捂住火苗,把嘴巴凑到手边,连续吸了几口,等一股烟从手里飘出来时,他才扔掉火柴,重新把火柴盒放进口袋,两只手指似乎很局促地夹着香烟。他跟母亲有一搭没一搭地说着话。母亲因为伞已经修好,没了兴趣跟一个陌生手艺人说话,所以纯粹是应付他的话。他说天气,母亲跟着说天气。他说地里的庄稼,母亲也跟着说庄稼。他一口一口抽着烟,一口一口喝着茶,似乎在等待什么。母亲的手多次向扫帚伸去,最后都缩了回来。我给他续了两次茶水,每次他都说,别添了,我马上就走,可屁股一直在椅子上,一动也不动。

等我想第三次给他添水的时候,隔壁的翠婶撑着一顶"蝙蝠伞"过来喊他去修。他的吆喝终于有人捡到了。他霍地站了起来,一口喝干杯里的茶水,"啪"的一声,泼干净了茶叶,转身往自己坐过的竹椅上拍了几下,一把抓起椅子搬到了屋里。他的动作实在太快了,母亲还站在扫帚边,想客套一下都来不及。

他隔一段时间来我们村庄一次,还是在雨天,还是那样的吆喝。他一来,村里的"蝙蝠伞"便会消失一段时间。村里人都知道他,他几乎替村里每户人家都修过伞,但没有人叫得出他的名字,大家称他修伞师傅。他若不来,男人会一边撑伞,一边责怪女人伞破了怎么都不修。女人这才记起修伞的有段时间没来了。女人嘴里一念叨,他的吆喝就会响起。有人会开他的玩笑:"修伞的,你耳朵有没有发烫啊?我们念叨你很长时间了。"这时,他嘿嘿笑着,嘴巴张得跟背着的人造皮革包的豁口一样。

有一天,下雨的村庄忽然变得曼妙多姿,漂亮的花伞在雨天一朵一朵地盛放,而黄油纸伞与黑色的布伞成了老年伞。再后来,那些漂亮的花伞又一朵朵从村庄里消失了,一把把好伞被小伙子和姑娘们带到了外面,他们回来时又从不记得带回来,因为,年轻人总是选个晴天回村。家里剩下的是一把把坏伞,它们躺在角落里,灰头土脸的从晴天到雨天,似乎没有人记得去撑开它们。他来了,几个熟悉他的人还会让他修修伞,换个伞柄或伞骨。他的背开始驼起来,眼睛也花了,手脚变得有些笨拙。一把伞修好后,主人接过就直接付了工钱给他。他眯缝着眼睛,觉得有些奇怪,指了指角落里的那几把坏伞,说:"这几把不修了?"我母亲说,那几把伞修了也没人撑,孩子们都去外面了,这村里的年轻人大多都出去了。临走时,母亲见他的雨披有些破,遮了前面湿了后面,便拿出一把旧伞给他,说是不用还了。他愣了一愣,伸手接过了伞。他撑着我家的伞,慢慢离开我们村庄。

1988年,我离开村庄到了县城。经过古桥时经常能看到一把大圆伞,有一个人整天坐在那儿,从早到晚放着一盘磁带,是民间艺人唱的滩簧,听起来特别亲切,虽然土得掉渣。我也不知道这个人是干什么的,样子看起来像修修补补的,但也没见什么工具在旁边,可能他的生意不怎么样,但用余姚土话演唱的滩簧却给古桥一带增添了生活的内容。一段时间后那顶圆伞还在古桥边,旁边却多了一辆箱式的手推车,箱上有一只小白鼠在小圆台上奔跑。圆台旋转,小白鼠奔跑,旋转,奔跑。我觉得好奇,走近。他一眼认出我,说:"长成大姑娘了。"啊,原来这个人是修伞师傅,但我不知道怎么称呼他,因为,他身旁那只黑色的皮革包不见了,变成了成包成包的老鼠药。

我说:"你还去我们村子吗?"

他笑着,摇摇头,说:"乡下的老鼠也进城了。

补 缸

农民可以一辈子不看人的脸色,但不得不看天色。对农民来说,听天气预报跟吃喝拉撒一样重要。在农民眼里,讨好领导,不如讨好老天爷。所以,过年的时候除了祭拜祖宗,还要做祭祀,供天上的菩萨,敬地下的土地神。

老天爷眷顾农民的标准有两条:地里的庄稼有收成,屋檐下的七石缸有水。只有这两条同时实现,农民的生活才叫滋润。

我们有井水,因靠海,井水有些涩,还有点咸,只能用来洗衣服、淘米。小时候我特别不喜欢用井水洗衣服,一洗,手上就长出"风疹块"(荨麻疹),特别痒。所以,大冬天尽管井水冒着热气,我还是宁愿去冰冷的池塘洗衣服。痒比冷更难受。

天落水就不一样,甘甜。尤其是从外面回来,口渴极了,趴在缸沿上,咕咚咕咚喝几大口,瞬时解了渴,还解了乏。除此之外,煮饭烧水才能用天落水。

天落水,顾名思义,是从天上落下来的水。这雨水没有规律,所以得用缸先蓄起来。每家每户都在屋檐下摆放了几口七石缸。雨水就从屋檐下的半爿毛竹筒引到水缸里。

天气热的时候,我喜欢脸贴着水缸,很凉快。后来,我发现鸡跟鸭也喜欢去那儿,蹲在缸与缸之间打瞌睡。鸡的眼睛像窗帘似的,一会儿拉下,一会儿卷上,还翻个白眼。如果鸡站到了水缸沿上,我会毫不犹豫拿起木棒,把它赶下来。

大人是禁止我们去水缸边玩的,担心我们把缸磕坏了。第一次听到司马光砸缸的故事,我不以为然。这孩子太奢侈了,如果他住在我们村里,肯定会被大人打一顿。除了砸缸,难道想不出别的办法了吗?我曾怀疑过这故事的真实性。

我掉进过水缸,我的同伴阿芬、阿珍也掉进过水缸。不好意思,我还掉进过粪缸里。但我们都没有砸水缸,而是自己一个激灵攀住了水缸沿,然后在同伴的帮助下爬出来。为什么会一个激灵,很简单,我们知道除了自救,没有别的方法。砸缸是绝对不可以的。这事还不能跟父母说,如果说了,别说得不到安慰,还会引来一顿结结实实的棒打。我们自己偷偷换洗好衣服,趁父母还没有回来,赶紧想办法弄干衣服。

除了水缸,家里还有其他的缸,那些缸装米、装油,是一家人生计的安置点。除了屋里的缸,还有屋外的缸,那是放在西墙边的粪缸。有的在上面架上木架子,有的在缸沿上放一根短扁担,也有的干脆什么都不放,人直接坐上去。缸既管着进口,也管着出口。不过,补缸师傅只管进口的,出口的就免了。

缸毕竟是缸,不是铜墙铁壁,它也有破的时候。破了,补呗。只要属于农民生活必需品的,肯定有一个师傅掌管着。补缸的,称补缸师傅,他的真实姓名大家都忘了。师傅既是尊称,又是名字。

补缸师傅生意好的时候,家门口堆满了缸,或缸底朝天,或缸口敞开。村里人说他家开着缸甏会,意思是缸甏很多。那些缸是主人用麻绳抬来的,或豁了嘴,或裂了口。大家左一口补缸师傅,右一口补缸师傅,把补缸师傅围得严严实实,那恭恭敬敬的称呼似乎是给补缸师傅戴了一朵大红花。补缸师傅耳朵上各夹一支烟,嘴上叼一支烟,烟灰一棱一棱的。

补缸师傅用粉笔在缸上记下日期和主人的姓。他只能按照送进来的日期来排序进行修补。大家都急着用缸。雨水已经在路上,趁着它还没到,赶紧把缸补好。

补缸师傅大半天的时间就在缸上面叮叮当当地敲。他拿一把小榔头,从上敲到下,从左敲到右,不厌其烦。敲过一遍后他心里大致清楚缸的破损程度了,然后用笔在上面记下符号,或一个圈,或一个叉。至于圈还是叉代表什么意思只有他心里清楚。有时别看缸表面没什么事,出了一根冲线而已,但这条细细的冲线本身说明不了问题,得靠补缸师傅敲一敲,用耳朵细听声音的变化。

你听听是缸的声音,我听听也是缸的声音,听来听去似乎没有什么变化,最多是缸沿跟缸底的声音略有清浊之别,其他再也听不出什么不同来。而到了补缸师傅的耳朵里就不一样了,他就像一个医生听病人的心跳,一听就能听出有没有杂音,是早搏,还是关闭不全。补缸师傅说,人的表情可以装,人的话可以假,但声音不会说谎,缸哪里裂了、豁了,会用声音清清楚楚告诉你。补缸师傅听缸的声音时眯缝着那对"八点二十"眉毛下的眼睛。"八点二十"是老葛给补缸师傅取的绰号,是因着他的眉毛吊梢得厉害,看上去跟"三五"牌闹钟上八点二十的指针差不多。

补缸师傅曾经有一个规矩,就是不修夫妻吵架时打破的缸。因为他这个规矩,村里的男人火气上来了只能摔凳掼碗,却不敢拿起铁棒朝缸砸去。有一次塌鼻头阿三跟他老婆吵架,把一只七石缸砸了一个洞,缸里的水跟塌鼻头阿三老婆的眼泪一样,汩汩往外冒。第二天,塌鼻头阿三后悔了,把补缸师傅请去,想让他补一下。补缸师傅说啥也不肯,说是不能破了规矩。那只挂彩的缸后来又出现第二个洞时,补缸师傅才帮阿三修。

村里的妇女主任知道此事后大大表扬了补缸师傅一番,还组织人写了一个材料,作为新时代妇女调解工作的创新向上报送。但此事后来不知下文,补缸师傅为此还失落了好一阵子。

补缸师傅的活说简单很简单,说复杂也复杂。在待补的地方慢慢凿,这需要功夫,凿子是专用的凿子,用力既不能太重,也不能太轻,要正好在缸上凿出一条缝,旁边再凿一条,然后一个铁钉往两条缝处扣,像一个纽襻。再在碗里搅拌好"铁砂",往铁钉扣住的地方填。"铁砂"刚搅拌好时跟水泥差不多,但很快会凝固,牢牢地粘住铁钉。

补缸师傅的生活就是每天给缸做外科手术,缸上的蚂蟥襻跟一个人的疤痕确实差不多。

自从装上自来水后,补缸师傅的生意一落千丈。他不得不出门去吆喝。

"补缸补甏哉,缸补勿补","缸补勿补,缸甏好补哉"……

吆喝声在清晨的空气里翻来覆去,有时"哉"拖得很长,快要结束时还拐了弯,再慢慢收起来,似乎"哉"跑了一段路后转身又跑了回来。而有时"补"重重压下去,又快速提上来后紧急刹住,听得人会打嗝,狗会绊跌。他的吆喝冲过笼罩在村庄上空的云雾,开出了一条路。我替他担心,担心他掼在路上的"哉"回不来,担忧他的"补"字迷了路。

补缸师傅一吆喝,鸡全体肃静,于是吆喝显得更加响亮。但他的声音跟破缸似的。也许他听破缸听久了,声音也被同化了。

屋檐下的缸底慢慢积淀了污垢,没有人记得去清理。大家喝自来水、矿泉水、纯净水,把天落水忘了,把池塘也荒芜了。司马光砸缸的事,我现在信了。

补缸师傅的手艺已终结。毫无悬念。

补锅补的是什么

当炊烟在村庄上空淡淡飘起时,文艺男青年说,那是村庄的胡子;文艺女青年说,更像村庄的辫子。胡子也好,辫子也罢,无非是一个在下巴,一个在头上,村庄永远是它们的毛囊。

炊烟顺着砖砌的通道,踩下一个个脚印。时间一长,脚印叠起了厚厚的一层烟灰。烟在烟囱里东撞西碰,有些不太高兴,如果刮东风,烟耍起孩子脾气,不外跑了,倒朝下挤。有时,外面风呼呼的,烟倒灌进来,呛得我眼泪鼻涕一把。

似乎被人掐算过一样,第二天准会有人来给我们家的烟囱清扫一番。我不认识他们,他们也不认识我,但很客气地喊我"小妹妹",然后问我允不允许他扫一下烟囱,语气里带些谦卑。烟灰是上好的肥料。如果说火缸里的柴灰是过磷酸钙,那么烟灰则是尿素。可我还是自作主张地同意他们帮我家的烟囱"洗澡"。

来人戴一顶草帽,手拿一把足有两人高的芦花帚,扁担上挂着一只畚箕,还有一前一后两只编织袋。他把芦花帚像探针一样轻轻伸进烟囱里,左右,上下,一片片烟灰扑扑掉下来,落到他早已摆放好的畚箕里。尽管有草帽帮他遮脸,烟灰还是顽皮地跳到他的脸上,使他看上去像个小丑。烟灰的黑,那是铁了心的黑。谁沾了它,它铁了心让谁比什么都黑。

烟囱洗了一次澡后,进去的烟欢快多了。而人间烟火还在继续,隔一段时间,母亲会把铁锅拎出去,拿一把铲子"咻咻"地刨,锅灰纷纷坠落,不够"墨彻汰黑",上面还带些许锈铁黄。锅灰清除后,煮饭特别快。可锅像人一样是有年纪的,上了年纪的锅就像老人一样会豁嘴,只是,锅是慢慢老的,从一滴水的渗开始,到一点点地漏。这时候,锅与人一样等待补锅人的出现。但补锅人并不像掏烟灰的人那样勤快(也许他不懂掐算吧)。那只破锅被拎到一边,靠着墙壁。如果补锅人不出现,锅一直耷拉着耳朵,似乎犯了错误的小学生,不经老师允许不能坐到座位上去。锅在等待中慢慢染上枯黄色的铁锈。那是锅脸红了。补锅人不来,锅没办法被端到灶上。

锅渗水了,不能煮饭,可我们的日子不能停止。母亲火急火燎赶到集市上买来一口新锅。村人之间借碗借凳、借锹借锄头是常事,甚至也借钱借米,但唯独有两样不借——锅和床。

新锅是用稻草绑着拎进家门的。母亲用新锅烧了一锅的水,柴火在灶膛里哔剥哔剥,震得新锅哐哐响,似乎龇牙咧嘴地说着什么。用新锅烧开的第一锅水是不能喝的,带着一股生铁味。锅冷却后,母亲拿来一片月牙形的砂轮,以顺时针的方向不停地磨,新锅大张着嘴巴,发出"啊嘎啊嘎"的声音。

院子里的鸭子全体肃静。鸭呆头呆脑的,眼睛一动不动,似乎在思考什么重大问题,偶尔醒悟过来,伸长脖子,用扁扁的嘴巴索水,一半水掉出来,一半水索进肚子。

母亲磨锅的声音似乎让鸡鸭回忆起什么。

母亲说,新锅一定要磨,把它身上的火气磨去一部分。接下来还要用热油在上面浇一遍。新锅经过这三道程序后,才可以煮饭。似乎这是为了让锅长记性:自己是用来煮饭、烧水与炒菜的。

所以,母亲有时宁愿补一口旧锅。新锅一时三刻达不到旧锅煮饭、炒菜的效果,饭菜里有一股生铁味,吃在嘴巴里涩涩的。似乎它还不习惯人间烟火。

补锅人是外乡人,村里人只听得懂他两句话,一句"补镬哦",还有一句是结算工钱时说的"几元几角",煞煞清爽。其他的交流则非常困难,磕磕绊绊,绊了半天,还没有"绊过南山"。补锅人似乎挺喜欢聊天,尽管冬瓜牵到豆鳖①,依然兴致勃勃地说话。村里人觉得应付他聊天有些吃力,所以最后就剩他一个人在那儿说话。说话时他嘴里还叼着烟,说一句,烟头上的烟灰就扑簌簌掉下来。他居然能用叼着烟的嘴巴呼呼吹烟灰。

补锅人的脸灰扑扑的,似乎因为整天跟锅打交道,那些锅灰都腻他。补锅人的年龄不好猜,看上去过于沧桑,脸上的皱纹像机耕路一样。补锅并不是力气活,但有时会看到他流汗,那些汗纵着来又横着流,流过沟沟壑壑后才滴下,落到地上分成八瓣。那些汗是热出来的,他得把一些敲烂的锅铁再次放进炉中,待锅铁熔化了,用铁水补锅。

补锅人用一把小榔头,"笃笃,笃笃……"在锅的破洞周围轻轻敲,一些经不起敲的铁锈碎片纷纷坠落。这是补锅的第一道程序,像一位医生的清创术,得把周围坏死的组织清理掉。与坏死的组织不同的是,那些碎片还有再生的价值,它们还得回到原来的位置。补锅人把铁锈片收集起来,放进炉中。有人戏称补锅人是锅的再生父母。

看起来像轮回,破了的锅用自己的铁补住身上的漏洞。熔化锅铁是个慢过程,红火的火炉燃起来,旁边还得有呱唧呱唧的风箱声。

补锅人有耐心,不急不躁拉着风箱。只有我们耐不住,个个伸长脖子去瞧。补锅人见了,腾出一只手冲我们摇摆,叼着烟的嘴巴含含糊糊发出一串声音。我们的好奇心并没因他的阻止而消失,反而与炉底的火一样旺起来。我们见过冰融化、云融化,却没看到过铁的熔化。我们围着他,一会儿蹲,一会儿站,眼睛紧紧盯着炉子,想象着铁会站着熔化,还是躺着熔化。

①冬瓜牵到豆鳖:方言俗语,意即牛头不对马嘴。

这时有几只破旧的铁锅被人拎过来。来人咨询锅还能不能补,补的话得付多少钱。补锅人像一位老中医,一丝不苟地执行望、闻、问、切的程序,捏捏、敲敲、瞧瞧,对破锅一一做出诊断,有的可以小补,有的得大补,但大补的工钱有些贵,所以,他劝人别补了。至于小小补,他有时干脆免费。也就几滴铁水和几个动作而已,他落了一个人情,也得了一个好声誉。

那些得到免费修补的婶婶们,叽叽喳喳给他几个赞美词。一个说,"侬人真实在"。一个说,"伊的心肠勿错"。"侬"和"伊",都是指补锅人。补锅人呵呵应着,也不知是不是听得懂。别人跟他讨价还价,他也呵呵应着,脸上的笑还在荡漾。我想,那应该是婶婶们给他的赞美词在脸上奔来奔去的缘故。不知道那些词碰到他的"机耕路"会不会绊跌。他呼呼,吹几口烟灰;又呼呼,那是拉风箱。补锅人不会忘记自己的使命。

碎铁慢慢消失了,只剩下红彤彤的水。他欠了欠身子,左手拿了一块布垫,上面装有火灰。右手用长柄铁勺从炉上的锅中舀出一点铁水,放到左手的布垫上。放下铁勺的同时,一手拿卷布条用力压铁水珠,使铁水珠嵌在旧锅的破眼上。他似乎胸有成竹,用手一揿,黑乎乎的手指全堵在一块儿。过一会儿,补锅人把布条拿开,锅上的眼不见了,刚才的铁水珠已经变成了铁片。锅补好了,还得让锅坐在地上,倒入水,看会不会渗水。如果还有些渗,刚才的动作与程序就再重复一次,直到检验合格为止。

补锅人走了,带着一句响响亮亮的"补镬哦"。他一走,所有补过的锅再次坐到灶眼上,延续人间烟火。

吃大灶饭,吃铁锅煮出来的米饭,居然成了现代人的一个念想。只是,补锅对于修补这个念想,已无能为力。

揭鸡佬的眼力

天气热的时候,村庄里养的鸡开始分出雌雄。头上长红冠,脖子下拖红肉肉的是公鸡;屁股大大的,冠上却瘪塌塌的是母鸡。家里一般只留一两只公鸡,最多两三只,这个数字再也不能多了,一多麻烦事就出来了。尤其是家里有母鸡的,如果公鸡一多,母鸡甭想一心一意下蛋了。

公鸡如果想欺负母鸡,那样子绝对霸道:先拍打一只肉翅膀,三四下后,另一只肉翅膀也扑打起来,待两只翅膀一齐扇出风来时,它已经像一驾起跑的飞机,不管三七二十一,扑上母鸡就狠狠地啄。母鸡永远没有招架之力,缩着脖子任公鸡骑在上面。这样的公鸡,村人戏称为"赶骚雄鸡"。被"赶骚雄鸡"欺侮过的母鸡,下的蛋无法提高价格。这点,婶婶们是绝对不愿意接受的。一看到公鸡的特征显出来了,婶婶们开始火急火燎地等待揭鸡佬。

揭,就是阉,村里的人称阉公鸡的人为揭鸡佬。揭鸡佬一天不来,婶婶们就一天心神不安,有意无意给公鸡少喂食,一看到它们跟母鸡待在一块儿,就操起木棍撵,唯恐公鸡早熟。婶婶们一边密切注意公鸡的动静,一边嘀咕着"这个揭鸡佬怎么还不来"。公鸡自然不清楚揭鸡佬是何许人也,只知道自己正被主人赶,扑打着一对肉翅膀到处窜,更加拼命地啼叫,村里似乎一下子又热闹了许多。

在婶婶们的盼望中,揭鸡佬跑进了村。他的吆喝有些怪怪的,"揭鸡,哦……"后面的"哦"像是从水里冒出来的,浑身发着抖,似乎能一下子撞开门。有时,人们听不清前面两个字,但后面的"哦"可以在村庄里抖一段时间,快抖不动的时候被婶婶们收听到。路东一声喂,路西一声喂,几桩生意就揽了下来。

公鸡在院子里跑,你不去追它赶它,它永远像个绅士,高昂着头,在你的眼皮子底下踱着方步。但你也别想接近它,一旦靠近,它马上竖着一屁股的毛跑得比你还快。揭鸡佬似乎都有一套本事,他可以与公鸡周旋一番。有的举着一只网兜,慢慢挪动脚步,待公鸡呆立不动时,手里的网兜一闪,公鸡就被装进了兜里。有的让主人撒一把米,公鸡抢在母鸡前跑了过来,在低头愉快啄米的时候,揭鸡佬弯下腰,伸出两只手,悄悄靠近,突然一把抓住公鸡的翅膀,公鸡想挣扎都来不及。这些都由揭鸡佬独自完成,干净而利落。

也有不顺利的时候。有一年,我家养了一群鸡,足足有二十只。母亲原本希望只只是母鸡,后来发现有十只是公鸡。揭鸡佬来了以后,我们家的公鸡一阵乱飞,蹿上墙头,跳上柴垛。后来一群母鸡也积极响应,食也不觅了,满院又是叫又是跳,实在是热闹。揭鸡佬说今天头桩生意触霉头,不揭了,回家了,弄得母亲心里着实过意不去。

揭鸡佬把公鸡夹在自己两条大腿间,在公鸡肚子的一侧拔去一撮毛。从随身携带的黄书包里掏出一个布包,里面有一把刀,一把镊子,还有两只弯钩。他在拔去毛的地方开一个口子,用两只弯钩撑开切口,在里面扒拉几下,找出一对黄色的椭圆形东西,形状近似肾,用一根穿着线的竹片在上面来回"唰唰……"切下来,放在腿上的一块帆布上,让主人一一看清,工钱凭这个结算。术毕,他把刚才拔去的一撮毛塞进公鸡肚子上的伤口,两腿一松,公鸡慌忙逃走。动过手术的公鸡还会竖着一屁股的毛去抢食，但再也不会去撵母鸡，它不清楚自己被人侵犯了，也不会知晓自己头上的冠从此不会再厚厚地长，红红地顶在上面，包括脖子下的一撮红肉肉，以后将慢慢变淡，变软。从此它们心无旁骛地吃东西，一心一意地长肉。

有的揭鸡水平不怎么到位，术后公鸡还能啼，只是啼的声音尖尖的，像是被谁捏住了脖子，俗称半揭鸡。半揭鸡还会去撵母鸡，而且还时不时跟在母鸡屁股后又细又尖地啼叫几声，实在令人尴尬，似乎家里有半揭鸡，连人都觉得矮几分。半揭鸡的命运常常很不济，不等它长满肉，主人早已磨刀霍霍。主妇们免不了要对着鸡群骂一顿揭鸡佬，可谁也不在意这是谁揭的鸡，因为村里人都看不起揭鸡的，他们来了连茶水都不给倒，也不叫他们师傅，甚至不拿正眼看他们。连马婶这么热心陌生人进村的人也懒得问他们是哪里人，家里有什么人。揭鸡的大都是"堕民"，他们集中在一个村庄里，女的叫"堕民嫂"，男的称"堕民佬"。据说这有一段故事。明初，他们的祖先冒犯了朱元璋，于是朱元璋罚他们世世代代只能从事最低等的活，如女的去做接生婆，男的去揭鸡、给死人穿衣等。他们地位低，生活又很穷，被世人所轻视。村里贬低一个妇女的时候，就说她像"堕民嫂，样样要"。

揭鸡佬们也不在乎这些小节，不管主人的态度是尊重还是轻视，他们照样一口一口亲热地叫"阿姨"，连我这样可以做他们女儿的也被他们叫作"阿姨"。他们的热情并没有换来村里人的好感，反而被人嫌"呒清头"。有一个揭鸡佬前脚一走，马婶后脚就骂他"十三点"。原来他在跟罗婶说结扎的事。那时罗婶刚做过结扎手术，心里有股气，本来她就不想去结扎的，结扎后她还感觉身体一直不好，老是怀疑肚子里有个包，可检查来检查去，一切都正常。最后医生下了一个计划生育官能症的诊断。揭鸡佬说，人跟猪狗畜生一样，越是贱越是命长，你看鸡，不用消毒，事情一完就扔地上，也没见鸡有什么后遗症，就女人多事，做个结扎后还要人伺候月子似的。这话如果说给赵嫂听就好了,那段日子她正披头散发忙村里妇女的结扎,反反复复做她们的工作,甚至做起男人的思想工作。可惜揭鸡佬看走了眼,他看到桌上有一只搪瓷杯,上面烫印着几个字——"计划生育工作先进个人",还以为罗婶是村里的妇女主任。其实那只杯子是赵嫂给罗婶送红枣汤来的。

揭鸡佬身上有一副固定的行头:背一只黄书包,脚穿黄胶鞋,手上有一把长柄伞。即使他们不吆喝,人们一看伞挂在他们手臂上就能辨别出他们是揭鸡的。他们在村庄里走一圈,心里早就有了一盘账。一般人家不会让公鸡全部打鸣,最多留下两只过年时用来祭祀,其余的都会阉掉。只要这户人家的公鸡没阉掉,提着伞的揭鸡佬就会从这户人家门前走过,有的吆喝一声,也有的在门前晃一下,故意与女主人照个面。这件事是家里女人做主的,女人看了没反应,下次就不用来。

家里开始有这个"机"那个"机"后,母亲对养鸡就不怎么热情了,不仅嫌鸡随地大小便,脏,还厌倦得伺候它们一日三餐,人身都不觉得自由。如果想吃鸡肉,市场上的鸡一笼一笼的有的是,而且便宜。既然可以让鸡没日没夜地长肉、生蛋,那么公鸡啼与不啼跟人们的生活就没有什么关系。

我从县城念书回来的一个星期天,跟母亲去菜场。菜场里有几处活禽摊,一笼笼的鸡关在里面,只要顾主一指,商贩打开笼子上的一扇小门,伸手一抓,一只鸡就伸到你眼前。那些商贩特别热情,一看到有人凑到跟前,就拼命地跟你打招呼。我和母亲根本看不出那些鸡有什么区别,简直一模一样。忽然"卖鸡,哦……"的声音抖动着向我们跑来。当最后一声收住后,刚才的吆喝似乎站在了我们面前,还有力地推了我们一下。我不由转过头去,那个人向我们招手,好像认识我们似的。我跟母亲说:"那边有个人似乎认识我们,在向我们招手。"母亲回头,一看,说:"他呀,他原来是揭鸡的,经常来我们村。"我恍然大悟,怪不得刚才的吆喝那么耳熟。

我们最后还是买了他的鸡。他说,他早不揭鸡了,现在自己养鸡、卖鸡,那些鸡根本不可能养到长红冠的时候,三个月早出笼了。这年头全心全意做一只公鸡,真是不容易。

我在心里模仿着揭鸡佬的吆喝:"揭鸡,哦……"

劁佬的证书

他说,他最喜欢站在屋檐下看村子上空的炊烟,那些炊烟像一片片绸带飘扬着,纠缠在一起,或浓或淡,在他的视线里勾勒着一个个属于他的图景。似乎它们彻夜不眠,才让他觉得是人间烟火,这日子才是落地的。这是他起床后的一个习惯动作,非得看到所有的炊烟立在屋顶上,他才开始一天的生活。

他叫什么名字,已经不记得了,何况我们那时不可能去叫一个大人的名字。大人的名字对小孩子来说似乎是一种禁忌,而且每个小孩子都有义务保护自己大人的姓名。从小孩子嘴里吐出大人的名字,那是大不敬的行为,只有吵架很凶的时候才会使用这一手。他的儿子比我们大很多,所以,我们没有兴趣去打听。但因为他在村里的特殊性,我们称他为"割卵大伯"。他似乎极不情愿我们这样叫他,看见我们也没有什么表情。

我们见了他,心生惧意,怕他突然抽出一把刀来,脚一跺,冲着我们说:"谁不听话,就'结'谁。"我们没有人不怕他这一"结"的,大家都逃之夭夭,嘴里却很不老实地喊:"割卵胚。"只是,我们都知道这样叫他是不起什么作用的,他不是村里另一个叫"割卵"(结巴)的人,他说话利索得很。

他是方圆几里唯一会给猪动手术的人。套用他的说法,他是一名兽医,应该享受国家工人的待遇。在他眼里,国家干部还不如国家工人。理由是前者靠一张嘴巴,而后者凭手上的技术活。说到这件事时,他会无限动情,眼睛闪出灼灼光芒,似乎国家工人的身份正向他招手。"那时,我就会有劳保,我就……"他女人很瞧不起他得瑟的样子,扔给他一句话,他就马上缩起脖子。他女人说,"你除了给猪下身动手术外,还有什么能耐?"

村里人养猪并不纯粹是为了自己吃,而是给家里存下一笔钱。主妇们一日三餐伺候"天蓬元帅",无怨无悔,只盼自己精心的伺候换来回报,那就是猪长得肉嘟嘟的、膘肥体壮,这无疑是一个子儿一个子儿在哗啦啦地响。有时听到猪们水汪汪地拱着食,主妇们隔着木栏深情地说:"好好吃,好好长肉,要听话哟。"

但有些猪并不听话,长到成年后就会"发作",不吃不喝,性格暴躁,挖砖撬石,甚至越栏逃跑,所以,这样的猪一般是留不住的,得在它还很小的时候来一刀。这一刀毫无悬念地由"割卵大伯"操作。但此前有个程序要走:得派人去请。所谓请,体现在两个动作,一个是上门恭恭敬敬请他过去,另一个是手上要有一包香烟,而且是五一牌的。这是他定下的一个不成文的规矩。后来,村里人戏称五一牌是割卵牌。

别看"割卵大伯"长得清清秀秀,像个白面先生,但给猪上"生活"(手术)时,那份秀气荡然无存。他两只脚左右开弓,一只半跪,压在猪肚上,另一只像蹲马步,既撑身又支地。他嘴里叼一把刀,两手在猪下身触诊一番,待手里摸着猪的"家伙"时,取下嘴里的手术刀,果断一刀。

猪哗啦哗啦叫喊开来,初听像是"救啊,救啊",继而又像是"舅啊,舅啊"。不知道猪的舅是谁。不过,此时真的是猪舅舅来了,也不管用。"割卵大伯"早已下手了,一对像是剥去壳的荔枝一样的小东西放在了猪肚皮上。

如果出血不多,"割卵大伯"干脆抓一把柴灰抹在创口上面,然后双手在猪毛上捋一捋。碰到流血多时,他会缝几针,只是缝得有些笨头笨脑,一针扎进去，要连戳几次，有时这边过去了，那边却一时三刻出不来，这时牲畜的主人还是有责任提醒"割卵大伯"，下手狠些，来个痛快。他呢，嘿嘿几声，也不脸红，继续耐着性子缝，跑出去的秀气又回到他身上。

别人想给他搭把手，他却嫌别人碍手碍脚。不过，他确实有一手，能让一头猪在几分钟里乖乖躺下，不需要五大三绑。他拉拉猪尾巴，又给猪耳朵扎三下，那只猪就用长着白眼睫毛的眼睛傻乎乎地看着他。待刀落的时候，猪似乎忽然想起了什么，拼命地嘶叫，但一切都来不及了。

村里有许多人盯着他从猪身上取下来的肉蛋蛋，据说是一道美味的下酒菜。可他绝对不允许别人拿走，他自己也不拿。也不知道他从哪里听来的：那对肉蛋蛋必须扔到屋顶上，一边扔，一边还要喊"高升"。主妇们以为这是祝福人步步高升，不禁眉开眼笑，似乎真的看到了小孩的前程。他取一把稻草，一边擦刀，一边纠正，说："我这是说给猪听的，下次不要投错胎了。"主妇们正笑得花枝乱颤，一听此言，立马收起笑容，屁股一扭，走了。

动过手术的猪从此清心寡欲，一心一意给主人长肉肉。村里的猫像婴儿一样哭叫时，猪睡得死死的；狗跑来跑去，忙得只有一身骨头时，猪摇着一对招风耳，愉快地哼唧哼唧；鸡给村庄报晓时，猪正在欢快地打着呼噜。猪成了村里最快乐的家畜，它们的心静了，气顺了，一辈子只剩下饮食之事。

"割卵大伯"刚开始收几个钱。后来，他老婆出主意，不要工钱，只要在每头猪出栏后拿一只猪头和一副下水。村里人觉得这比较划算。于是，一到年底，村里的猪头似乎全集中到了他家。他老婆糟的糟，卤的卤，全村就他家一年到头在吃肉。可他依然长得清清瘦瘦，似乎那些肉从他嘴里进去，又跑了出来。

"割卵大伯"没念过书，但一直记得一副对联："双手劈开生死路，一刀割断是非根"。这对联似乎是为他量身定制的。每次给猪动手术时，他总要念上三遍，不管猪听不听得懂。

后来乡里举办兽医培训班,"割卵大伯"自然也在培训对象内。他一身新穿戴,向队长借了一只黑色的皮包,他一会儿拎,一会儿夹,都觉得差了点什么,最后他是捏,感到这才真正符合那天自己的心情。他高高兴兴出村去,一路上跟村里人打招呼,态度积极主动。别人并没有问他干啥去,但他大声向人解释是去乡里培训。他老婆在河埠头洗衣服,一边抡起棒槌,一边白了他一眼,说:"得宁兴啥。"①

几天后,"割卵大伯"回来了,那只黑色的包夹在胳肢窝下,走路时两只脚朝外,呈八字形。他老婆见了,说:"去了一趟乡里,路都走不周全了?""割卵大伯"忙往里收住,似乎脚打了一个嗝。他眉开眼笑地对老婆说:"我在班上受表扬了,我实践操作得了第一。"他老婆说:"转正了?""割卵大伯"一下子蔫了,上面根本没提这层意思,但他马上掏出结业证书,讨好地说:"我有证了。"他老婆不屑地说:"有证没证对你有啥意义,价格提高了?""割卵大伯"收起证书,说:"女人就是头发长见识短。"

"割卵大伯"曾为自己转正的事去过几次乡里,每次都没有结果,遂死了心,再也不提这事,一心一意做他的结扎手术。不过,他总会时时提醒别人他是有证书的,可不是一般的兽医。村里人似乎对他有证没证没有什么反应,有证前,他是这种手法,有证后,他还是这种手法,要说唯一的变化,便是现在他动手术前会用酒精擦擦自己的手。村人说他"煞有介事"。

如今,"割卵大伯"已经做爷爷了。村里没有人再叫他"割卵爷爷"。他似乎早忘记自己曾经替猪割过是非根,现在整天抱着孙子乐呵呵,看见人就说那是他的羹饭碗。他还有一个嗜好,给孙子把尿时喜欢站着,让小孙孙的尿线飞得长长的。嘿嘿。

---

①得宁兴啥:方言,意即"瞧你得意的"。

剃头二陈

村里人把理发叫剃头。大概只有男人才用得上"剃"字。女人年纪轻的扎两条辫子，年纪大点的梳个绕绕头；在后脑盘上一个髻，中间插一根针，或木制的，或银制的，再在外面罩张黑色的网。有的女人可以一辈子不进剃头店，头发长了自己用剪刀剪一下，剪下来的头发还可以换点针头线脑什么的。于是，村里的剃头店成了一个只有男人的公共场所。

在那儿，男人们会耐着性子坐在长条凳上等着剃头。大家都会闲聊几句，大至上面的政策，小到某户的家长里短。剃头店成了村里消息的集散地。与晒场、桥头等处不同的是，这里的消息很少是负面的，飞短流长的事剃头店里不太发生，即使有过，也就止于店里，没有人带出剃头店。因为，陈阿来关了店门，也就关了自己的嘴巴，他从不把听来的长长短短的消息再短短长长地流传出去。任何来过店里的人，说了走，陈阿来便把他刚才所说的话，连同剃下来的头发一起扫进了角落里。

陈阿来的店是我们邻近几个村唯一一家剃头店，所以，他的店几乎没有闲过一天。一大清早，陈阿来一瘸一拐地来到店里，第一件事是把一扇扇排板卸下来，按照东一、东二等标志有序地堆放到墙角，然后装煤炉、烧开水、扫地。

陈阿来得过小儿麻痹,右腿细得像一根柴,而且又短了一大截,走起路来身子一歪一斜。陈阿来走的时候,先是左脚迈出,立住身子,然后让右脚移过去,待右脚与左脚相平后,踮起右脚撑住身体,再把左脚往前跨出去。陈阿来背着夕阳回家时,矮墙门上就出现了一摇一晃的身影,那人必是陈阿来。陈阿来不敢在有月亮的晚上出门,因为年轻的时候,月光下他一摇一摆的影子映在一位新过门媳妇的窗帘上,把这位媳妇吓得半死,留下的后遗症是两年内流产三次。自那以后,他就没在晚上出过门,就是临近过年,店里再忙,到了晚上他也绝不开店门。

陈阿来腿有疾,不能像正常人一样下地挣工分,十多岁的时候,他的父母便让他学了剃头这门手艺。虽说,这手艺不那么体面,但好歹能养活自己。十多年下来,陈阿来不仅把媳妇娶进了门,而且还翻建起了两间瓦房。

陈阿来的剃头店也就十来平方米,一面镜子占去了半面墙,下面搁了一块台板,放了些剃头工具:几把梳子、一把推刀、两把剪刀,外加一把尾巴呈半月形的剃须刀,旁边挂了一张米色的刮刀布。陈阿来替人修面前,总要拿刀在这块布上来回用力地刮几下,"嗖嗖嗖"几声,让人联想到家里宰鸡前,大人把刀搁在七石缸沿上反复摩擦,只不过,那种声音很粗糙。

店的正中间是一把木制的椅子,可以转动,也可以抽出后面的一个木榫,人就能躺下来。紧挨着门的是几条长凳,准备剃头的人便坐在那儿候着。当然,也有不剃头专门坐在那儿跟人闲聊的。往里是一个洗头槽,上面没有水龙头,洗头的水得用一盆盆的热水和冷水冲兑。店里有碱肥皂,也有香皂。但香皂只能用来刮胡子。如想用香皂洗头,那就要再加两分钱。村里的男人除了在洗头店里洗次头,平时在家不太有时间洗头,而且也没有这个习惯。如让自己的女人洗头,家里的老母亲会干涉,认为女人的手不可以在男人头上摸来摸去,否则会让男人失运。所以,到陈阿来店里来的人八成有几个月没洗过头。陈阿来怕洗不干净,常用一把带齿的圆形梳子在人头上来回刨，洗下来的水发黑。好在，大家都习以为常。

陈阿来剃头的样式非常简单，最多的是平头与光头。偶尔有几个西分头，也只是那些去相亲的，或娶媳妇的人来剃。遇上剃这种头的，陈阿来会从下面的柜子里拿出一瓶"松发油"，小心翼翼地在头发的中缝两边抹上，再用梳子往后梳，双手配合着在旁边打理。虽然瘸着一条腿，但丝毫不影响他对"头顶大事"的专注与投入。当然，这样剃头要多收三分钱。

据陈阿来自己讲，他师父曾教过他剃头有十六套活计，梳、洗、编、掏、捏、提……只是这些活计中，他只用上了几种而已，尤其是那些适用于女人的梳、编之类，等于自绝武功。好在，他还保留了掏、捏等手上功夫。尤其是掏，那是陈阿来的一个绝活。他有专用的工具，全部是竹制的，灵巧细致，色泽光润，装在一只竹筒里，挂在镜子旁边。他不仅眼神好，而且耐心。剃头发的人没有不喜欢他的掏耳朵服务，再说这是免费的。

陈阿来先用双手按摩耳朵数分钟，后用挖耳勺轻轻地在里面踩点，酥酥麻麻又微带点痛痒的感觉传遍顾客全身，能把他们所有的心思全部集中到耳朵里。陈阿来在耳朵里一提一压，一旋一转，让坐在剃头椅子上的人一松一紧。这还只是第二步。第三步是用镊子往里送，把里面的耳屎取出来。这把镊子是用竹子做的，头部又细又尖，跟针眼差不多。陈阿来歪着脑袋，斜着眼睛，一只手提着剃头人的耳朵，另一只手拿着竹镊子在耳朵里面慢慢地进进出出，一只残腿几乎是浮在地面上，人的重心全部落在那条正常的腿上，整个人与剃头的人形成一个斜度。耳朵里面的活干得差不多的时候，陈阿来又捏住一把顶端为一球形的软刷在耳道里捣鼓一阵，最后再用手按住双耳一压一放，连续几分钟。当陈阿来在肩上一拍，剃头的人便知道这头算是剃好了，于是慢慢张开眼睛。陈阿来一边拿刷子掸去碎发，一边解开系在剃头人脖子上的蓝布片。

陈阿来剃一个头至少要一个来钟头，活绝对做得很细致，一根碎发都不会留下。所以，他即使从早干到晚，也剃不了几个头，那些坐在剃头椅子上的人,虽然脖子上系着一块蓝布片,头不能随意转动,由陈阿来根据剃头的程序而拨弄,但大家都喜欢跟他聊天。不过,这天聊得也基本是一个人自说自话,陈阿来最多嗯嗯啊啊几声。不到半个小时,说的人早眯起了眼睛,店里只有手推刀"咔,咔咔"的声音。如果是下雨天,他店里的生意就特别好。有的老人愿意从早排到晚,一边闲聊,一边喝着陈阿来备下的茶。

茶当然是粗茶,开水是随时可以供应的。大家在剃头店里聊天,但从不聊跟剃头有关的事。坐在长条凳上的人的目光围着陈阿来,而陈阿来的目光全集中于剃头椅子上的人。有时,长条凳上的人说着说着,椅子上的人会忍不住与长条凳上的人搭腔,不过,这头始终被陈阿来摁着,不得已时只好中断说话,由长条凳上的人继续话题。如果长条凳上没什么人,坐在剃头椅子上的人就跟陈阿来哼哼唧唧,不一会儿把自家的事也说了出来。

剃过头,像脱胎换骨了一样。出了剃头店,头轻松,心也轻松。憋了许久的话连同耳屎一起被掏空了。剪去的头发还可以长,而村里人的话题却在变。下次,进剃头店的人也许又有一肚子的话要说。

陈师傅

村里人剃头除了上剃头店,还有另外一个选择。那个人也姓陈,大家都叫他陈师傅。他一个月来村里一次,来的时候手里提一只木箱子,不大,里面装了些剪刀、梳子、推刀之类的剃头工具。据父亲说,他小的时候上门剃头的人还挑着一副担子,担子上挂着一块布,用来刮胡子剃刀,前面是一只炉子、脸盆,后面是一条带有抽屉的三脚凳。不过,陈师傅来我们村里时没有那么多的行头,洗头由剃头的人自己解决。尽管陈师傅的设施简陋,而且也没有可以躺下来的剃头椅子,但还是吸引了许多人。每次陈师傅来村里总要忙上一天,除了因为他的剃头钿比陈阿来少五分钱外,更重要的是他一来,就把村里人的情绪调动起来了。

陈师傅进村后,既不吆喝,也不设摊,而是先唱上一段。他能唱滩簧,而且一口气能唱半个小时。滩簧是我家乡那边的剧种,农闲时常有草台班子到一些村子去演出。因为唱词大多口语化,曲调柔美,剧情多取自农村生活和男女爱情,那些唱词、念白几乎每个人都能懂,因此,村里人非常喜欢听,尤其夹着粗俗,甚至有些下流但又不失轻松的俚语唱词,更让村里人从农事家事的束缚里解脱出来,得到片刻的放松。陈师傅的声音中气很足,不用扩音器,也能把半里内的人吸引过来。等周围的人慢慢聚拢过来后,陈师傅唱的滩簧便戛然而止。大家都知道陈师傅留有这一手,再加上他剃头收的钱比较便宜,所以,他的生意并不会特别差。

有时,他剃头的地方自然而然会形成场面。一些小贩停住了脚步,借陈师傅的人气摆开了摊子。卖葱管糖的、售香烟的、兑针脑丝线的,三三两两的都跟陈师傅的剃头摊保持适当的距离。陈师傅剃头的时候,跟他唱滩簧时判若两人,此时他侧着头,一双手麻利地在别人的头上忙碌着。剪下来的头发左飞右散,渐渐地,地上堆起了头发。这些头发由出借凳子的人拾掇干净,可以换些针脑。很多人实在是不过瘾,希望陈师傅能再唱上几段。但大家知道陈师傅剃头时不唱的规矩,所以只能盼望他干完活后唱。

陈师傅很仗义,收摊前会再给大家来一段,他的唱词里总会因时因地自创一些,看见老人唱祝寿,看见小孩唱祝福,总之在他眼里个个值得赞美与祝福。个别小贩也会接着唱一段绍剧,那场面可有意思了,似乎来了一个临时凑拢的草台班。

陈师傅一般都是早进村晚出村。逢了那一天,陈阿来的店里自然冷清,但他不急不恼。他清楚,村里哪个男人的头发还要过几天才剃。该来的迟早会来。他倒是乐得清闲一天,动动嘴、歇歇手,毕竟每天总会有几个不剃头的村民来聊天。

陈阿来也知道哪几个头就是留着头发,等候着陈师傅的流动摊前来,无非图个耳朵享受嘛。陈阿来承认自己嘴笨,可是,剃头靠的是手上功夫哪。他说,样样都灵巧,不就成了神仙。

剃头二陈为我们村里人带来了生活的乐趣,使很多人在短暂的剃头时光里忘却了日子深处的磨损与粗糙。只是,当有一天剃头店变成了理发店,女人不再局限于在家里洗头、梳条辫子时,剃头二陈慢慢被人淡忘了。陈师傅第一个自我淘汰。他不来我们村里的最初一段时间,村里人挺想念他的,后来有了电视机,有了录音机,陈师傅唱的那些戏在这些机子里全有,而且还是完整版的,于是村里人习惯了每天可以听到戏的日子,并且还满足于这种随时可以中止或播放的效果。

陈阿来的剃头店还开着,他戴上了老花镜。只有村里的老人还清一色地集中在他的店里。还是原来那套手艺,只是他掏耳朵的手艺不再亮相,似乎意味着村庄不再有值得听的声音。

最后一位赤脚医生

我们都很怕他，一看到他的身影就赶紧收起叽叽喳喳的吵闹声，四处逃窜，直到看不到他，才叫着喊着从各个藏身的地方奔出来。如果我们闹个不停，父母也常拿他吓唬我们。我们一听到他来了，立马安静下来，个个屏住呼吸，有的往大人身上钻，有的爬进被窝，各自寻找可藏身的地方。他似乎莫名其妙地成了我们的"公敌"。

其实，他的模样一点都不吓人，甚至被许多人暗地里称为村里的美男子。他宽额，国字脸，鼻梁笔挺而饱满，一对浓眉大眼闪烁着光芒。我们肚痛发热了，父母就把我们领到他面前。他一会儿让我们张大嘴巴，发出"啊"的声音，一会儿拿体温表往我们屁股上插。待一切检查结束后，他会告诉父母我们得了什么病。我们对他诊断的病不甚明了，但从所用的药里能看出一二来。如果配些药丸、糖浆什么的，说明问题不大。如果要打针，表明这个病不是一两天的事，也不是挺一挺就能过去的。所以，假如感到身体不舒服，或者农事忙过后觉得疲劳，那些上了年纪的村里人就会去挂瓶"盐水"。虽然，这个"补品"有些匪夷所思，可很多人的这种观念像播种子时踩出的泥土一样瓷实。

父母配合他把我们的裤子一拉，他便敏捷地往我们屁股上扎一针，赶在我们嚎叫前用温和的话进行抚慰，一边不停用左手的食指轻轻在针眼旁来回"挠痒痒"，我们还是不太争气，忍不住叫喊几声。他任我们大喊大叫，不紧不慢地把针筒里的注射液注射完，然后快速地拔出针头，回头还不忘记赞美我们几句，哭与不哭都能得到他的赞扬。

我们很快忘记了屁股上的痛，只是那大喊大叫像烙印一样刻在记忆里了，伴随着我们的童年，以至于一看到他，或者一听到他的名字，那叫喊的声音就像发芽的种子一样从脑海里钻出来。很多年以后，我们慢慢忘记了自己过往的一些细节，但面对他时提防与躲闪的反应却像扎了根。

他是医生，这我们都知道。听说他是赤脚医生时，我们无不诧异。我们从没有看到他赤过脚，包括村里其他人。倒是村民一年中有一半时间赤着脚，在村道、田埂上留下前像花后像叶的脚印，脚上的肤色跟脸色差不多，脚板跟握着的锄柄一样结实，碎瓷片、柴末子什么的，也就在脚板上附一附而已，很少能划出血来的。如果谁脚底板不小心出血了，村里人会嘲笑他：怎么像阿祥叔的脚一样呀？意为皮很嫩。

据说，有一次他在河埠头洗脚，对面几个婶婶刚才还七嘴八舌、家长里短，突然就鸦雀无声了，只有这边河埠头细细碎碎的洗脚声。阿祥叔好生奇怪，不由得抬起头来，原来几位婶婶目不转睛地盯着他的腿。他刚开始不解，以为自己脚上长了什么。后来阿梅婶婶说，你的脚怎么那么白，比村里大姑娘的脸还细腻、白皙。她的一番话引来其他几位婶婶的哈哈大笑。他的脸一下子红到脖子跟，张了张嘴，可一句话也说不上来，在婶婶们戏谑的笑声里他慌里慌张地趿上拖鞋，跑回了家。从此，再也没看到他在河埠头洗过脚，更不要说洗澡了。

他长年穿布鞋，黑鞋面的"松紧鞋"。村里人也穿这样的布鞋，都是女人一针一线在煤油灯下或雨天屋檐下纳出来的。他跟村里人不同的是，鞋子再怎么旧，看上去还保持着鞋样，有的庄稼汉脚上的一双布鞋最后不是穿成了拖鞋，就是前面开线、鞋头露出两个洞洞来，走起路来像一张蛤蟆嘴。有时村里的女人一边纳鞋,一边责怪自家男人穿鞋一点也不细致,末了,免不了拿他比较一下。

村里的男人们有些不服气了。一天,他正坐在诊室里看书,忽然冲进来隔壁歪嘴阿三,告诉他阿林哥在田里晕倒了。他二话没说,背起药箱奔向田头。那时正值耘田时节,村里的男人与女人都挽裤赤膊。阿林一手捂住肚子,一手拖着腰,满脸痛苦地站在水田中央。他挥手让阿林站到田塍上。阿林有气无力地说,他现在走不动,脚抽筋了。他有些疑惑,旁边的人起哄似的一定要让他下田。他看到阿林不住地呻吟,顾不得那么多,便脱下鞋子与袜子。

围观的人群里发出一声惊叹,这么热的天也穿袜子呀!啧啧,还是丝袜。他有些不好意思地笑了一笑,光着脚直接走进了污泥中,一脚高一脚低地走到阿林旁边。这时站在田塍上的人越来越多,大家像看西洋镜似的看着他的脚,初是悄悄地议论,继而吵吵地谈论,最后大家像点破似的评论。在他的指挥下几个人把阿林抬出了水田。

一从水田里出来,他先给阿林吃了几颗药,然后让旁人把阿林抬到村卫生室去,自己赶紧在旁边的水沟里把脚洗干净,套上鞋子跟上人群。几位后生扶着铁耙坏坏地笑着,还冲着他喊,"阿祥伯你现在才真的是赤脚医生"。人群里顿时响起一阵愉快的笑声。

村里人对他的称呼有些怪怪的,年长的叫他阿祥叔,稍年轻的叫他阿祥伯,而我们这一辈又跟村里的叔叔、婶婶们一起喊他阿祥伯。村里人最讲究辈分,父母喊伯伯的,我们得叫公公或爷爷,爷爷奶奶喊叔的,我们要喊他"阿太"。这些称呼像一根红绳一样把一村人全串了起来,辈分则是红绳上的一个结,而我们是结下面最小一颗珠子。

唯独他是个例外,大家是乱着辈分来叫他。阿花婶婶的婆婆叫他阿祥叔,阿花婶婶与他男人一样叫他阿祥叔,而他家的儿子跟我们一样叫他阿祥伯伯。这看起来有些滑稽,可村里人习惯对阿祥伯高辈分称呼。

隔壁阿花婶婶的婆婆患有哮喘，一到天冷，呼吸重得像从水里冒出来的水泡，咕噜咕噜。她上气不接下气，弓背，耸肩，瘦小的身子一起一伏，似乎随时会背过气去。这时谁都不敢跟她多说一句话，她也没力气应付你，即使说了你也不一定听得明白，那些字不是吐出来的，而是硬从喉咙里拉出来的，后面还带着锐音。吸气时没法说，只能靠呼气时一个字一个字地往外挤，跟拉破风箱一样。她挪着小脚移到屋外，让她儿子去把阿祥叔叫来。

阿祥叔不一会儿就到了，手上拎着一瓶药水，肩上背着一只印有红十字图案的棕色药箱。一进门，他便麻利地从药箱里拿出几支针剂，用一块和拇指指甲盖差不多大的青色圆形片，在针剂瓶上一转，手指往下一按，"啪"，瓶子的上半部分被打开。他拿起针筒抽干药水后注入带来的那瓶生理盐水，倒挂在衣架上，又从药箱里取出一根黄色的压脉带，绑在老太太的手上。

老太太的皮肤像风干的橘子，褶皱都堆到一块儿去了。他仔细辨认一番，在上面轻轻拍几下，手指在微突起的静脉上触摸，在确认无疑后，用酒精棉球来回消毒，一针扎下去后，针头后面的皮条上出现了血，于是放开压脉带，调节好点滴速度。阿花婶婶的婆婆很满足地闭上眼睛，等待着呼吸的平缓。也就半小时，老太太的气息恢复了正常。但阿祥叔还不能走，得等瓶里的盐水输完，把针拔掉后才能回家。

村里像阿花婶婶婆婆那样的老人都念叨他的好，说起来都是要没有他谁早痛死了，谁可能被烧死了，似乎，每家都有被他救过的人。

他原先在村卫生室里上班。卫生室就在我们学校旁边。我们有事没事就爱去那儿，一是向他要针剂盒子，可以用来做铅笔盒，有时还讨几只盐水瓶，回家洗净后装水，夏天装凉水喝，冬天装热水捂脚；二来喜欢瞧他给人看病的样子。我们回去后模仿他的举止，轮流做医生，按"病人"的腹部，敲背部，还煞有介事地拿一根绳子，在上面系上一小块铁，绳子的两端塞在耳朵里，把铁块放在"病人"胸前，然后，故作神色凝重，认为"病人"病情严重,得挂盐水。当然,这种表情我们是附加上去的。阿祥伯从来不在脸上表现病情的轻重。无论这个人的病有多严重,他永远是那副平静的神色,开方子,取药,再加几句安慰的话。

阿祥伯的老婆长年在农田里挣工分。当时,他做赤脚医生不拿工资,只是在队里记工分。由于可以不下田,他包揽了家里的所有活:洗衣、扫地、做饭,这在村里可是件新鲜事。村里人的观念比较陈旧,男人主外,女人主内。女人即使在外面跟男人一样流汗,到了家里还得淘米做饭洗衣服,男人不会帮一把手。如果哪个男人帮自己女人做家务事,女人少不得受婆婆的数落。家里的活属于女人,这在村里是天经地义的事。

阿祥伯不仅人长得潇洒,而且又有一份体面的工作,更重要的是居然还帮女人做家务事,这不知招来村里多少女人的羡慕。只是这种羡慕谁也不好意思说出来,最多在心里思忖一番,然后独自默默哀叹这是命。阿祥伯其实不是我们村里人。他的父亲是医生,他跟着父亲学了几年医,后来不知为什么,父子俩感情出了问题,于是他就搬到了我们村。他来的时候已经成家,虽免去了一些姑娘的心思,但也暗暗滋生了另一种念头。好在念头总是一时的,生活的琐事一来,那些念头早被挤到一边去了。

后来,村卫生室取消了,他就在自己家里开了一个诊所。自从他在家里坐诊后,村里人看病更方便了,他是随叫随到,不管深更半夜,还是雨雪漫天,来请他的病人的家属前脚刚回到家,不出几分钟,阿祥伯背着药箱后脚就到了。而且他对周围人的老年病了如指掌,谁有哮喘,谁有肺气肿,等等,都一清二楚,只要病人家属一来,他心里便已知三分。

村里人原来在村卫生室看病一般是记账的,年终队里分红时自行扣去。阿祥伯自己开诊所后要求病人付现金,对实在有困难的,他就让病人在记账簿上签名,还给不会写字的准备了一个大红泥盒,大拇指在上面一按,鲜红的一坨,完了,他才给病人发药、注射。村里人有些接受不了他的这种做法,但时间一长也就适应了。

没有病人的时候,他一个人不是看书,就是噼噼啪啪地打算盘。刚开始,他打得并不快,我们听着有点涩。后来,他是越打越快。按照村头阿莉嬷嬷的说法,跟炒豆似的。不过,我们觉得这比炒豆差了点。如果是炒豆,我们会个个围着锅,还有扑鼻的香气,而阿祥伯打算盘时没人围,周围散发的是刺鼻的酒精味。他看完病后,不管多少,都要把算盘打一下,而且一定要打两遍,直到两次都一样才止住。有时,口算就能很快算出来的,他也要噼里啪啦一番,似乎这是一种乐趣。他眼里的兴奋随着笑意闪闪烁烁。只是,他的这份乐趣有些寂寞,村里没有人把打算盘作为一件趣事。

阿祥伯从不给人免费看病,连一分都不免。村里有一位五保户陈阿五,患有风湿病,阿祥伯长年给他看病,在本子上盖了很多红泥印。五保户一过世,他去找村里要钱,村里一时也支付不了。于是,他说他捐赠给这位五保户二十一元五角三分,大家一听很意外,这个数字可不是小数目,再说怎么还有几角几分的,如果让他打算盘,得打上十分钟。他从钱包里一张张地数出来,交给村支部书记。还没等村支书清点一下,他拿出记账本,对村支书说,"这是陈阿五欠的医药费,共二十一元五角三分,你现在手上有这笔钱了,先把这笔医药费给付了。"村支书被弄得一愣一愣的。阿祥伯说:"我看病绝不能免,这是我父亲传下来的规矩。"

阿祥伯有一个秘方,据说还是他曾祖父留传下来的。如果谁得了脓疮,不管长在什么位置,他贴一张膏药上去,没过多久血脓俱流,几天后脓疮消失,而且还不留疤痕。就这秘方让他成为方圆几十里都有影响的一位医生。不过,他有个怪脾气,就是先要问你有没有在别的地方看过,如果不是先找他看的,他绝不会拿出那贴膏药,无论你出多少钱也不给。

有一天,村里来了一个病人,头上长了一个大脓包,还发出一股恶臭。他好不容易在别人的指点下找到阿祥伯。阿祥伯一看他头上的脓包,心里早有底了。他拿出一张膏药,在酒精火上加热一番。这时,病人讨好地说:"你的医术就是高,那些大医院的医生也没你高明,我头上的脓疮大医院里看了一个月了也没好。"阿祥伯拿膏药的手突然停在空中,一串蓝莹莹的火苗不知所措地跳蹿着。阿祥伯盯着病人的眼,"你找过别的医生?"病人疑惑地点点头。阿祥伯把膏药收了起来,盖上酒精灯罩,让病人回去。

病人是丈二和尚摸不着头,只感觉头上一阵阵的跳痛。他起初以为自己头上的脓疮是恶性肿瘤,木然了几分钟,突然大哭起来。阿祥伯被突如其来的哭声吓了一跳,得知他误会了,便告诉他这是疮,不是瘤。病人不相信,反问阿祥伯为什么不给他看病了。旁边的一位病人悄悄告诉他,这位医生治疗脓疮不允许病人先在其他地方看过,所以病人不能说在别的地方看过。

病人将信将疑,支支吾吾地对阿祥伯说,"刚才我跟你没说清楚,我本想去找别的医生看,可我们村里人对我说你在这方面是绝对权威,于是我直接奔来了。"阿祥伯抬了抬眼,"当真?""绝对。"病人忙不迭地回答。酒精灯"嘶"的一声又亮了。

就在人们都认为这一家顺风顺水的时候,阿祥伯的老婆患上了尿毒症,靠做血透维持生命。与病魔抗争了三年后,他的老婆还是走了。这时他的几个儿子都已成家,孙子孙女都上小学了。阿祥伯做出了一个让村里人汗颜的举动:做倒插门女婿。这在全村掀起了轩然大波。

阿祥伯这种做法被称为"蒲尚老",意为上门倒插做继父。男人们觉得不可思议,女人们更是议论纷纷,甚至私下猜测他们是不是早好上的。有一天,那女的来我们村里,婶婶们简直忙开来了,你借故鼻塞配些感冒药,她推说家里有人发热买些退热药,一个个争相去看那位女人。

结果,大家回来后大失所望,本来最多私下说说罢了,现在一下子都公开发表自己的看法。阿花婶婶说,这个女人实在没什么貌,要身材也没身材,更要命的是一只眼睛大一只眼睛小,那眼神一看就知道是个不安分的人,真不知道阿祥看上她什么了。阿花婶婶的话引来大家放肆的笑声。可我们总觉得这笑声里有某种失落。也许阿祥伯的儒雅曾让不少女人倾慕,如今他找了一个比自己年轻不了多少的女人,大家不愤懑才怪呢。

村子里一时弥漫着淡淡的低落。几天前还七嘴八舌的女人们,悄悄地闭起了自己的嘴巴,没有人寻开心说阿祥伯的笑话,倒是莫名其妙地骂起狗来。狗也弄得凄惶无措,耷拉着脑袋,连吠叫声也比往日低了许多。

阿祥伯走前把家里的诊所交给了他的第二个儿子。他走后大概两个小时,有人突然说了一句,阿祥伯今天穿的是皮鞋。旁边有人回应道,现在叫阿祥哥够了。

据说,阿祥伯在那边继续做医生,只是没有人知道阿祥这个名字,大家都叫他吴医生。

英姐姐的钩针

我已经盯了很长时间,可还是看不懂英姐姐的指法,怎么就一转、一拉,不到半天就编织出一块非常漂亮的盖布了?我一会儿伸长脖子,瞧英姐姐手上的针,一会儿侧身过去,看看从她手中一点一点往下滑的织布,屁股下的竹椅被扭得吱嘎吱嘎响。英姐姐一直微微低着头,两只手娴熟地在针线间曲、伸、拉、挑。

英姐姐头发乌黑油亮,用湖蓝色的手绢扎了一根马尾,配上她鹅蛋形的脸,特漂亮。她有一双丹凤眼,鼻梁笔直,嘴巴小巧,是我们村里最漂亮的姐姐。每次看到我她总是浅浅地一笑,我也跟着一笑,不过看起来有些傻傻的。英姐姐知道我去看她的意图,不由自主又一笑,露出洁白的牙齿。于是,我继续跟着笑,一对小虎牙不怀好意地冲着英姐姐。我想抿起嘴,不让小虎牙奔出来,可越这样我越觉得自己的表情对不起英姐姐。

我是听了马婶说的一个方法后去看英姐姐的。她说,姑娘家女大十八变,可并不是每个姑娘都能变得好模样。如果每天看一个漂亮的姑娘,看她三百六十次,你就有可能变得跟她一样好看。我曾缠住马婶问这个方法到底灵不灵。马婶故作神秘,再也不肯多说一句。我时常对自己的五官不满意,细细的眼睛,不够挺直的鼻子,嘴巴虽说是小小的,可不够巧,抿紧嘴唇后变得跟一条直线似的。按照我妈的说法,我这嘴唇一闭,像关了窗户。

村里有一个从二十里之外嫁过来的新媳妇,在娘家的时候她就会用钩针钩出各种各样的盖布。这些盖布都是卖到城里去的,用在沙发、茶几、电视机上。她嫁到我们村的时候带来了几块,盖在茶盘上,非常漂亮。我们都没见过这样好看的织布,洁白如雪,团状的花纹,饰以镂空的蕾丝,把下面的玻璃杯映衬得不像是用来喝茶的杯子,倒像是用来插花的花瓶。我们惊奇地看了好半天,却没有人叫得出这是什么。碍于彼此的陌生,还由于羞涩,大家都不敢主动问新媳妇那是什么。

过了一个月,大家最初的那点矜持慢慢消失,开始互相打招呼。琴姐姐是那种快人快语的人,她跟新媳妇有过两三句对话后,便直截了当询问那种盖在玻璃杯上的"丝巾"是哪儿买的。新媳妇莞尔一笑,说:"这是用钩针钩出来的,有专门的线。"一阵七嘴八舌后,我们终于弄清楚是怎么一回事了。几个姐姐的心早已被新媳妇的话说动了。她们央着她相教。她同意了。

一个星期后,她从娘家带来几枚钩针,一大包的线,都是白色的。几个姐姐每天围着她,跟她学钩针编织。英姐姐也去学,但不像其他姐姐看一下要问一下,这个说是不是这样啊,一只手举得跟要摘饭篮子似的。那个说钩针打结了,两只手慌乱得像捞鱼。英姐姐不声不响,非常专注,眼睛紧紧地盯着新媳妇的手,不错过每个针法。一个小时后英姐姐已经可以把视线从新媳妇手上移出来,一针一针地开始钩起来。新媳妇不住地夸奖英姐姐聪明,一教就会,惹得旁边的几个姐姐嘟起了嘴巴。

英姐姐很快把新媳妇会的几种针法都学会了。她一天能钩一团线,差不多是两块电视机盖布。村里的姑娘在这位新媳妇的牵头下纷纷加入钩针编织队伍,她们喜欢这个活,不仅能挣到比平时织玻纤布更多的钱,而且还轻松。姐姐们觉得轻松是因为不用下地干活了,坐在家里,可以一整天不晒太阳不流汗。英姐姐也是,她一大早就把全家的衣服洗好,做好饭后,便一个人坐在家里用钩针编织。英姐姐已经不满足别人教的那几种花样,自己琢磨出好些针法,然后拿去给新媳妇看,直让这位老师惊叹不已。

英姐姐不喜欢串门,常常独自一个人在家,坐在一把竹椅子里,微微低着头,脸上看不出什么表情,但又有一种让人不忍放弃看她脸的神情。英姐姐曾教过我怎么钩,可我学来学去只会一种"辫子"法。我刚开始以为是我的钩针不行,英姐姐很大度地把她的钩针跟我换。可我依然笨得像根"辫子",从不知道怎么改变花纹的走向。针在她手里似乎特别听话,任凭她挑、转、拉,每一个动作过后总会有漂亮的针脚形成。更让人称奇的是,英姐姐熟练到可以不看针,而手上的针法一点都不会错。

英姐姐的能干让她的母亲得意不已。不管英姐姐愿不愿意,她在人前毫不客气地夸耀自己的女儿,说是英子将来要嫁的不是一般的人,最起码是有头有脸的人。英姐姐听了又气又恼,但又无可奈何。英姐姐的母亲是村里出了名的能人,性格泼辣,敢说敢做,别人说不出口的话她能说出,家里的男人,甚至她的公婆都让她三分。听英姐姐的母亲这么一说,村里几位后生就都望而却步了。曾有好几个后生暗地里喜欢英姐姐,但又慑于她母亲的强硬作风,都不敢轻举妄动,都想找个合适的机会去托媒。现在大家心里想都不敢想了。好多人都猜测英姐姐肯定要远嫁了,村里的几个后生都不在她母亲考虑的范围内。

英姐姐每天在家里编织,一枚钩针由原来的灰色渐渐变成了银色,还闪着光泽。她的左手食指往上翘着,大拇指与其余的几个手指互相配合着食指的牵引,上面有一根线缠绕在那儿。右手的拇指与食指捏住钩针,灵活地转动着。英姐姐的手指如果慢些,我还能看清她手里那枚钩针的针法,或左或右,或转或挑,但如果她加快节奏,我就根本看不明白,那一枚钩针像鸡啄米一样,只能以这儿点几下,那儿点几下的感觉来形容。

有一天,英姐姐一反常态,躲在她的卧室里偷偷钩一条围巾,里面全是那种百合花的图案,线也不是平常那种白色的丝线,而是略粗的绒线,枣红色的,非常漂亮。我进去时她吓了一跳,慌乱地把围巾塞到被褥下。我惊讶地问英姐姐在干什么。英姐姐一见是我,那只在被褥下的手慢慢伸出来,手里还紧紧拽着那条围巾。我一把抓住围巾往脖子上挂。英姐姐忙夺了回去,脸上红扑扑的,眼睛里似乎跳跃着什么,但却躲着我。

我说,干吗这么小气?英姐姐一边手忙脚乱地把围巾收起来,一边答应我下次给我也钩一条围巾。我一听兴奋地跳起来,一定要跟她拉钩发誓。英姐姐忙伸出小手指,钩住我的小手指。我准备回去时,英姐姐红着脸,支支吾吾地跟我说:"这条围巾的事我不打算让别人知道,你能不能不告诉别人?"我满口应承。英姐姐高兴得拥抱了我一下。

我一愣一愣的,这好像并不是平时的英姐姐,不过,我很喜欢英姐姐的拥抱,我嗅到了她身上一股淡淡的香味,这绝不是雪花膏的那种香,是让人沉静、远离杂念的香。我张大鼻翼使劲闻,一遍不够,就两遍三遍。两三遍后还是没闻够,干脆把鼻子凑到她胳膊、肩上。我也期待自己身上能有那股香味。

英姐姐果然给我织了一条围巾,橘黄色的,上面是一朵朵小梅花。我高兴地跳起来,围上,摆个姿势,欣赏自己。我说:"英姐姐你上次织的是百合花,这次是梅花。"英姐姐脸色一变,忙低声说:"你答应过我的,不能提那条围巾的事。"我说:"又没有别人,你怕什么?"

英姐姐要出嫁的事,我们很快知道了。我们争着去看她的未婚夫,尤其是我,特别兴奋,心想英姐姐这么漂亮,她的未婚夫至少得英俊潇洒。让我们失望的是,这个小伙子长得实在太难看了:一对小眼睛简直就是一双鼠眼,但没有一点机灵劲,鼻子整个就是塌的,似乎一出生就被人打了一拳头;个子矮矮的,皮肤黑不溜秋,走起路来两腿朝中间拐,是个罗圈腿。这就好像一朵鲜花插到牛粪上,英姐姐,你委不委屈?!

这门亲事能成,一半是因为英姐姐,一半是因为她母亲。原来英姐姐帮她亲戚织了一块窗帘,结果这块窗帘引起了镇上一位领导的老婆的注意,东问西问,问到了英姐姐的相貌、年龄等诸多情况。那位亲戚碍于人家是领导的老婆,就老老实实地回答了她的问题。英姐姐的情况马上引起了这户人家的兴趣,那领导的老婆还特意来了一趟英姐姐家,看到英姐姐后不到三天就托媒人来提亲了。英姐姐的亲戚知道这户人家的儿子长得不咋样,还提醒英姐姐的母亲不要轻易答应人家。英姐姐的母亲这时已经被他们的领导身份喜得冲昏了头脑,如果能攀上这样的亲家岂不是很有面子,哪里还顾得上亲戚的意见,而且根本不顾英姐姐本人的想法。

这门亲事很快定了下来,两个月后英姐姐就要出嫁了。男方拿来的聘礼在我们村里确实是最体面的,英姐姐的母亲自然很得意。但我知道英姐姐一点都不快乐,脸上的红润慢慢消失了,手里的钩针慢腾腾地磨着时间,有时还会出错。我不解英姐姐为了什么,看到她出错还哈哈大笑,一脸的幸灾乐祸。后来看到英姐姐哭了,我才紧张起来。英姐姐抱住我哭了很久,我不知所措,任她这样抱着,可却再没闻到她身上那股让人迷醉的香气。

英姐姐出嫁前给了我那条百合花的围巾,让我交给村里小周哥哥。原来英姐姐喜欢的是小周哥哥。其实,小周哥哥喜欢英姐姐大家也都知道,他有时会红着脸到英姐姐家借东西,却不拿借的东西就走了;有时一个人蹲在英姐姐家的河埠头洗锄头,一洗就是半天,等英姐姐拿着淘箩去淘米,他赶紧扛起锄头逃也似的回了。隔壁几个婶婶怂恿小周哥哥去追英姐姐,可小周哥哥的父母却犹豫了,他们一看到英姐姐的母亲就畏惧几分。这样又过了一年,小周哥哥准备鼓起勇气向英姐姐求爱时,却已经来不及了。

后来英姐姐知道了她被人相中的原因,把几枚钩针都扔了,好像钩针给她带来了不幸。其他几位姐姐想找她学编织的花样,她也不肯再教。我偷偷藏了一枚钩针,圆圆的针头下面有一根小舌头,一伸一缩,线从这儿进去,又从这儿出来。细细的脖子到了腰身处折了一个弯,让你的手指轻轻摇动,指挥着前面的线头。

英姐姐出嫁那天哭得很伤心,几位婶婶都以为英姐姐是个孝顺女儿。我知道英姐姐并不是为离开她的娘家而哭,而是为离开这个村子。从此,我们这个村将成为她记忆的一部分,而她像她手中的钩针一样,只能在别人的牵引下走别人指定的路。

草 帽

　　浙东的女孩人长得小巧,手更巧,很小就会做家务:洗洗涮涮,缝缝补补,手上的活样样会。这背后支撑的也许是懂事,但我们不能因为她们的懂事而忽略了她们的灵巧。与她们的乖巧相比,我的叙述是笨拙的。

　　我至今不知道为什么我们这里把编织草帽称为"打草帽"。我从小对"打"字特别敏感,犯了错误,父母的教育不是动口,而是动手:打屁股、打手,甚至打嘴巴,我都挨过。"打"字在父母那儿天经地义,在我这儿则是一种惩罚。父母教育我,打不能还手,骂不能还口,他们还坚持打是亲,骂是爱,所以,农村长大的孩子没有谁能逃脱这个理论的武装。

　　还是说打草帽吧。哦,不,编草帽。

　　当时父母的草帽都是由大妈妈提供的。每年端午过后,大妈妈必定捎来两顶草帽。那是她自己编的。父母出门必戴上草帽,而回来的时候草帽是背来的,帽绳子系在脖子上,帽不在头上,而是扣在脖子后。每个农民必定有一顶草帽,那是他们的工具,也是象征。我看到过画农民的画,农民或荷着锄,或手握镰刀,不管什么动作,头上肯定有一顶草帽,草帽下的脸是微笑的。我曾用纸片遮过画中那顶草帽,发现没有草帽的农民确实不像农民。后来我看到有些干部戴着草帽走在田间指指点点,就觉得很别扭,因为他们把农民的象征移植过去反而变得更虚假。

对父母而言草帽不仅仅可以遮阳,而且还有其他用处:热了,帽檐一卷,当扇子扇;累了,垫在屁股下。有时,帽子还可以当篮子用,装把青菜,盛几个萝卜。即使破了,草帽还可以给稻草人戴,用来吓唬鸟儿。

等大妈妈送来草帽的时候,我知道我又要去大妈妈家度暑假了。

大妈妈是妈妈的大姐姐,我和哥哥,还有众表姐妹、众表兄都称大姨妈为大妈妈。

大妈妈出门前给我炒一盆豆,叮嘱我待在家里。我鼓着腮帮,呼嗒呼嗒,往盛着炒豆的盆吹气,一边含含糊糊应了一声。

大妈妈抓起挂在墙上的凉帽,扣到头上,一只脚跨出了门,另一只脚准备抬起来,又猛地收回来,转身,从桌上端起一只碗,从水缸里舀了一碗水,喝一大口,也鼓起腮帮,朝地上一顶差不多快成形了的凉帽猛吹,一边吹,一边努力让噘着的嘴巴往左右上下嚅动。细密的水珠从她嘴里喷射出来,像一道帘子。连续喷了三次后,大妈妈再次重复刚才出门前的动作,走了。

我摸了摸豆,赶紧放下,还很烫。我又呼嗒呼嗒,盼望豆快些凉下来。可盆里的豆似乎跟我过不去,根本捏不住,烫手。我不吹豆了,也不看豆。眼睛从桌上扫到墙上,又从墙上移到屋顶,由屋顶落到地上。我不知道自己在扫描什么,反正眼睛骨碌骨碌了一番。靠墙壁的地上铺满了咸草,还有一顶被大妈妈出门前喷过水的凉帽。

这凉帽是大妈妈昨晚编的,我还帮过她的忙。当然,是小忙,帮大妈妈从堆放的咸草中取出一束,过一会儿再取一束。在昏黄的灯光下,大妈妈跷着腿,膝盖上覆着一只半碗形的草编,四周拖着长长的咸草,把搁起来的腿遮得严严实实。大妈妈低着头,十个手指头在膝盖上忙碌着,一根压下去,一根翻上来。我取来的咸草被大妈妈夹在左胳肢窝下,需要时抽一根出来添上。我记得我去睡时,大妈妈膝上的草帽还仅仅编到一只小碗状。

后来,我装满了两大口袋的豆,出了东门。斜对过是大妈妈的妯娌家。她家有两个女儿,年龄一个比我大,一个比我小,但相差也就两三岁。我一边嚼着豆,一边跨进了她们家的门。

姐妹俩正坐在堂屋里,一个朝东,一个朝西,相距不过几尺,即使不抬头,对方所有的动作也尽在眼皮底下。她们正在编草帽。姐姐的动作看起来利索些,手指在咸草上晃动,那些从膝盖挂出去的咸草被掀起来。妹妹的手指在咸草间一来一去,像一个刚学会描红的小学生。

她们快速地看了我一眼,又快速地低下头,那模样看起来似乎手上的咸草稍不留神就会飞了。我觉得有趣,站在她们身边,一会儿看看这个,一会儿瞧瞧另一个。她们的手指头好像变得亢奋起来,起初还能看到手指头的一压一翻,继而只看到咸草的掀动,手指头都藏进了草编里,它们似乎忙得不想喘口气。姐姐瞅瞅妹妹,脸上浮现一丝得意的神色。当然,这份得意之情并不是给妹妹的,而是给自己的。妹妹的手指头从咸草间露出来,像几头笨小猪在拱食。姐姐的手指头上像长了一蓬草,而且非常有节奏地蓬勃几下,只有手艺熟练的草编人才会有这种状态,就像楷书功底扎实的人才能写出狂草一样。

约摸过了十分钟,我有些站不住了,毕竟是想找她们来玩的,而不是看她们编草帽。我从口袋里掏出一把豆给姐姐,姐姐瞟了一下豆,却没有接过去的意思。我又把手伸到妹妹跟前,她怯怯地看了看对面的姐姐,希望姐姐给个态度。但姐姐没有任何表示,膝盖上的草编一会儿转过去,一会儿又转过去,编好的面积越来越大。我用目光鼓励妹妹,还抬了抬下巴,示意妹妹抓一把。妹妹又悄悄瞥了姐姐一下,似乎下了一个决心,把手从草编中抽出来,在我手心里拿了几颗豆。

姐姐的手指间传出嘀嗒嘀嗒,那是她用手指头压下去又翻上来时折压咸草的声音。我故意把豆嚼得嘎嘣响,甚至把嘴巴张得大大的,这样豆被嚼碎时发出的声音就特别清脆。我期待她们放下手里的草编,跟我玩一会儿。我进她们家的门已经过去十多分钟了,她们连招呼都没有跟我打,说起来我们还是亲戚呢。

妹妹的嘴巴里有一颗豆,好半天才听到一声"嘎",又过好半天才有一声"嘣",她实在是小心翼翼地嚼着豆。我有些不快地白了她一眼。但这没有用,她还是先"嘎",然后才是"嘣"。寂静的屋里反而让姐姐的嘀嗒声更加清晰、沉稳。从我嘴里发出来的"嘎嘣"却显得有些唐突、莽撞,甚至带点不识大体的意味。姐姐从胳肢窝里抽出一根咸草,添进,下压,上翻,再一拉,非常熟练。

她的这份手艺是从她父母那儿学来的。一般过了五岁,父母就开始教孩子编草帽。刚开始是起好头,编到麦果大小时让孩子编一会儿,等要添草时,又转交给父母。父母这样做的目的无非是让孩子练练手,但他们不会让孩子长期处于练习阶段,如果过了一年半载还学不会,那等待她的将是无情的棒打。

两年前我到大妈妈家度暑假时,她几乎隔几天要被打一次,父亲打她,母亲也打她。有时是吃"栗子头"(敲脑壳),有时是抽打。她父母打起她来的模样非常凶狠。打她的理由无非是两个:没有完成父母交代的草帽数,再则是把草帽编坏了。草编不像打毛衣,觉得不行可以拆,草帽编得走形了,就是废物一件。她挨打的时候从不哭叫,哪怕身上被打出血来都不哭。这模样反而更让人疼惜。尤其是大妈妈,只要一听到她妯娌的骂声就赶紧走过去。

如今熟练的草编技艺让她成为家里一个得力帮手。除了每天要完成五六顶草帽的草编任务外,她还要负责一日三餐,包括家里的洗洗涮涮。好在还有一个妹妹做她的帮手。不过,她妹妹正重复她小时候的程序,也要受到父母的抽打。

其实不仅是她们,村里其他小姑娘都是如此,小小年纪就已经能把草帽编得很好。暑假里几乎没见她们做过作业,而是整天坐在屋里编草帽。在父母眼里,生计是高于一切的。她们有的可以边编边跟我聊天,眼睛几乎看都不看膝盖上的草帽,嘴上叽叽喳喳,手指间嘀嗒嘀嗒。有的勾着头,目光紧紧盯着咸草,编织一会儿,才送出一句话,再编织一会儿,又递过来一句话。

我也学过草编。因年纪还小,二郎腿跷得不完整,所以,拿了一把小矮凳,把脚搁在上面,膝盖勉强顶起来,上面覆一只由大妈妈编好的草帽头。大妈妈耐心地教我怎么压,怎么折。其实这时候的草帽最好编,一来不用想着添草,二来编草的长短疏密适中,手指头在咸草间比较能伸展得开。别看压与折,如果用力不均匀,编着编着,帽子就变成扇子了,而且还是一把济公扇,一扇,风都是稀里哗啦的。大妈妈还教我一个口诀,"进三退四添一,外五内六偏七"。我嘴巴里念得好好的,可一到手上都散了,似乎那口诀一进入咸草间就乱了码,怎么都没办法修正。

姐妹俩小学毕业后没再继续读下去,回了家编草帽。对她们而言,这意味着以后不再会有暑假。她们从春天编到冬天,又从大雪纷飞编到春暖花开,一年的时光在手指间慢慢流过。她们编的草帽在墙角叠起来,然后空下去,又叠起来。

后来,我听到《草帽歌》,听一遍,泪水流下来,再听一遍,泪水还要流一遍。

那首代表快乐的草帽歌至今空缺。

婆媳的针线

每天村头鸡叫过三遍后，必有七零八落的声音不是这边响起，就是另一边传过来。开门、提水、扫地，各种杂七杂八的动静努力冲破清晨那一份沉寂。上了年纪的，正值壮年的，都会被毫不留情地从睡眼惺忪中给拖下床，然后像豆腐房里的石磨一样开始转动。

如果是雨天，村里就是另外一番光景。鸡叫过几声后就不再显摆自己的嗓子，自觉地躲在柴篷下有一搭没一搭地转动着脑袋，有时干脆打起瞌睡，头一点点低下去，脖子缓缓缩进去，眼睛慢慢合上，完全闭上前又似乎翻了一下白眼。

村子里安静极了，连风都轻手轻脚的，空气里弥漫着慵懒的气息。我们最喜欢这样的早晨，可以心安理得地为自己赖床找个理由。但别以为这样的天气里人人都可以无所事事，女人们早积下了一堆活。

一个是婆婆，一个是媳妇，两人各捧出一只鞋簟，上面盛着几件衣服。婆婆拿来一把椅子靠着门槛坐下，戴上老花眼镜，把里面的衣服一件件拿出来，平摊在膝盖上。一只手抓住鞋簟的沿，另一只手往里面翻翻拣拣，老花眼镜是搁在鼻梁上的，眼睛往上抬，而头往下低，极力避开眼镜的遮挡。一阵窸窸窣窣，找到一块线板。

每个女人都有自己的一块线板,那是从娘家嫁过来时的陪嫁物,与鞋子和针线一起放在鞋篝里。线板有三个手指宽,一拃来长,上面漆成红色,考究些的,上面还描了花纹,大多是些牡丹花。材质也是视各家的实力而异。线板一般都是实木,好一点的用樟木,甚至是红木。隔壁阿彩奶奶有一块红木线板,虽然上面干干净净,但我觉得比那些大富大贵的花来得好看,色质暗红,纹理清晰,光滑细腻,把绕在上面的线衬托得光光鲜鲜。据阿彩奶奶自己的说法,这线板是她奶奶送给她的,是家里最值钱的家什。曾有人想用十斤棉花跟她换,她都不肯。她说,一个女人如果连线板都管不住,这还是女人吗?

做婆婆的喜欢把针插在线板上,不仅用起来顺手,而且找起来也方便。她在线板上找了一枚中号针,根据衣服的颜色确定线的质地与色系。她补的是自己老头子的衣服,之前她早已知道衣服上哪些地方出现了洞,需要补一补,但这时她还会像初次接触这件衣服一样,仔仔细细地从衣领开始往下检查,直至衣服的下摆。庄稼汉的衣服最容易破损的地方有这么几处:屁股、膝盖处、衣领、袖口、肘部,再就是肩膀上。出汗最多的是脖子,活动最多的关节是肘关节,容易沾上脏物的是袖口,最脏的地方是屁股,总是粘着泥土。女人洗衣服时这些地方不是用手搓的,而是用板刷来回刷。再粗厚的衣服也经不住如此洗刷,慢慢就出现了磨损,初是颜色变浅变淡,继而变薄,最后几根线经不起撑,出现一个洞。

尽管这样的衣服只在劳作时穿一下,用不着特认真,或当回事。但做妻子的觉得如果让自己的男人穿着东露一个洞、西露一个眼的衣服,不仅自己在村人面前没颜面,更会让男人抬不起头。

婆婆把手伸得很长,一根细细的针撮在左手的大拇指与食指间,另一只手捏着一根线头。一手转动着针眼,努力在视线下调出最佳位置,另一手不时地往嘴里蘸一下唾液,把线头搓细搓尖。眼睛不时地在眼镜后面转动着,一会儿低下头,眼睛极力往上抬,目光跳过眼镜框落在手指上,而捏着针的左手也会举起来，调整着方位，以适应视线；一会儿又把头抬得高高的，眼睛却朝下看去，眼镜很善解人意地在鼻梁上滑下一些，目光就自然地穿过镜片，拿针的手轻轻转动几下，拿线的右手忽高忽低。最后，右手的拇指与食指紧紧抓牢线头一点一点地往针眼里送。有时线头碰到针眼，歪了；有时线头松了，得再重复搓线头前后的一系列动作。如果运气好，也就几次而已，针线穿上了。

一旁的媳妇手里捧着几件衣服，眼睛一直盯在婆婆的手上，但如果婆婆不主动让媳妇帮忙穿针眼，媳妇就不敢贸然接过婆婆手中的针。好在，婆婆还是把针穿上线了，接下来开始剪布，比画大小，准备缝补。媳妇不由得松了一口气，把手中的几件衣服理了理，有丈夫的，有自己的，也有小孩的。媳妇摩挲着男人的衣服，衣领下面的左右肩膀部位已经出现两个窟窿，不禁深深地吸了口气，吐出来的时候极轻微，只有自己才能体会到口中的呼气。也难怪，家里只有自己的丈夫是壮劳力，他不多挑点谁去挑？小孩的衣服上掉了几个纽扣，袖口那儿不知什么时候多了一个眼，肯定是出去玩的时候被荆棘钩的。拎了拎自己的衣服，随手放在了椅背上。她挑了几个线团后打开一个盒子，在里面挑了几枚针，又在一团碎布中挑拣了两块布，在衣服上放了放，似乎很满意。这碎布还是做衣服时剩下的，裁缝师傅走后她特意挑了几块。婆婆曾经看着她，虽然什么也没说，但脸上却露出一丝不易被察觉的笑意。她怎么会不懂婆婆的眼神呢？

媳妇很快穿好针线，根据衣服破损的程度剪好要缝补上去的布的大小。她挑了一根最细小的针，虽然缝补起来麻烦，可针脚细密、平整，看着舒服。村里的婆婆们背地里喜欢嘀咕自己的媳妇，嘀咕来嘀咕去，无非是评论媳妇手上的活。王家阿婆说，"你看看咱们家的媳妇补那个衣服，跟打草绳差不多，手指头粗笨得不得了。"马家婆婆接过话去，"我家媳妇人长得有模有样，地里的活也没少干，就是手上那点活跟三岁小孩一样，一点都不动动心思，毛线针拿得像镢头，毛衣织得跟渔网似的，根本没有一点花纹,更可气的是我儿子穿的那件衣服像是回到了解放前,破了也不记得补一补。"婆婆们的这些嘀咕不可能不传到媳妇们的耳朵里,如遇上脾气不好的,有时也会指桑骂槐一番,不过多数媳妇在心里暗暗地发誓,非得让婆婆另眼相看不可。

村里最有意思的是婆媳关系,做婆婆的,身上大多烙印着从旧时代过来的人的一些旧观念,如给人家做媳妇就得顺着来,逆着受。而做媳妇的,早已不领受那套"媳妇熬成婆"的说法,有的一嫁过来就跟公公婆婆分家,小夫妻俩自己过日子,免得看公婆的脸色与眼色,而有的则明里暗里跟婆婆过招。婆婆不说,故意来来回回做样子给媳妇看。媳妇一看就懂,非常争气,做得比婆婆还要好。至于婆媳吵架的,倒是很少。

婆婆小心地剪下一块布,贴在待补的洞上面,一针一针耐心缝补起来。这是一双饱经风霜的手,关节粗大,指头笨拙,皮肤像风干的橘子皮,上面还有几处疤痕,或细,或深。这样的手在村里最寻常不过,王家阿婆是这样,张家阿婆也是这样,连手指头的长短都差不多,手指的形状虽然各人不同,但经过生活的磨砺,那些原本长得跟葱似的,也无一例外变成了又粗又短。出嫁后的女人的手,跟男人的农具一样,都属于养家糊口的工具。没有人仔细端详过女人的手,连女人自己都忽略。她们没有涂过护手霜,最多冬天长冻疮时抹点"狗油"。村里的女人忘记了自己的手,把手全使唤在屋里屋外了。女人的手不是用来看的,只有结实有力了才有人记得她有一双手。婆婆卷曲的手指,似乎特别僵硬,一根细小的缝针却稳稳地在她手中进进出出,连一个疙瘩都不曾发生。婆婆穿的线特别长,一针可以补好几件衣服。一针穿过去,右手扬得高高的,顺手在头上抹几下,左手的虎口攥住衣服,然后翻转,微微低下头,查看针脚有没有过多地暴露在外面。婆婆不厌其烦地重复着这些动作。

媳妇望着婆婆把针往头皮上抹,不禁感到一阵森然。她知道这是一种磨针的方法,头发上的那层油脂能润滑针,但不是每个女人都可以像婆婆那样做到手在头上,针在手里,抹起来训练有素、了然于心。她也想学学婆婆的样子,潇洒地抹几下,不过到底还是在婆婆面前放弃了。媳妇不是没学过这招,只是她觉得自己抹起来很生硬,还感觉到头皮生疼。

媳妇把衣服破损的地方用剪刀小心地剪下,又一点一点把周边磨损处剪平,尽量让面积变得规则,或正方形,或长方形,补出来的地方就有棱有角,绝不会歪歪扭扭,东牵西扯。有些聪明的媳妇还特意在容易破损的地方补上两块,下次只要稍稍剪掉一层,衣服还可以继续体面一阵子。媳妇像个手艺高超的裁缝,窟窿眼慢慢有了另外一种效果。谁也没有想到这种效果,过了十多年后居然成了一种时尚。

织毛衣的女人

村里的女人都有一副毛线针,一尺来长,两头尖。有的是竹篾针,泛着麦色的光泽,捏在手里光滑细腻,织出来的毛衣针脚平实精细。有的是钢针,凉凉的,可以用五六年,甚至更长。女人像自己手中的毛线针,嘴巴尖尖,却有一副热心肠,而男人则像女人手中的那束毛线,如果谁不适应女人,这日子就会磕磕绊绊。似乎,女人天生是一个艺术家,日子在她们手里进进出出,既不会打结,也不会漏掉一个针脚,而男人则是让针脚走得结实的一个理由。

母亲让我坐到门槛上,把毛线束挂在我手上,露出大拇指,其余手指全套在线里。母亲自己找来一把凳子,用食指与拇指挑开毛线束,仔细辨认后抽出一根线头。我手朝两侧张开,撑直毛线。母亲的左拇指向外翘着,用右手在左手的四个指头上缠住毛线,开始绕线团。线从我手上蹦出来,在母亲手上绕成了圈。时间一长,人僵在了那儿。由于我的僵硬,母亲绕线团也变得不利索,线在手上居然磕磕巴巴。母亲让我放松,不必举得这么死板,"线从哪只手上出来,你就把那只手稍微往下压一压。"线跟人一样,也要喘喘气,不能憋着一口气跑到终点。

我的左右手配合着母亲的节奏,一斜一侧,一侧一斜。母亲手上出现了一个慢慢变大的线团,最初套在里面的四个手指早已取出来,慢慢由捏转为抓、捉。线团越来越大,母亲不得不让自己的手指控制线团的范围,由全面掌控变得局部把握。织成一件毛衣需要六七个这么大的线团。

织毛衣的时候大多在秋天。秋后的女人长着一双粗糙的手,关节粗大,皮肤干燥,手指头看起来笨笨的,手上还有收棉花秆时拉破的伤痕。

我们惊讶地发现,母亲与婶婶们看似粗笨的手指灵活地指挥着毛线针,毛线从右手食指绕过去,又在无名指上穿过,小手指微微翘起,又略有点弓,贴在无名指旁。食指与拇指一张一合,针线一进一退,无名指与小指轻轻配合,状如兰花。也有的女人织一会儿后,会从线团上抽出一截,搁在篮底。谁都不会去测算这一截线到底有多长,可抽出来的线似乎明白织毛衣女人的心思,每织完一段,女人想伸个懒腰什么的时候,手上的线正好变直。

女人从秋天开始一直织到入冬,仿佛织长一个秘密。第一件毛衣肯定是自己男人的,第二件是小孩的,最后才是自己的。这似乎约定俗成,没有人想过为什么。哪怕男人跟女人吵过架,第二天女人手里织的还是那个冤家的毛衣。

有的女人把小竹篮挽在右手上,主人给她椅子,她也不坐,而是靠在门框旁一边织毛衣,一边有一搭没一搭地说着话。主人一看就明白这个女人还要去串门,于是也不再坚持。互相交谈的话题随时可以中止,也随时可以更换,就像织毛衣女人的脚一样,一只在门槛里,另一只随时准备启动。老人不太喜欢这样的女人:屁股都坐不热的女人怎么可能织出好细活!

我远房阿太有一双很尖的眼睛,看女人首先看她的屁股。阿太说,女人的屁股一定要大,这叫"坐家门"。她的几房媳妇个个大屁股,而且是一个比一个大,大到坐在凳子上根本看不清凳角,如果拿椅子给她们坐,椅子似乎成了一道夹板,屁股与腰上的肉一棱一棱地往外露,而且她们一动,椅子就发出嘎吱嘎吱的声音,听得人直替椅子担心。不知是因为嫌自己的容颜差,还是因为坐的位子不舒服,还真的很少看到她们出来串门。她们最大的特点是每房都生了三个儿子,喜得阿太眼睛都眯成了缝,于是少不了向我们的二阿太、小阿太传授经验。

　　织毛衣的女人手不闲,嘴也没闲着。东拉西扯,家长里短,生活的琐琐碎碎,包括村庄里的七七八八,从女人的嘴里随随便便出来,好像把话都织进了毛衣。话题总是由串门进来的女人先发起,主人或附和,或另起一个话题。有兴趣的,跟手中的针线一样可以来来回回,如兴趣不大,没有几针工夫就被替代了过去。织毛衣的女人都明白,此时的话是没有规矩的,或道听途说,或个人臆测,谁都不会探个究竟,辨个虚实,所以说过的话都飞不出去。这也是村里织毛衣女人们约定俗成的。从张家的一只狗聊到了李家的儿子,又由手中针线的花样说到镇上哪家新开的店里有新式编织图书。说着说着,一个女人弯下腰去抽线团;说着说着,另一个女人拿出木尺量衣服的长度。针在手上进进退退,线在针那儿上上下下,一会儿左手上的针就换成了右手上的针。

　　家里的老人不喜欢自己的媳妇织毛衣的时候跟人聚在一起,但又不好说什么,只能拐弯抹角地提醒媳妇,说是非,必是是非之人;话多了必定失言,谁能保证传来传去的话不会生出祸端。媳妇听了,默不作声,其实她们心里有个尺度,对谁可以讲真心话,对谁不可以。村里有几个女人最多舌,只要闲下来就相互串门,把前屋后院的是是非非搅拌一番。她们手里的毛衣一个月后还只有一尺来长。

　　东村的菊仙嬷嬷人长得像只瘦猴,干起活来一点都不比男人差,敢跟村里的任何男人比赛担泥袋。谁都不知道她的力气是怎么长出来的。她是个整天闲不住的人,手闲下来了脚肯定闲不了,脚得空的时候嘴巴肯定不得闲。很多老人都不太喜欢她,说她爱搬弄是非。菊仙嬷嬷的心比嘴巴还粗,从来不会看三色,即别人的眼色、脸色、神色,不管是欢迎还是讨厌,她都看不明白,一个人兴致勃勃地说东道西。她在口袋里塞一个大线团,一个上午可以串五六户人家。她最爱聊的是婆媳间的事。要说她怎会知道那么多？这一半是凭借她包打听的基本功夫，另一半是她添油加醋的技能，如果听的人再添加点情节，一天就能把一家婆媳关系彻底搞破裂。很多女人会讨论织毛衣的式样，什么绞花针、挑针、麻花针，尽量让一件很不贵重的毛衣变换出很多花样。菊仙嬷嬷织的毛衣是村里最最没有水平的那种，一针下去直到结束，还是原来那针的模样，一点变化都没有，俗称平针。

菊仙嬷嬷的小儿子红军跟我们同岁，他穿的毛衣最不起眼。最最奇怪的是，他的毛衣穿着穿着就会露出一个窟窿眼。菊仙嬷嬷自然要把他儿子骂一顿。结果她男人的毛衣穿到身上不到半个月也长了一个窟窿，要命的是她女儿穿的毛衣同样挂了一个眼。她八十岁的婆婆一个人在灶前嘀嘀咕咕，菊仙嬷嬷的男人听了半天，终于明白自己的娘在说什么。老太太说，一个女人织毛衣的时候老是东跑西跑，而且还东拉西扯，把是是非非都织进了毛衣，说不定还漏针，这毛衣不提前破才怪呢。

村里织毛衣的女人常常是三个三个地凑在一起。不嫌少，也不嫌多，谈得拢，话投机，渐渐地固定下来。我家隔壁是马婶家，她家里有两个常客，一个是我母亲，另一个是珍姑姑。她们这三个人织的是同一种款式，有时一边织一边聊，有时则三个人半天没有声音，各自打着毛衣，也并不觉得无聊。唯一不同的是她们织毛衣的姿势，马婶耸着右肩，左手顺势低下。马婶是能担100斤以上的女人，已经习惯用挑担的姿势捏两根细细的毛线针。母亲把毛衣抱在怀里，毛衣的下摆夹在胳膊底下，两条腿伸得老长，人完全靠在椅子背上，针轻松地一左一右。母亲一直把织毛衣看成是一种休息。我曾以为母亲这样坐了半天一定很累，想给她敲敲背，讨好她给我织毛衣。谁知，母亲露出奇怪的神色，织毛衣还会累？

我们觉得最好看的是那些梳着两条粗辫子的织毛衣女人，她们有的把一根辫子搭在前面，另一根挂在脖子后。毛线针来来去去，两根辫子晃晃悠悠，偶尔还会一跳一跳，好看极了。珍姑姑就是这样的女人，有一对明亮的大眼睛,端正的五官,匀称的身材,再加上油亮的辫子,不知道有多漂亮。珍姑姑的毛线针是竹篾材质的,初看还以为是木制的,纹路清晰,色暗,接近于咖啡色,上面似乎浮着一层油。珍姑姑织毛衣的时候,不像别的女人死盯着针线,她的手、眼、嘴巴,似乎各自分工,各行其是:眼睛盯着我母亲的手,担心母亲走错新学会的针法;嘴巴里的话顺着马婶的话题,一句一句地接过去;而手则像盲打一样快速地打下来,从不会出差错。珍姑姑的毛衣式样也最时尚,只要让她看一下别人织的花纹,她就能识别并记住怎么织。

村里织毛衣的还有一批人,那是姑娘家。她们从不去串门,也不喜欢扎堆。她们静悄悄地待在自己的房间里,虚掩着房门,像呵护着不可告人的秘密,确信自己的父母都出门去了,才打开木箱子,从里面取出几束新毛线,挂在椅子背上,一个人偷偷地绕线团。如果听到外面有声音,就赶紧拿一件衣服罩在椅背上。织毛衣的针早就备下了,是竹制的。细细的针才会织出平实而细腻的毛衣。她们在纸片上不知画了多少次毛衣的式样,包括尺寸,在心里一遍又一遍地揣摩领子、袖口、胸围等的大小,仿佛面前立着一个人。她们做这些事连她们母亲都不知道。给自己的未婚夫织件毛衣是天经地义的事,可姑娘家羞涩,还是不敢拿到太阳底下来织。有的是给自己意中人织的,如果还没有经由媒人说过媒,就更加不可以让别人知道。姑娘家彼此间也隐瞒了这件事,谁都不知道谁什么时候学会了打毛衣。

她们手中的毛线针无声无息,挑上又转下,灵活地变换着针法。毛线针慢慢由米色变成麦色,泛着一层淡淡的油光,如同少女的皮肤。因为是偷偷地织,织一件毛衣也许需要几个月。姑娘表面上不露声色,其实还是被村里人捕捉到了蛛丝马迹,这丫头几个月没在村里露面了,肯定在偷偷织毛衣。至于织给谁呢,婶婶们聚在一起又会有意无意地编织出一个主题。

到了十五六岁,我们女孩每个人都要学会织毛衣。刚开始学织围巾,只要两根针就够了,一进一出,笔直地织下来,有三尺来长的时候差不多可以收结了。我也织过一条围巾,遗憾的是那条围巾只织了一半,两边犬牙交错,一看就知道是没掌握好疏密。按珍姑姑的说法,姑娘家心里有了男人,针和线就会朝着一个目标努力。如果手中的针线有松有紧,则无论是织围巾还是织毛衣都会影响美观,也影响它的保暖性。母亲曾给我藏了一副竹篾毛线针,托人从外地购来的,希望我将来能有一双巧手。只是,那副毛线针至今还压在箱子底,可能还光鲜如旧。当年,母亲替我着急:这样下去,将来凭什么嫁出去?

撑船来扎竹椅子

村子里以前是有河的。波浪也很宽。

河水从东边慢慢淌过来,到了村子,转身绕到村北,拐一个弯,紧紧贴着村西,出村后笔直过去,两里许后,又一次拐弯。这次,河去了另外一个村子。

刮东风的时候,河面上细细起着皱,上面漂着碎柴草、细枝、树叶什么的,它们似乎躺在那儿,好长时间才移动一点儿。如果刮西风,水面就像村里姑娘烫的大波浪,一层层卷着。

站在岸上,可以听到扑哧扑哧的声音,水轻轻爬上来一点儿,又很快溜了。长在河边的水草,从水里站起来,来不及伸展,又忙着蹲回水中。扑哧一下,从水中抽出来的绿梢梢欢快地摇晃一下。如果风刮得不明显,河面的水纹是朝东的。河边的水草总是朝东面弯着腰,像我奶奶拜佛时的模样。

村里有许多池塘,像一个个散落的标点符号。我们一天天地长大,那些像逗号一样的池塘已经满足不了我们多样的玩的需要,于是,我们偷偷跑到河里。水性好的,会游到对岸,然后站在水浅的地方向我们得意地招手,带着些挑衅。我双手攀着脸盆沿,一点点地游过去,但还不到河中心,心里发怵,慢慢掉头,又游了回来。一直到长大后离开村子,我都没有机会游到对岸。

河傍着我们的村子,像一条绸带,给村庄打了一个结。我曾经一个人沿着河一直朝东边走。太阳白晃晃的,河的对岸零零星星长着些树,蝉声却一点儿都不零星,密密地传过来,似乎比我脚下的河还要宽,密得能让人浮起来。有时看到一两只船,吱咕噜、吱咕噜,或往东,或往西。

偶尔能看到纤夫,弓着背,两只手像悬又不像悬,脚不像是在走,而是在蹬,肩上背着一截木棍,后面拖着一条粗粗的绳,那条绳子的顶端系在船上。看到纤夫,就知道那船上肯定装满了东西,而且是要紧东西,不是肥料,便是粮食,船舷几乎贴着水面,波浪如果高兴些,那水差不多可以跑进船舱。但,我从来没见过一只船跑进过水,它们总是有惊无险地驶过去。

偶尔也有船停泊在我们的村庄。

船泊在我们村西的石桥边,用一根粗绳缆在石墩上,又把一支很粗的竹竿插入水中,船便固定下来。船上男人跟一户姓周的人家商量,想把船上的毛竹堆放在他家门口的河埠头边上,还想借他们家半个院子,他准备在这儿扎竹椅子。他给出的回报是,送他们十把竹椅子。很快,这桩交易谈成了。

男人四十来岁,或许还不到,长得比较沧桑,整日不言不语,勾着头做事,把一枝枝毛竹锯成一段段,像一节节超大版的甘蔗码在那儿。我们从他身边走过,他不看我们,倒是他的锯子发出欢快的声音,"啾了啾了……"。

不知道为什么,我听到他的锯声,老是有一种错觉,觉得那似乎在提醒我走路歪了歪了,于是,我的脚步慢慢歪了,尤其走到他跟前时,我的脚步更歪。如果他手里的锯子突然来一个紧急刹车,"啾了啾了,啾",在我的脚步趔趄的同时,"啪",一截竹筒就掉到了地上。

毛竹被锯开后,在节眼处有一层麦色的膜,非常薄,也很柔软。知道笛膜是以后的事了。也不知是谁说的,用那层膜可以把木槿花的籽孵化出小鸡。我们听了异常兴奋,想象小鸡孵化的场景,那肯定很热闹吧。我们以为小鸡一出来就会叫,就会跑。村庄里有着太多的木槿花,一朵花就有一撮花籽。啊,那该有多少只小鸡呀。我们几乎要惊叫起来。

　　我们去捡竹膜,他不反对,也不欢迎,表情寡淡,但动作敏捷。他一脚踩在毛竹竿上,两手握锯,上下,上下……锯慢慢吃进竹子,他抿着嘴唇,越来越紧,忽然松开,地上"啪"一声,又一截竹筒被锯到地上。有时一手摁住毛竹,一手拿锯,那架势让我联想到屠夫。原谅我笨拙的比喻,他那样子虽然苍老,但他跟五大三粗的杀猪胚根本不在一个层面。屠夫身上有油气、俗气,还有杀气。他虽老气,也还有秀气。至于他秀气在哪儿,我也说不出,就是觉得他身上有一种气息,而这种气息让人觉得他与众不同。

　　我们有竹园,但很遗憾,园里的竹子从没长成可以用"伟岸"来形容的样子。修长的竹竿,我们用来做赶鸭梢,大人用它作晾衣竿。他运来的参天大毛竹,我们是第一次看到,让我们觉得很震撼。

　　我们很急躁,他还没锯下来,我们早伸出了七八只手。这时,他沉着脸,手里的锯停下来,用另一只手驱赶我们,似乎我们是一群苍蝇。我们面面相觑,不知道手缩回来好,还是伸着好。他的女人见了,走过来,冲他数落了几句,转过头来露出一个笑脸,还帮我们捡竹膜。他见状,往里挪了一下位置。

　　毛竹被锯成一截截后,他用刮刀沿着竹节转圈,把竹节上粗糙的表皮清理干净,像给人搓澡一样。我们看到他一天到晚忙碌,却没见他扎出一把竹椅子来。因为捡了他的竹膜,我们欠了他一个人情,替他担忧仿佛是分内的事。

　　他又是削,又是砍,忙忙碌碌。地上堆着他的工具,除了砍刀、锯,还有一大堆我们并不认识的家伙:有的像饭勺,但里面却长着一排牙齿;有的像一只调羹,只不过它的柄很长很长。

我怀疑他就是喂竹子吃饭,要不,那些工具怎么看起来像餐具。

他不言不语,但手底下很热闹,咻咻、吱嘎嘎、噼啪噼啪……似乎他每天的任务就是让这些声音响响亮亮着,虽然他自己几乎没说过一句完整的话。码在角落里的竹筒慢慢浅下去,取代它们的是竹片、竹条。

他把大竹筒拿到火上煨,一边煨,一边拗,还时不时让竹筒转个身。竹筒上渗出一滴滴的水,掉到炭火上发出"咝咝"的声音。竹筒被他慢慢拗出一个个弧度。我们有时会担心,竹筒会不会被拗断?事实上,他从来没有拗断过。椅背上的弧度、椅垫周围的弯度都是不一样的。他拗的时候根本没有去量尺寸什么的,但每个竹筒的弧度他都了然于心,几乎没有偏差。一根毛竹在哪个环节派什么用场,他心里清清楚楚。那些煨过火的竹筒冷却后,便定型了。

他把拗好的竹筒一节节扎起来,嵌、插、拼,一丝不苟。

竹椅子总算扎出来了,结结实实,上面没有一个钉子,全凭他的手艺,一节节竹筒扎成了一把椅子。我们不由得替他松了一口气。现在他每天会有七八把椅子扎出来。有人来买时,他从不参与,都是他老婆出面。他还是埋头扎他的椅子,似乎那些买卖跟他没有一点关系。

每天晚饭后,他背着琴袋踱到石桥边,找一空闲处取出二胡,上蜡、校音、试音,短暂的寂静后,悠扬、舒缓的琴声从石桥出发。夜还没有完全笼罩村庄,三三两两的人们从村外的庄稼地里回来,一脚高一脚低。村里没有灯火,暮色不走,谁也不点灯,只有吃晚饭时才开灯。

二胡坐在他大腿上,他一手持弓,一手在琴弦上抹、滑、打,非常娴熟。尤其那颤间打得极漂亮,有种丝丝缕缕又密不透风的感觉。他的琴声一下子把夜幕拉下来,橘黄的灯一盏一盏地亮起来。代表人间烟火的杂音、噪音隔着木格窗无序且无忌。琴声不像他沉默里透着冷峻的性格,而是略带幽怨伤感,似乎满腹心事,又似乎在倾诉,在夜色中左右飘荡,或低缓,或激越。他随着琴声,耸肩、低头、摇晃,又抬头、摇晃……村人见了,觉得有些好笑,说他抽羊角风。

　　只要不下雨,他每晚都到桥头去拉二胡。偶尔会有人认真地听,但大多数的时候人们只是聊天、抽烟,他的琴声只是别人闲聊的背景。他也不计较,旁若无人地拉着。他微闭着双眼,把世间的一切屏蔽在琴声外。

　　后来有了一个懂他琴声的人。那个人是我们小学的施老师。她是上海知青,是两个孩子的母亲。施老师教我们跳新疆舞,教我们唱"娃哈哈呀娃哈哈"。施老师住在另一个村子,或许是听了别人说我们村子里来了一个会拉二胡的人,她向我打听这个人的事。我把自己知道的全部告诉了施老师,其实就两句话:他会扎竹椅,他会拉皮胡。那时我把二胡说成皮胡。施老师笑着帮我纠正,那是二胡。

　　后来的事我是道听途说。那个扎竹椅的人从小跟他的盲人叔叔学拉二胡,十六七岁时曾考上过省里的越剧团,但不知什么原因,他被别人替代了。对于一个从农村出来的人,在省城根本没有可以依靠的力量,别人说你没考上你就没考上,于是,他回到老家跟父亲学扎竹椅,作为一门手艺养活一家人。他老婆虽然不识几个字,但为人贤淑,跟着他风里来雨里去,从无怨言。

　　我发誓,我绝不相信施老师会看上那个扎竹椅的人,尽管他会拉二胡。有人说有一天晚上施老师忍不住抱了他,也有人说是拉二胡的人拉住了施老师的手。我亲眼看见扎竹椅的人的老婆拉着施老师的手说话,很亲热的样子。他们根本不像恶煞的人。

　　后来,他们撑船走了。他们出村,先笔直走,两里许后,往左拐弯。

　　那时,波浪真的很宽。

烤皮蛋

原谅我,对吃的总是记得特别深刻。

皮蛋当然不是零食,是下饭的。如果有一只皮蛋让你独自享用,这将是一顿丰盛的午饭,或晚饭。早饭时吃皮蛋?!送你一个词——奢侈。

用来包皮蛋的不外乎鸡蛋或鸭蛋,但用鸡蛋的比较少,故而,皮蛋成了鸭蛋的专用词之一。

在我还不懂人与人有贵贱之分的时候,已经知道蛋与蛋是有区别的。同样是蛋,鸡生的蛋就贵,鸭下的蛋便宜。蛋贵,自然下蛋禽的地位跟着水涨船高,所谓蛋贵禽荣。当然,这禽非母鸡莫属。当母鸡头上的肉肉发红时,女主人知道鸡要开始下蛋了。那些个日子,女主人的眼睛滴溜滴溜围着母鸡转。母鸡呢,许是有感应,一会儿钻钻柴篷,一会儿蹲蹲鸡舍,还边走边叫。那些似乎挑三拣四的举动着实令女主人眉开眼笑,知道母鸡准备下蛋了。母鸡的选择,女主人是非常尊重的。一开始下蛋的地方将作为母鸡终身下蛋的归宿,而且每天得给母鸡留下一只蛋,强化母鸡的记忆。只是,母鸡不会算数,以为自己一辈子只下了一只蛋。如果哪天下蛋窝里的蛋不见了,它便会挪窝,一点商量的余地都没有。鸡蛋要应付许多场面上的大事,如看产妇、探病人、还人情,等等。

鸭下蛋，就没有那么多考究。鸭们似乎也知道自己的地位，晚上进门，过一个晚上，给你下一个蛋。第二天，把鸭舍的门打开，里面留下数枚鸭蛋，青青地躺在滑溜溜的泥地上，有些讨好似的闯入你的视线。

清明过后天气还有些冷，烤皮蛋的人戴一顶毡帽，毡帽的样子像一座小山丘，只是上面没有花木扶疏。他挑一副担，前面是一只竹筐，后面是一只编织袋。一只手习惯性地搭在扁担上，另一只手有节奏地甩着。他一边走，一边吆喝，希望有更多的人能识别他的身份，然后一笔笔生意跟过来。

我一直很纳闷，他为什么不吆喝"包皮蛋"，而是喊"烤皮蛋"。母亲似乎很懂"烤皮蛋"，一听吆喝，忙扯着嗓子喊"烤皮蛋"。那一声"烤皮蛋"，这一声"烤皮蛋"，两声就完成了对话，而且意思明白。只不过，母亲的"烤皮蛋"果断利落，而那个人的"烤皮蛋"有腔有调，似乎"哆咪索拉"。

跟其他师傅称呼不同的是，"烤皮蛋"后面跟的不是"师傅"，而是"的"，所以他们是"烤皮蛋的"。的确，对他们的称呼有些难以把握。叫"蛋师傅"？有些怪，而且容易在歧义的基础上产生遐想。称"皮蛋匠"？还没有这样的称呼。"烤师傅"？更怪！干脆直接一些，"烤皮蛋的"。因为这个"的"，烤皮蛋这门手艺显得有些卑贱。

烤皮蛋的取出一只黑乎乎的桶，里面装着半湿半干白乎乎的东西。他让母亲从火缸里铲出灰，又拎来半桶水。然后他把水和灰，还有半湿半干白乎乎的东西搅拌在一起，很快白乎乎的东西不见了，全变成了黑黢黢。

他从编织袋里捞出一大把灰，掺到刚搅拌好的灰烬里，还是黑黢黢。他戴上一双超大版的手套，一手捧住鸭蛋，一手拿木板往箕畚里一挑，然后涂到鸭蛋上，用手一搓，小心翼翼放到母亲替他准备的另一只箕畚里。

因为他的手套实在是太大了，一只鸭蛋到了他手里，感觉是一颗弹珠。尤其他努力撮着手指，想把鸭蛋放进箕畚时，我总怀疑鸭蛋随时会跳下来。我甚至还担心鸭蛋承受不住他粗笨的手套的分量而粉身碎骨。

母亲早把一只洗干净的瓮放在他的脚边。待所有的鸭蛋搓过后，他从编织袋里掏出小编织袋,从里面倒出谷皮子。那些鸭蛋再次被一只只放进谷皮子堆里,一滚,二滚,撮在大手套里再放入脚边的瓮中。

烤皮蛋的过程一点都不令人兴奋,与其他手艺人相比,他那点活的分量有些轻。也许是他看出我们对他的不屑,说是如果烤不出松花蛋,他不仅不要工钱,还赔钱给我们。话说到这份儿上,母亲还能说什么。

这时,他的生意陆陆续续来了。隔壁婶婶、前屋婶婶,都来叫他烤皮蛋。村里来了其他手艺人,婶婶们会把需要做的活带过来,如修修补补之类的,但烤皮蛋这事还得他亲自上门。或许这仅仅因为他是烤皮蛋的。

曾经有一位杏婶婶,认为烤皮蛋无非是那些料,只要再知道些配方就行了。她殷勤地给烤皮蛋的端茶,甚至还很大方地从她丈夫那儿讨来一支烟给他点好,希望能得到配料的方子。别看戴毡帽的人憨厚,脸上总挂着笑容,但心里比谁都清楚你递茶点烟的背后是啥文章。不过,别人不问,他也乐意享受一时半刻的嘉宾待遇,而且极其配合地东拉西扯,笃定地喝茶抽烟。

杏婶婶是个有心眼的人,并不直接问他讨要配方,否则就显得太猴急了。她先夸奖烤皮蛋也是门手艺,不是什么人都能做的,继而同情学手艺的人辛苦,尤其像他这样挑担走南闯北的。杏婶婶打出两张感情牌后,"毡帽"的情绪被调动起来,嗯嗯啊啊地感叹阿嫂心眼好。杏婶婶问:"为什么会烤出松花来?""毡帽"说:"那是因为在料里掺进了松叶。"杏婶婶像得到启蒙的孩子一样,嘴里"噢"的一声,还不由自主抻了一下脖子,似乎想把刚得到的知识咽下去。

杏婶婶当然不满足仅仅得到掺松叶这样的信息,接着她又问了几个问题。"毡帽"也并不吝啬,都一一问答了她的提问,告诉她料里有生石灰,有白碱、盐,还有一种硝。杏婶婶"步步起久进"[①],问他怎么配。"毡帽"这时戛然而止,笑而不答了。这是他的吃饭家什,只能到此为止。他猛抽一口烟

[①] 步步起久进:方言,意即得寸进尺。

后,一扔,烟蒂被远远抛了出去。

  杏婶婶心里自然不痛快,请了他一支烟,还泡了一杯茶,除了这两样物质上的讨好,还有情感上的讨好:微笑、理解、同情。可杏婶婶拿他没办法,总不至于向他讨还香烟或茶水吧,但脸上的表情却像蚊帐一样,马上放了下来。杏婶婶素有三哭三笑的本事,可以突然给你笑脸,也可以忽然给你哭脸,最后得便宜的还是她。任何人都说她不好,但任何人都怵她,知道那是她的本事,任何人都学不来。

  烤皮蛋的就是烤皮蛋的,到了要紧关头会踩刹车。

  一个月后鸭蛋变成了皮蛋。剥开的皮蛋分成三层,外层呈半透明的琥珀色,中层黛青色,最里边是鲜艳的朱红。蛋像琥珀一样,里面松花朵朵。视之,已经食欲大增,下饭,果然美味。当然,皮蛋吃得很节俭,一瓮皮蛋得吃几个月。吃完了,只能等待明年的清明时节。天热的时候,一般是见不到烤皮蛋的,估计怕皮蛋质量不过关。

  我脸上长了几颗痣,母亲认为好相不长痣,让烤皮蛋的给我点痣。烤皮蛋的犹豫了一下,嘱我取个玻璃瓶来。他把黑乎乎的料装进玻璃瓶子,叮嘱我用筅帚丝蘸一点点,绝不可多。母亲依他的话挑了一点,点在我脸上几颗痣上。结果,我马上觉得脸上火辣辣地疼,似乎还有液体渗出来。几天后,痣果然不见了,却留下了一个浅浅的疤痕。我记得我周围好几个同伴都曾用过这种方法。

  烤皮蛋的走了,边走边吆喝着"烤皮蛋",那样子似乎他是第一次进村来。我问母亲,明明是包,为什么是烤?她的解释很简单,老人就是一直这样称呼下来的,还能是假?母亲识字不多,但对老人传下的话,包括称呼都很虔诚,从不去问为什么。于是,我一直不明白为什么叫"烤皮蛋"。但有一个事实摆在眼前,现在市场上的皮蛋不是"烤"的,而是浸泡的。

  自然,口味远不如以前。

带着蜜蜂追花

春节过后,姑父他们走了,带着一箱箱的蜜蜂和一条狗。狗有一个名字:"汪汪"。刚抱来的时候狗叫小汪汪,三年过去,它改名了。

他们走时天还一团漆黑,像一道帷幔,把村庄盖得严严实实。他们打着手电筒,裹着棉衣,把睡着觉的蜜蜂装上车,轻手轻脚出了村,似乎是从帷幔底下掀起一角,悄悄溜出去的。蜜蜂在村里住两个月就长了记性。他们选择后半夜出门,那时蜜蜂还在酣睡。

姑父他们把整箱整箱的蜜蜂带向了远方,去追赶属于蜜蜂的花期。据说那个地方叫四川。原谅我那时的无知,我以为除了我们这块土地,全中国只有三个地方——北京、上海、杭州。

北京是祖国首都,是全国人民的心脏。毛主席纪念堂前有一棵棵向日葵,每天脸都朝着太阳。太阳升起来,它们把脸转向太阳。太阳下山,它们低下头。老师说,那些花儿代表我们的心,深深怀念着伟大领袖毛主席。可我注意到我们在黑夜里还那么亢奋。与北京的向日葵相比,我们的觉悟太低了。

上海有大白兔奶糖,是知识分子聚集的地方,他们后来一拨一拨地走向祖国各地,有的成为我们的老师,教我们认识"山水田","人口手";有的成为白衣天使,给我们打防疫针,喂我们一颗颗五颜六色的糖丸;也有的成为农民,但说的话还是"哪能哪能"的上海白,怎么改都改不过来。

杭州有一句家喻户晓的口号,"上有天堂,下有苏杭"。跟天堂平起平坐的地方,堪称人间胜地。可惜,杭州在我的心里是个传说。这个传说延续了十五年。杭州还有一个标志——三潭印月,只要有画的地方,准能看到三只像葫芦样的石塔。

惭愧,我的地理启蒙来源于那一箱箱蜜蜂。

村子里有七八户养蜂的人家。我姑父家是,我家屋后马同学家是,村西的王同学家也是。姑父他们有一个很好听的名字——养蜂专业户。可对他们而言,这个称呼并没有多大的意义。没有这个称呼,他们带着蜜蜂奔波在外。有了这个称呼,他们还是奔波在路上。他们是江南的吉卜赛人,从一个地方奔到另一个地方,看似为了蜜蜂,其实是为了自己。只不过,他们过年的时候必定回到老家,顺带让蜜蜂也过个年。

养蜂人也称放蜂人。从字面上不难理解,蜜蜂是放养的,允许它们拈花惹草,这是蜜蜂的天职。当然,蜜蜂采花的目的是采蜜,所以蜜蜂一辈子是清白的,没有采花大盗的恶名。南瓜花、萝卜花,蜜蜂喜欢,月季花、鸢尾花,蜜蜂也喜欢,哪怕是开在路旁的小花,蜜蜂也不嫌弃。终其一生,蜜蜂只为主人采蜜。

蜜蜂是一种生活很有规律的昆虫,这注定了养蜂人的生活必须遵从它们的规律。一大早打开蜂箱下面的小木格子,蜜蜂就从木格子里挤挤搡搡地飞出来,甚是热闹,像是婶婶们在河埠头的叽叽喳喳,有事没事总有一大堆话。

蜜蜂去采蜜了,养蜂人开始给蜂箱打扫卫生:用一把大刷子和一把小刷子清理蜜蜂的便便。那些便便颗粒状,呈黄色,估计是花粉吃多了的缘故。婶婶们对蜜蜂是有情绪的,尤其是天气好的时候,那厌恶之情更明显,因为蜜蜂会把便便拉在她们晒出来的被褥上,据说还很难洗。蜜蜂不懂事,也不懂婶婶们的恶语,它们照样没心没肺地飞,没心没肺地拉,快活得很。

蜜蜂是村里唯一被伺候的昆虫,它是有情商的。

姑父说:"蜜蜂爱清洁,如果一连几天不给蜂箱清理卫生,蜜蜂就会生气。它们一生气,便逃得逃,死得死。"

姑父他们把蜂箱有序地摆放在自留地里,上面编着号。蜜蜂飞进飞出,不会搞错自己的蜂箱,似乎能识字断文。有一篇课文《蜜蜂引路》,说的是列宁凭借蜜蜂,找到他要找的养蜂人。当然,课文的立意是表现列宁观察仔细。我觉得不应该忽略蜜蜂的智商。如果蜜蜂不识路,列宁的观察力再强也无济于事。

姑母告诉我,看到成群的蜜蜂时不要跑,越跑,它越要追你。这跟村里的狗有些相似。如果你见到狗非常淡定,狗瞧瞧你,最多叫几声。叫过后再见你依然淡定,狗扑闪一下眼睛,摇摇尾巴,走了。如果遇上一群蜜蜂,你最好停下来,站着不动,即使它们在你头上盘旋,也不要动,更不可以用东西去打蜜蜂,或驱赶蜜蜂。如果你的行为让蜜蜂感到害怕,那你的麻烦来了。蜜蜂的杀手锏是把它身上唯一一枚针,扎进你的皮肤,表明自己生气了。只是,蜜蜂没有了针,它就活不长了。

我听了,觉得很伤感。原来有情商的蜜蜂也会选择极端的做法。

姑母说,不要惹蜜蜂生气。不让蜜蜂生气的办法很多,不惹它、不欺它,都是办法。

可我总是做不到,一瞧见蜜蜂飞过来,就大呼小叫,用手驱赶蜜蜂,似乎那是苍蝇。蜜蜂一般不会主动袭击,也许它们心里清楚自己的处境,不想同归于尽。所以,我的大呼小叫派上用场的时候多。不过,偶尔也有意外发生,被蜜蜂突然一蛰,被蛰的地方马上肿得老高,还火辣辣地疼。有一次,蜜蜂蛰到我的嘴唇,下嘴唇马上肿成厚厚的一片,说话时,字眼怎么也关不住,像是漏了水的闸。后来,姑母把仙人掌的汁涂在我嘴上,像有人给我的唇画了一片树叶,我都不敢照镜子。

姑父他们除了头上戴一项挂网的帽子外，没有其他防护措施。有时手上停满了蜜蜂，密密匝匝地蠕动着，他们还是镇静地取蜜、割蜡。或许，养蜜蜂的人身上有一种气味，久了，蜜蜂便熟悉了这种气息。蜜蜂凭借这种识别能力与主人和平相处。姑父结束工作后，会轻轻抖动手臂，蜜蜂纷纷起飞。如果还有蜜蜂贴着手不动，姑父会拍打手臂，提醒蜜蜂别赖着不走，该去采蜜了。仅拍打一下，蜜蜂便振翅而起。

我原以为姑父姑母他们在外面放蜜蜂是件很有意思的事，蜜蜂采蜜，他们看看花，做做饭，生活很惬意。其实不然。他们像吉卜赛人一样到处搬家。扎下帐篷，住上两个月或更短，他们又得寻找下一个地方。选择住地的标准只有一个，能让蜜蜂采到蜜。于是，他们在外近一年，大部分时间是在路上。

养蜂人的收入全靠蜜蜂，用蜂蜜、蜂皇浆、蜂蜡去交换纸币。用姑母的话说，全心全意伺候蜜蜂：天热，给蜂箱浇水，免得它们热死；过冬时，喂它们糖水，因为那时采的蜜不够它们果腹。看似简单，但始终提心吊胆，怕它们采到喷了农药的花，怕它们受到别的昆虫的攻击。有时，突然遇上大风大雨，第一时间想到的不是自己，而是蜜蜂，第一时间把它们转移到安全的地方，有时甚至让蜜蜂住帐篷，自己出去另找地方住。

花谢了，叶枯了，他们才回来，随身带的仅是一个大帐篷和一条狗。那些蜂箱一个星期后才能到。它们还在路上，坐着火车来的。那一刻，我对蜜蜂羡慕极了，因为我还没有坐过火车。姑父说，火车像一条龙，拖着一条黑黑的辫子，还呜呜噜噜地叫。我猜想蜜蜂会不会晕车，也许它们躲在蜂箱里什么也感觉不到。想到这儿，我又觉得有些可惜。坐火车没感觉，那坐什么火车！可我也说不出坐火车到底是什么感觉。为此，我又觉得可惜。

蜂蜜曾是高级补品的代名词。探望病人，买一瓶蜂蜜算是很周到的礼品。如果是蜂皇浆，那更不得了。我偷吃过母亲藏起来的蜂蜜。因担心被哥揭发，我自个儿行动。我不费力气，马上就找到了那瓶蜂蜜。我打开瓶盖,用舌头舔,一下,再一下。蜂蜜的甜味让我惧意全无。持续舔了十下后,我强忍住舌头往外跑的冲动,为了明天还能舔上蜂蜜,我克制住唯一的诱惑,把瓶子盖上,但盖之前还是又舔了几下,不过,舔的是瓶盖。

  这瓶蜂蜜被我舔去了五分之二,本来是满满的,现在调羹探下去,得捏在柄上。母亲知道了肯定要骂我,如果制裁严厉一些,我还有可能"吃栗子"。我情急之下想出了一个办法,往里面兑开水。为此,我忐忑了几天。之后,再去翻蜂蜜瓶,发现不见了。母亲把它送给大姨妈了,她闹胃病。

  我不知道大姨妈是真不知道里面兑了水,还是假不知道。总之没有人揭发我。但我一直有一个疑问,如果蜜蜂知道人们在它们产出的蜜里兑水、兑糖,它们会不会生气?

  其实,这个问题已经有答案了。

酿 酒

天气晴朗的时候,我喜欢站在自家的东门口,踮起脚尖,可以望见外婆的村子。我们村子炊烟袅袅的时候,她的村庄上空也扎起一根根辫子。我伸长脖子辨别外婆家的烟囱,猜测今天外婆又给表妹做什么好吃的了。想着想着,心里就有了一丝淡淡的妒意。想着想着,去外婆家的念头就上来了。

舅妈拥有一个红本子,她可以凭此享受一些优惠政策,比如供销社有了紧俏物品,舅妈可以手捏小小红本子,直接挤到柜台前,冲着售货员晃一晃本子,再指一下货柜上的物品,神情里充满了优越感与自豪感。周围的婶婶可以推搡,可以拥挤,甚至表示不满,可目光触及舅妈手上的红本子,气一下子泄了,上面写着"独生子女证"。

虽然,舅妈生不出儿子,可她一直被村里的妇女主任树为典型,每年从乡里领来一只搪瓷杯和一张年画,上面烫着"奖给光荣妈妈"几个字。舅妈经常捧着那只搪瓷杯在村里串门,腰板挺得比生了几胎的婶婶们直得多,似乎"光荣"两个字从搪瓷杯上走了下来,被舅妈牵着手走了一圈。当然,在家里受宠的不是舅妈,而是表妹。

被母亲领着去了几回后,我去外婆家已不会迷路。出门沿着一条泥路,一直往东走,过三座石桥,往左拐,是一条机耕路。往北行走十多分钟,可以看见一片坟地,里面有许多墓。墓看起来都差不多,外面都是用砖头砌起来的,不同的是墓前面的碑,有石碑,有木碑,也有竹碑。每次路过坟地,我都会恐惧,害怕阴森森地传出来一丝声响。过坟地前必须先过一座石板桥。桥下是一条宽宽的河流,上面漂浮着水花生,开着紫色的花,像一个个小喇叭。此时,如果一只青蛙突然从水花生堆里跳下水,那"呷"的一声,似乎有手从坟地里伸出来,我顿时被吓得不知所措,三步并两步,磕磕绊绊从石桥上跑过去。跑远了,还不敢回头去看坟地。一路狂奔,到了外婆家还喘着大气。当然,一半是因为奔跑。

尽管必须过坟地,但我去外婆家的热情并没有消退。我和哥六七岁时独自出门去外婆家,父母刚开始还有点担心,叮嘱我们到了外婆家后请隔壁的邻居捎口信回来。三四次后,这个程序就免了。那年头,我们怕的不是人,而是鬼。

其实,我们去外婆家的路上并没有端端正正地走,而是一路玩着去,捉青蛙、扔瓦片、追蝴蝶,顺带还挖些花花草草。到外婆家后人像泥猴一样。外婆一见我们两只泥猴,两手往布褴上擦了擦,端来铜脸盆,捉住我们的手又洗又搓。脏水倒掉后又倒上热水,一只手按在我头上,一只手往我脸上抹。裤子脏得不像话时,还得脱下来。我和哥各系一条旧被单,嘻嘻哈哈地在屋子里走来走去。表妹见了,羡慕极了,立马也把自己的裤子脱了,找来一条旧被单,在腰间系上。那些被我们挖来的花草一股脑儿被丢在院子里。几只鸡歪着脑袋看一下,啄一下,再啄一下,看一下,似乎患了健忘症,刚刚吃过的东西又忘记了,还得再看一下。

舅舅中午回来了,看到了被鸡啄得鼻青脸肿的花草,捡起其中几枝,左看看右看看,问:"这是谁挖来的?"我和哥抢着回答:"我!"我的声音比哥的大,那个"我"应该是我的。舅舅又问:"从哪儿挖的?""从我家出来的小水沟边。"哥哥这次抢了先,他的口齿比我占优势。

舅舅犹犹豫豫,翻来覆去地看着。我以有限的知识不知羞耻地问:"这是仙草吗?"舅舅扑哧一笑,说:"它不姓仙,但可能姓酒。"我坏坏地笑了。舅舅恨不得天下所有东西都姓酒。舅舅好酒,一天三餐都要喝。据他自己说,一餐不喝酒,身上的力气存不住。也不知舅舅酒量好,还是舍不得多喝,他似乎从没有醉过,至少我没有见到过他醉,他最多酒后唱绍剧,一个人唱四五个角色,一双筷子欢快地敲着碗沿,却始终不舍得敲酒盅。外婆拿着蒲扇,帮舅舅打蚊子。

被我们揪来的原来是辣蓼草,晒干后可以用来做酒药。或许是辣蓼草给了舅舅启发,舅舅决定要酿酒。舅舅说,他准备酿一大缸酒,每天喝一壶,半年内可以不用买酒。舅舅用粗笨的手指头在纸上算着,那些数字似乎跟舅舅开玩笑,在纸上歪来拐去,好半天,舅舅也没能捉住它们。舅舅把笔一扔,头抬得老高,用心算。蹲在舅舅脚边的猫,跟着抬起头。舅舅不动,猫也不动,但猫忍不住"喵呜"一声。舅舅的脖子酸了,头低了下来,猫缩回头,可又有些不甘心,支起前爪扑到了舅舅的裤管上。舅舅许是算出来了,挣脱猫的纠缠,奔进厨房,把自己的决定告诉了外婆。外婆问舅舅自己酿酒比买酒节省多少。舅舅说:"节省木佬佬。"①外婆一听"木佬佬"自然全力支持。

辣蓼草并不难找,大多长在水渠、水沟边上,那儿的水并不太深,即使脚滑了下去,顶多湿个身子而已。辣蓼草有我们一人高,绿色的叶子,一前一后,非常有序。它的花有的顶生,有的腋生,但一株辣蓼草只能有一种长法,要么顶生,要么腋生,花花草草们比我们人还懂规矩。辣蓼草,顾名思义,它的叶子揉碎后有一种辣味。

虽然,舅舅反对我们去挖辣蓼草,但我们却有意无意地得到鼓励。我们把一大捧辣蓼草挖来摊在院子里时,舅舅瞧见了总会偷偷给我们一些钱,我、表妹、我哥,飞一样跑到小店里,用舅舅给的钱买零食。表妹没有挖

---

① 木佬佬:方言,意即很多。

过辣蓼草,但这并不妨碍她分享我们的成果。她的理由很简单,这钱是她父亲的。

外婆把辣蓼草洗干净,曝晒几天后,把它们放在小捣臼里用木榔头捣碎。空气中弥漫着一股淡淡的辣味,还有一丝香味,熏得我们肚子咕咕叫。外婆还买来了玉桂、桂皮、草乌三味中药,待捣碎成粉末后与辣蓼草拌在一起。当然,这是有比例的,大概半斤辣蓼草和上三两的中药粉。外婆接着从粉桶里取出几勺米粉,与刚才的药粉一起用水调成糊状。我们在外婆周围转来转去,巴巴地希望外婆给我们做粉团吃,或者摊油饼。可外婆捏出来的粉团不能吃,一只只摊在竹匾中,散发着撩人的气息。我们像一只只苍蝇,不时地围拢过去。外婆说:"这些粉团绝不可以吃,到了明天它会浑身长毛。"一听长毛,我们都感到有些悚然,还莫名其妙地感觉身上痒痒的,似乎我们也长毛了,而且是浑身长毛。

那些粉团果真长毛了。不过,看上去并不恐怖,倒有点可爱,上面附满了白色的细绒毛,像隔壁姐姐手臂上的细绒毛一样。外婆小心翼翼地把粉团一只只放到太阳底下。那些白晃晃的粉团,和那片白晃晃的阳光,让整个院子像浸泡在酒酿中。所以,我后来看到酿出来的米酒,认为它的白色是因为粉团吸收了阳光的缘故。外婆把晒干的粉团装进了火油箱(煤油箱),准备让它睡上一个季节,似乎希望它们慢慢回忆阳光。

冬至后,外婆从别人那儿买来了一袋粳米,用水浸泡在缸里,直到米粒中没有白色的点。到了这个环节,外婆已经没法再继续下去了。舅舅交代的事也只到这个程序。接下来的事得由舅舅主持了。舅舅请来了他连襟家的何老爹。这是一个可爱的老头,一进门就戏话①不断,逗得满屋的人嘻嘻哈哈。

他指挥舅舅把浸透的米捞入箩筐,把米身上的白浆冲洗干净,沥干后用甑蒸。这时得烧碎木头,火力要猛。待冒蒸汽后揭开盖子往里洒入清水,

---

① 戏话:方言,意即玩笑。

再蒸,还是用大火。等里面的饭粒膨胀发亮,松散柔软,便可出甑。那些下甑的米饭非常香,被均匀地摊在竹席上。那些香气让大人们异常的豁达,我们用手抓,用调羹挖,吃多少都不会有人阻止。

外婆把火油箱搬出来,把在里面睡了一季的粉团一一取出来,细心地碾成粉后撒入竹席上的米饭中,这样要做两次,还得给米饭翻身。几乎没有休息,又得给米饭搬家,把它们放入缸中,四周压得实实的,中间却留下一个拳头般大的窝。何老爹说:"小姑娘对着这个窝笑三分钟,脸上就会长出酒窝。"我和表妹信以为真,两人对着缸里的窝笑。何老爹看了看我们的笑容,很认真地说:"笑得不够甜。"于是,我俩再一次对着躺在缸中间的窝开心地笑起来,可很快觉得脸上很僵。我看表妹是傻笑,表妹看我是苦笑。我问何老爹:"时间到了没?"何老爹很遗憾地说:"忘记告诉你们了,时间没到时说话,就不灵了。"表妹一听,非常生气,吵着要我赔她两个酒窝。

何老爹用稻草把缸裹了个严严实实。捂了七天后,何老爹又来了,还带来一只蒸馏桶,把缸里发酵后的饭移到蒸馏桶里,还是用猛火烧。这时,有透明的液体从水管里流出来,这就是舅舅酷爱的烧酒。

舅舅学了三年后自己会酿酒了。他有几个石匠兄弟,也想学酿酒。可总是酿不出好酒来。别人问舅舅是不是还有什么细节忘记交代了。舅舅呷一口烧酒,说:"这酿酒跟请神一样,得虔诚,得干净。你们自己说说,是不是酿酒前把力气乱撒了?"几位兄弟一听,脸红了。原来还有这个讲究。舅舅本想藏一手,如同他学石匠时他师傅没有完全教会他一样,结果,最后一招还是没藏住。不过,他们到底不如舅舅酿得好,因为,舅舅请了酒神。每次酿酒时,舅舅总要虔诚地祭祀一番。令舅舅苦恼的是,他不知道酒神长什么样。舅舅希望见到一张酒神的画像。他至今还在期盼。

穿棕绷

小时候,棕绷床也是我的玩具。站在上面蹦蹦跳跳,我一下一下往上弹。弹累了,一头倒在床上,等待身上的力气慢慢醒过来。我还在棕绷床上翻跟头,不用担心会碰了或撞了。

家里只有一张棕绷床,我和哥都想在上面玩。非常公平,两人用石头剪刀布来决定谁有优先使用权,当然,赢的人才有这个权利。

不知为什么,我总是赢不了我哥。他出剪子,我张开了五指。输了。他握的是拳头,我伸的是两个手指头。又输了。

他一骨碌爬上棕绷床,蹦几下,再蹦几下,嘴里唷唷地喊着,一脸的惬意,并试图激起我的欲望。

我在下面数数,数到一百,哥必须下来。这是我自己定的规则。可每次数到三十我就乱,总跳到五十去。我哥在棕绷床上很严肃地说,错了,错了,重新来过。我想赖皮,可智慧不够,只好老老实实再数。同样的错误我照犯。这样,非等哥自己玩累了,我才有机会在棕绷床上玩。

晚上睡觉的时候,我们又一次竞争,因为谁也不愿意去睡竹塌床。竹塌床很吵,坐上去吱嘎吱嘎,躺下来吱吱咯咯,侧个身吱吱啊啊,从床上下来又是吱嘎吱嘎,远不如棕绷床那样文文静静。

除了这个原因,另外还有一个:我小时候爱尿床。

为此,母亲不允许我玩火,说是白天玩火,晚上要尿床。事实上,我不玩火也尿床。母亲又禁止我睡觉前喝水。可我还是尿床。为了这个,母亲没少打过我。我有时不是被尿憋醒的,而是被母亲打醒的。母亲专门打我屁股。有一次,我又尿床了,母亲重重地打我屁股。我还在享受尿后的舒坦,突然听到"啪,啪,啪……"感觉自己的屁股火辣辣的,人就有些清醒了。一摸自己的屁股,我哇哇大哭起来,"妈妈,你把我的屁股打成两片了。"

尿在棕绷床上,最大的好处是对它影响不大。不管我尿了多少次床,那棕绷床依然结结实实,唯一的变化是它的棕色转成了褐色。还有,我尿床的时候,棕绷床还不会发出声响,即使往下漏尿,它也只是很含蓄地滴几滴,似乎替我遮掩着。如果是竹塌床,那可是哗啦哗啦,弄出的动静让我面临更危险的境遇。

每次尿床后,母亲第二天得重新洗被子、洗床单,这是很费力费时的。作为对我的惩罚,我要帮母亲绞床单。我抓住床单的一头,母亲在对面使劲绞,水哗哗地被绞出来。我必须站着不动,牢牢地站着。被绞干后,那床单像一条蛇一样盘进篮子里。

这一点我得感谢母亲。尽管她打我屁股,但她清洗的方式与别人不同。别的孩子也会尿床,他们的母亲直接在尿过的地方用清水加肥皂搓洗一下,挂在竹竿上,那水渍毫无情面地向人通告孩子昨晚尿床的行为。母亲这种做法无疑为我保留了自尊。

尿湿棕绷床后,不用管它,不用理它,渗透到每一根棕绳里的尿液,既不会发臭,也不会发霉。

所以,我对棕绷床是有感情的。

所以,我要写写棕绷床。

照例,穿棕绷的那个人也被称为师傅。

穿棕绷师傅跟修鞋、补碗师傅不同。他不吃喝,也不做夹箱活,他的地位等同于木匠、泥瓦匠、油漆匠，但又与木匠他们不同，他不做上门活，有自己的店铺，凡需要穿棕绷的，得亲自跑到他那儿，告诉他是双人床还是单人床。如果是双人床，还得补告一个时间。

棕绷师傅掏出一个小本子，歪歪扭扭地写上姓名、床的类型，以及取棕绷床的日子。棕绷师傅写字的模样让人揪心，他穿的棕绷床是不是也会松松垮垮？当然，这个担心毫无道理。每次有人去取棕绷床，他总得意地让人站上去，棕绷床纹丝不动。

棕绷师傅的店名叫"棕绷王"。这不是棕绷师傅吹牛，是别人给他取的，他顺水推舟而已。乡下人对手艺人的称呼有些特别，习惯在姓氏后面带上手艺的门类，如马木匠、曹油漆、胡泥师，似乎这门手艺非他莫属，言下之意他的手艺代表着此门类手艺的最高水平，这也是乡下人对手艺人的尊重。这样的称呼听起来不仅上口，有腔有调，而且还入耳，近似于哆来咪、咪哆来、索西哆来。如果一个匠人，他的名字能被两代人叫得出，那么他的手艺肯定是呱呱叫的。很多匠人终其一生的努力，只为谋得一个能流传于几代人的称呼。

棕绷师傅姓王，套用乡下人对匠人的称呼，应该叫王棕绷。可"王棕绷"叫得快时容易滑成"王伯伯"。"王伯伯"并不是指姓王的伯伯，而是另有一层意思，寓意此人办事不靠谱。于是，有人帮他改了一下，叫棕绷王。他一听，嘿，这个称呼简直是高大上，也就毫不客气地把棕绷王的称呼写成了店铺名。

棕绷是一根根棕绳穿出来的，干的是男人活，用的是女人心。粗糙的手指头把又粗又糙又硬的棕丝搓成一根根棕绳。在日光与灯光下，像个婆姨慢笃笃地搓着。有时也借助于搓绳机，手摇着木柄，棕丝一点点喂进去。

穿棕绷还得有木匠的基础。木架子不是搭出来的，是打制的。选材、刨平、安装等，也需要棕绷王亲力亲为。虽然不如木匠来得细致，但木匠要做的细节一点都没少。他脚边的木箱里安放着木匠的许多工具，如锯、刨、榔头、凿子等。

木架打制好后,四周留下许多孔,那是穿棕绳用的。每个孔里穿六根棕绳,拉过去,一直穿到对面的孔里,左右前后,经纬纵横。看似简单,像女人打毛衣,一针下去,一针上来,不带技术含量,但时时刻刻得用力气关照。

穿棕绳也不那么容易,除了要使上不折不扣的力气,还得辅以不少工具,如一根类似女人织毛衣用的钢针,足足有一米长,还有一根带钩的针。他用这两根针,一上一下地越过去,一直到达斜对面,顺着钢针的方向插入一根竹片,竹片的顶端有一个凹槽,棕绳在凹槽一放,竹片快速地抽出来,棕绳被拉到这边,穿过木架子上的眼后,用一把特殊的工具把棕绳往里拉。那把工具很有意思,像一只手,但没有大拇指,只有四个手指头,而且一样长。一张棕绷光穿棕绳就得花费半个月的时间。这半个月里,棕绷王勾着头为别人睡觉的事忙活。

棕绷王不是我们本地人,据说是天台人,但他会说我们家乡的土话,还很流利,只是说到"啷哉"时有些拐不过弯来,像他穿的棕绷,硬邦邦的。

人们去取棕绷像做一件盛事,全家人出动,一辆手拉车在前面骄傲地咕噜咕噜,后面跟着一帮人,嘴里喊咻喊咻。棕绷的确很沉,得四个人搬,才能放到手拉车上。这样的棕绷才配得上棕绷王。

棕绷的主人殷勤地给棕绷王点烟,再付清余下的款项。棕绷王用笔勾掉本子上的名字,那笔迹还是歪歪扭扭的,像他嘴里吐出的烟雾。

棕绷床尽管结实,但它毕竟有寿命。有寿命意味着它需要有一个"医生"。

"修棕绷,填落①个棕绷收收紧。"他喜欢在"填落个棕绷"后停顿一下,然后才一字一顿把"收收紧"喊完,虽然入的是耳朵,但撞击的是心,似乎真有人在紧紧地拉棕丝,把一缕一缕的棕绳往紧里收。

---

①填落:方言,意即塌陷。

棕绷抬出来后,搁在两把条凳上。这位师傅摸摸棕绷,嘴里称赞穿棕绷的人手艺好,最后还连带表扬了种棕榈的。我家的棕绷中间已经有一个碗大的凹陷,虽然棕绳还纵横交错,但看上去已经很勉强。我觉得很难为情,脸烧烧的。这位师傅却若无其事,用剪刀修剪了一部分朽坏的棕绳,然后拉开背包,从里面拿出来十多个小木栓,用榔头一一钉进穿棕绳的凿眼里。一切准备完,他取出一根根棕绳,从这里依次穿过去,一丝不苟。

棕绷王穿棕绷的时候几乎一言不发。而这位修棕绷的师傅却喋喋不休,唠唠叨叨。不过,留给我的是一句话,说是童尿浇过的篾席,睡觉才凉快。我指望着他能说一说棕绷与童尿的关系,但他却没再深入下去。这多少让我有些失望。我一失望,尿床的羞耻感就满上来了。

修棕绷很快,所以,也没来得及记住他的名字。

有一天,我们村里的一位万元户结婚,用的是席梦思,全村人似乎都出动了,大家都去看他的弹簧床,倒冷落了他的新娘。大家围着席梦思叽叽喳喳,指指点点。有的说,坐上去人会弹上来,一直弹到屋顶。大家不由自主地抬起脖子。有的说,人一躺上去,就会持续地蹦啊蹦。旁边的老人忍不住插嘴:"那睡着了怎么办?"那个人想了想,认真地说:"睡着了还是蹦。"周围人群里发出"嚎!"的声音,这"嚎"声里有羡慕的,也有担心的,唯独没有妒忌的。

一年后,这个村里唯一睡弹簧床的人家生下了女儿。不知是谁起的头,说是睡弹簧床生不出儿子。大家又是一声"嚎",着实替这户人家的香火担忧。但年轻人开始喜欢席梦思,尤其准备结婚的年轻人,都想买席梦思。一些老人担心那张弹簧床续不出香火。只是,老的拗不过年轻的。

我结婚的时候,定的是棕绷床。

因为,我对棕绷床是有感情的。

铁 匠

没错,我写的是铁匠。一个女孩子写铁匠,似乎有些不合情理。但别忘了,我是农村的女孩子,一落地就跟金木水火土相关。铁匠打制的铁器是家里维持生活的工具。那些工具既是大人的,也是小孩的。我不可能绕过去。

村里人叫他铁匠阿四。不知道这阿四是他真名,还是他在家里排行老四,现在已经无从考证。他是我们村里人,但住在街上,在那里开了一家打铁铺。就凭这个,他在村里"笃得起"①。

村民上街去买东西,爱到他店铺里坐一坐,或让他补把铲刀,或买把锄头,也有的纯粹是去坐坐。每个踱进他铁铺的人都会有收获,包括纯粹坐坐的人,他们不仅买到了称心的农具,还从他那儿带走了街上的信息,包括村人闻所未闻的一些段子,什么"抽抽大丽花,狗屁杂乱话",什么"做做小工,抽抽古松"。村人把这些信息散落在大家的聚散地——桥头,由一些人带给一拨人,又由一拨人传给一群人。不出几天,那些信息、段子像被风刮着一样,飘向村庄的各个角落。尽管由众多人翻来覆去传播那些信息或段子,可村人一致认为那是阿四说的。阿四说的话如同他打的

---

①笃得起:方言,意即有名望。

铁一样,石骨铁硬。

阿四的铁铺非常好找,从街的东面数过去,第十六个店铺便是他的。只是他的店铺没有正式招牌,不像隔壁卖酒的挂着一面写有"酒"字的小旗帜,风动"酒"动,风不动"酒"不动。阿四只是在门板上用粉笔写了四个字:"阿四铁铺"。因粉笔字风吹不得,雨淋不得,所以,他过几天必须捉着粉笔在门板上一笔一画地描。

阿四是念过书的,识一些字,他用粉笔字给自己写招牌,惹来许多人的嗤笑。他写的是仿宋体,瘦瘦长长,有棱有角,笔画间透露着秀气,与屋内的铁疙瘩似乎是两个空间。阿四就是在这样两个空间里干活,生活。

有人说世上三件事最苦:打铁、撑船、卖豆腐。阿四的父亲不是打铁的,所以,他不是子承父业。他当初为什么不去学做木匠、泥瓦匠,或是补缸补鞋,而选择了最苦的打铁?这里是有原因的。据他自己说,打铁没人竞争,仅此而已。

有一次,邻村的姚豆腐,被领导握住手时无限深情地说:"卖豆腐是因为村人想吃豆腐,村庄里得有做豆腐的,我乐意为村民服务。"这一幕凑巧被路过的阿四看到了,他非常不屑,卖豆腐还不是为了自己的肚皮,有必要把自己抬高到跟领导讲话一样?从此,阿四再也不买姚豆腐的豆腐,嫌他的豆腐酸。

阿四人长得精瘦精瘦的,但抡起二十多斤的铁锤,那可是牛哄哄的。他待隔壁的酒店拆下第一块木排板时,便开始叮当叮当,旁边是燃烧着熊熊烈火的炉子,上面插着好几根铁棒,他准备用一天的叮当把它们打成一把把农具。

阿四很早就起床,生炉、捣灰,因怕影响隔壁酒老板睡觉而没有开始打铁。冲这点,隔壁酒老板逢人就说阿四的好话,说阿四有操守。酒老板做过几年代课老师,喜欢用别人听不懂的话来赞美人,如表扬一个人有礼貌,说成"有修养",肯定一个人相貌好,说成"美丽"。整条街就他说的话跟人不一样。

阿四之所以选择跟卖酒的做邻居,是不必担心自己店里的火成为别人的隐患。打铁的炉子是一天到晚旺着的,只有晚上歇息时这炉子里的火才灭了。在熄炉火前,阿四会烫一壶老酒。这酒是隔壁买来的,不多不少,三两黄酒。阿四打了一天的铁,身上的力气似乎全跑光了,此时他愿意让自己醉一醉,在酒意的酥软中慢慢入睡,等待力气一寸一寸蓄满。

阿四身上的衣服几乎没有一件是完整的,上面布满一个个眼,那是铁花的烙印,铁锤一抡,高温的铁花四处飞溅,在叮当叮当中夺路而奔,其中一部分就给阿四的衣服留下了一个个窟窿。天热的时候,阿四干脆不穿衣服,光着膀子,下面系一条围裙,已看不出是什么颜色。照例,上面也挂满了一个个洞。

打铁绝大多数是没有图纸的,农具的尺寸、形状、厚薄等均存在铁匠的脑子里。那些被人称为能工巧匠的人,全凭匠心一颗。阿四是个例外,他有自己的图纸,厚厚的一本,里面画着一些农具,还有菜刀什么的,他称之为"铁谱"。外行人还以为打铁的真有铁谱。事实上那是阿四自己的首创。他闲暇之余喜欢琢磨一些东西,琢磨来琢磨去,觉得人活着应该有个样子。他眼里的样子,是打铁虽然是粗活,但打铁人也可以儒雅。这个儒雅还是隔壁酒老板给他纠正过来的,他当时想的是秀气。酒老板沉吟片刻,认为不妥,然后想出"儒雅"一词赠送阿四。阿四当下喜欢得不得了。

自从在酒老板那儿得到"儒雅"一词后,阿四便寻思"儒雅"的表现内容。老师的儒雅在于胸前兜里插一支笔,会计的儒雅全在打算盘时的指法,干部的儒雅是站在话筒前有腔有调地念稿子,那么铁匠的儒雅体现在哪儿呢?阿四苦思冥想,终于想出一个办法,给自己整一本"铁谱"。他花了一个星期时间,在一张张毛边纸上画出一把把农具,旁边用仿宋体工工整整地写上"铲""锄""镰"……每样农具下面还有简单的介绍:该农具的性能、用于什么季节、尺寸多少,等等。阿四把毛边纸装订起来,封面用毛笔写下"铁谱",字体还是仿宋体。

有人来买农具,阿四赶紧把铁谱递过去。来人自然一头雾水。阿四非常耐心地解释,并郑重地翻开,旁边的火炉里吐着一条条火舌头,铁砧上放着一把没成形的锄头。来人疑惑不解,不就一把锄头,还分什么雌雄?阿四很失望,收起铁谱,手一指,让来人自己去角落挑选农具。阿四感叹世上知音难求,铁铺里再次响起叮当叮当。

阿四要把红透的铁棒打成一块块铁疙瘩,时间长了,这些铁疙瘩还得送回火炉再次加热。他一手拿钳,一手抡锤,叮当,叮当,叮叮当当……铁铺里响起铿锵悦耳的声音,既是阿四的吆喝,又是劳动的号子。

火炉旁边放着一桶清水,通红的铁器放进去淬火,"哧"的一声,一缕青烟从水面上冒了出来。这是打制硬铁器的一道工序。炙热的铁器遇冷水,就越发坚硬。这样打制出来的农具吃土啃草,也咬石头,不怕任何疙瘩,一路嚓嚓着过去。但这个点水是有技术的,只能点在打过的位置上,其他位置不能见水,否则这个铁器还得再一次轮回:放入火炉中,锤打,淬火。在阿四眼里,所有的铁都是好铁,即使是废铁,一进入他的炉子,经过他的锻打,也能够华丽转身。

我曾随父亲到过他的铁铺,对他墙角里的铁疙瘩东摸西摸,也不是好奇,纯粹是对这满是铁器的场面感到惊叹。他见了忙过来阻止。父亲见了,脸上的表情有些不太好看,以为他嫌小孩添乱。他说,不要让小孩摸锄头,会影响她的书性,不是有一句老话嘛,"书读不进的人握锄头。"父亲一听此话,神色才舒缓过来。我趁他们闲聊时还是玩了一会儿,拎拎这把锄头(但真的没握),提提那个锹。

阿四曾经有过一个徒弟,那是他的远房侄子。他让侄子跟他打铁。两个人在铁砧的左右,一个站,一个扎着马步。阿四拿一把小铁锤敲打着铁片,那是农具的刃口。他侄子双手握一把大铁锤,跟随阿四的节奏,一下一下锤打着农具的刃口。阿四手起锤落,侄子的大铁锤也随之落到小铁锤砸过的地方,一个当当,一个哐哐哐。

　　阿四有过惬意的日子。打铁时他握小铁锤,歇息时他捧茶壶,晚上睡觉前还要烫一烫脚,那洗脚水自然由侄子去倒。对此,阿四非常满足,脸上的皱纹一直挤挤挨挨,似乎被谁用力地推着。

　　不知是阿四侄子吃不了苦,还是别的原因,半年后他的铁铺里只有当当的声音,他的侄子回去了。隔壁酒铺的老板感到诧异。阿四支支吾吾,语焉不详。其实,阿四心里清楚,他这个侄子看不起打铁这门手艺。

　　晚上,阿四关了铁铺的门,烫酒,烫脚,一个人在里面唱越剧。

　　阿四的烦恼在手起锤落的瞬间灰飞烟灭。

后　记

　　人过了四十,对昨天发生的事常常记不起来,甚至与谁说过话、吃了什么,都模模糊糊;倒是二三十年前的事,记得清清楚楚。这个年纪的人开始喜欢回忆。

　　我是农村长大的,又在农村工作过,对我而言,农村才是我精神的发育地。农民的质朴,我有;农民的善良,我有;农民的陋习,我也有。我所谓的洗脚进城,已经快二十年了,可我骨子里还是农民,比如把生活中的节俭当成习惯,舍不得浪费水,会把洗过脸的水蓄起来,准备冲厕;剩饭不能随便倒掉,第二餐做饭时继续掺到米粒中,如果馊了,不能再吃,这些剩饭也不能扔在垃圾桶里,而是倒进河里(不知道水利部门允不允许),可以让鱼吃;衣服绝不买流行款,到了明年它还是旧款。

　　我做人的原则也是农民式的,看到路上有人被车撞了,或跌倒了,我会停下来帮一把,或扶一把。古道热肠也好,多管闲事也罢,其实这是农民的性格。在农民眼里,帮别人一把,是举手之劳,不存在应不应该的问题,看到了,你就有责任。至于碰瓷,农民听都没听到过,见其字,还以为碰坏了瓷器。农民认为赞美就赞美,批评就批评,哪知道有些赞美是讽刺,有些批评是攻击,那些皮笑肉不笑、笑里藏刀式的笑,他们是笑不出来的,他们已经习惯了一辈子看天色,而不懂看人脸色。对农民来说,一些花花绿绿的笑,文绉绉的话,是搞脑子的。

我唯一跟农民不一样的是,他们靠力气吃饭,而我不是。这让我有些惭愧。他们知道我一周中有五天坐在市政府大楼的办公室里,认为我是在做大事情,一想到这个,我就很羞愧。但这样的羞愧毫无价值。

偶尔回老家,左邻右舍的婶婶们会过来串门,用她们真诚的、讨好的语言来赞美你,末了,向我唠叨她们子女就业的事情。她们一边责备子女不懂事,这么大了,还整天窝在家里玩电脑,一边不住地拿目光瞅你,随时观察我脸上的表情。我知道婶婶们的用意,包括她们真诚的、讨好的,甚至有些卑微的措词,可我不敢去迎接她们的目光。我一想起婶婶们的脸,羞愧万分。

我貌似坐在市政府大楼的办公室里,但这个办公室跟民生、民计毫无关系。一个个重大决定、决策,确实是从市政府大楼里出去的,可跟我没有一点联系。我仅仅是一个小公务员,一个会写几篇小文章的小干部。在农民眼里,一个不流汗、不懂播种、不出力气的农民,就是败业。

或许,我也是败业,另一种名义上的败业。

我一介书生,对家乡没有任何帮助,建言献策,我无奈,招商引资,我无能,仅有的一次同乡会上,我不合时宜地提出了对向海涂要土地这个问题的看法,认为父母官把大量高污染的企业引到家乡来,是十分恶劣的事情。目前,可能给经济数据长脸了,但,过几十年,或者根本不需要几十年,仅仅十年,海涂以及海洋的污染将严重威胁到我们故乡人的健康。那些父母官,并不是我们家乡人,他们过几年肯定要调走,在他们眼里,招商引资才是硬道理。无疑,我提出的问题不切实际。

所以,我一直想做件有意义的事,以弥补我当下的败业。我想到了写写我的村庄。如果我的村庄系列,能引起一些人的注意,说不定也能给我的家乡做些工作。至少,能减少一些重污染企业的引进。

对此,我是多么渴望。

这本书是我写村庄的第三本,与前两本不同的是,这本书的内容全跟手工活有关，记录了曾经有过的一些老手艺，老行当，老习惯。老人笃信荒年饿不死手艺人。现在，虽不至于荒年，然而我们有义务记住这句话。

一门手艺，从某种角度而言，是养家的工具，是谋生的行当，至于艺术，那仅仅是谋生之外的副产品。对于大多数手艺人来说，生活做得好，别人才买你的账。"生活做得好"里面包含两层意思，手上的技能过关，套用我们家乡的土话是：手里的生活拿得出。另外一层是，手艺人的人品好，简单点，就是不乱收费，想老百姓之所想。如果按照我们艺术的标准，叫德艺双馨。那些手艺人自然不懂啥叫艺术，啥叫德艺双馨，对他们而言，用自己的手指头，谋取一份生计，实实在在。不管人们称他们师傅也好，老师也罢，他们心里很清楚，自己还是农民一个。

曾经承载着技艺与文明的那些手艺人，那些老行当，已经渐渐远去，有的已经消失，有的正在衰落。他们被机器所替代，也许并不是最可惜的，被一种生活观念所淘汰，那才让人感到惋惜。

此书完稿的那天，正好是二十四节气中的小雪。但气温仍很高。跟"小雪"节气相关联的是，天空有些灰蒙蒙，似乎有点飘雪的迹象。其实不然。这不是雾，而是最近十年出现的新名词——雾霾。小时候的雾，那才真的叫雾。我一路跑，同样裹在雾里，我大口呼吸，畅快呼吸，一边还哇哇大叫，提醒前面来的人别撞倒我。到了学校，额头上的头发湿成一绺一绺，鼻孔里也挂着雾水，一撸，是清水，干净。

记得小时候老人告诉我们，如果连续发大雾三次以上，天准备要下雪了。老人几乎是"亮眼瞎子"，但他们懂节气，懂谚语，用祖祖辈辈口口相传的老话，作为自己做人处世，也包括做手艺活的标准。然而，除了他们的手艺活，一同衰退的还有他们的老话，他们的节气。这一点，我们真的没想到。

我能做的是，希望我的书，能为那些手艺人建立一个档案，告诉我们的读者，我们曾经的手艺人是什么样的。如果你能耐心读完，我相信，在你的心底已建立起一座乡村博物馆。